KB130748

절망이라는 이름의 얼굴

박용재 미투소설

청어

절망이라는 이름의 얼굴

박용재 지음

발행처 · 도서출판 청어
발행인 · 이영철
영 업 · 이동호
홍 보 · 이수빈
기 획 · 천성래
편 집 · 방세화
디자인 · 김희주
제작부장 · 공병한
인 쇄 · 두리터

등 록 · 1999년 5월 3일
(제321-3210000251001999000063호)

1판 1쇄 인쇄 · 2018년 6월 1일
1판 1쇄 발행 · 2018년 6월 10일

주소 · 서울특별시 서초구 효령로55길 45-8
대표전화 · 586-0477
팩시밀리 · 586-0478

홈페이지 · www.chungeobook.com
E-mail · ppi20@hanmail.net
ISBN · 979-11-5860-547-6 (03810)

이 도서의 국립중앙도서관 출판시도서목록(CIP)은 서지정보유통지원시스템 홈페이지
(http://seoji.nl.go.kr)와 국가자료공동목록시스템(http://www.nl.go.kr/kolisnet)에서
이용하실 수 있습니다.(CIP제어번호: CIP2018012899)

절망이라는 이름의 얼굴

작가의 말

유난히 추웠던 2017년 겨울밤. 흑석동 집에서 잠자던 나는 답답하게 조여 오는 가슴을 부여잡고 잠에서 깼다. 무거운 바위를 왼쪽 가슴으로만 안고 있는 사람처럼. 힘겨운 숨을 내쉬며 침대를 벗어났다. 알 수 없는 불안감이 머리를 스쳐 갔다. 혹시 큰 병에 걸린 건 아닐까? 왜 이렇게 숨쉬기 힘들지? 가슴이 답답한 증상은 며칠 전부터 간간이 찾아왔다. 심지어 숨쉬기 힘들 정도로 답답해서 버스 타고 5분 만에 내린 적도 있었다. 당시에는 그 이유를 알 수 없었다. 추운 겨울이라는 핑계로 운동을 제대로 하지 못 했기 때문은 아닌가라는 생각이 슬쩍 고개를 들었을 뿐.

정말 미친 듯이 노트북을 두드렸다. 새벽에 일어나서 쓰고 저녁에 다시 쓰고. 머릿속은 온통 진실이 겪는 고통뿐이었다. 성폭행 사건이 벌어졌다. 뚱뚱한 30대 후반 여성. 잘생기고 심지어 최고 대학 의대생인 남성. 이 두 인물 간에 성폭행이 일어났다면 사람들은 어떻게 생각할까? 이 질문이 소설을 이끌어오는 원동력이었다. 글을 쓰면 쓸수록 진실에게 미안해졌다. 꼭 이렇게 몰아붙여야 했나 싶은 생각이 계속해서 나를 흔들었다. 그러나 써야 한다고 생각했다. 출판사에 원고를 넘기고 가슴 답답한 일은 말끔히 사라졌다. 그제야 깨달았다. 진실이라는 인물에 몰입을 했구나. 그래서 내가 답답함을 이겨내지 못했구나.

한 방송에 나온 일반인 여성이 방송 후에 외모 평가를 당해 우울증에 걸렸다는 기사를 읽은 기억이 있다. 우리 사회가 여성의 외모를 바라보는 시선을 고스란히 드러내는 사건이라 생각한다. 왜 여자는 예뻐야 하는가? 왜 여자는 살찌면 안 되는가? 어디 근거라도 있는가? 인격을 가진 한 명의 사람으로서 대하는 일이 우선 아닌가? 이런 시선이 일상인 나라에서 살아가는 여자들의 마음은 어떨까? 소설 속 인물에 몰입한 내가 이렇게 가슴 답답해 잠도 못 이루고 버스도 타지 못했는데. 우리나라 여성들은 어떻게 견디며 지내는 걸까……. 1979년에 성폭행당한 미선 그리고 지금 성폭행당한 진실. 약 40년이란 시간 동안 여성의 외모를 향한 우리 사회의 시선은 어떻게 변했을까……

　여성을 향한 뒤틀린 시선 속에서 고통스러운 나날을 보내고
있는 우리나라 여성들에게 이 글을 바칩니다.

　　　　　　　　　　　　성큼 다가온 여름을 맞으며

　　　　　　　　　　　　　　박용재

· · · 절망이라는
· · · 이름의 얼굴 · · ·

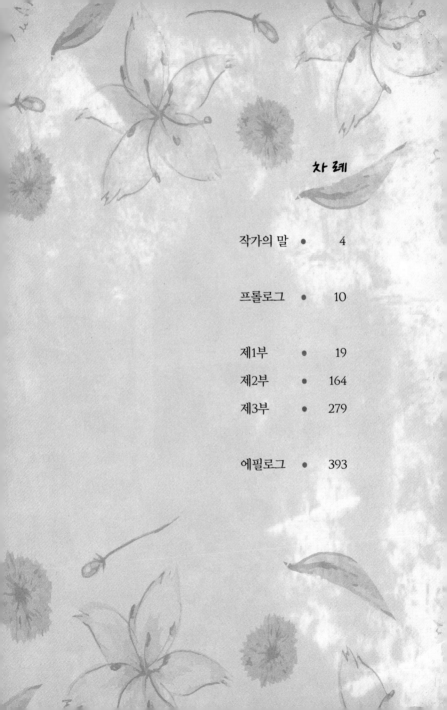

차 례

프롤로그

1979년 푹푹 찌는 여름날. 미선은 드디어 숨통 트이는 기분이었다. 끈질기게 따라 다니던 성범이 내일이면 미국으로 떠난다고 했다. 성범이 마지막으로 한 번만 만나달라고 했다. 미선은 그마저도 싫었지만 너무 매정한 거 같아 마지못해 성범을 만나기로 했다.

유난히 더웠던 여름밤. 미선은 빵집 앞에서 기다리고 있었다. 빵집의 환한 불빛이 미선의 아름다운 모습을 더욱 빛나게 만들었다. 그때 미선 앞으로 승용차가 한 대가 천천히 다가왔다. 운전석에서 내린 남자는 희미하게 웃으며 미선에게로 걸어왔다. 성범이었다.

"차…… 타라고요?"

"이제 마지막인데 한 번만 타주라. 태워주고 싶어서 그래."

미선은 망설이다 마지막이라는 말에 이끌려 조수석 문을 열었다. 성범은 미선을 태우고 천천히 출발했다. 미선은 굳은 얼굴로 거리를 바라보고 있었다. 어서 마지막 시간이 지나가길 바랄 뿐이었다. 성범도 아무 말 없이 앞만 보며 운전했다. 늘 어선 많은 가게들이 차창 밖으로 지나쳐갔다. 자동차는 달리고 달려 사람들 많은 거리를 조금씩 벗어났다.

얼마나 달렸을까. 어둑한 거리 속 가로등 불빛이 자동차를 비추고 있었다. 미선은 어둡고 낯선 길을 마주하자 무거운 입을 열었다.

"어디 가는 거예요?"

"야경 보여주려고 했는데, 길을 잘못 든 거 같아."

길 잃은 사람답지 않게 침착한 목소리였다. 미선은 답답한 속마음을 감추고 조용히 창밖만 바라봤다. 성범은 차를 돌리지 않고 계속 앞으로 운전했다. 잃어버린 길을 찾는 시능도 없이 오직 앞만 바라보고 있었다. 마치 목적지를 정확히 아는 사람처럼.

가로등 불빛 간격이 점점 멀어지고 있었다. 미선은 사람 흔적 없고 어두운 길목으로 들어서자 야경은 괜찮으니 다시 돌아가자고 얘기했다. 성범은 거의 다 왔다는 말을 건조하게 내뱉고 미선의 말을 무시해버렸다.

미선은 마른침을 삼키며 조금씩 밀려올라간 바지를 정리했다. 유난히 더운 여름이라 그런지 미선의 옷차림은 가벼웠다. 미선은 어두운 거리가 괜히 신경 쓰여 자세를 바르게 고쳐 앉았다. 다시 한번 돌아가자는 말을 했지만 성범은 아무 대답도 없었다.

성범은 빠르게 달리던 차를 갑자기 세웠다. 미선은 깜짝 놀라 소리를 질렀다.

"왜 그래요? 앞에 뭐 있어요?"

성범은 아무 말 없이 운전대를 잡고 있었다.

"뭔데 이렇게 갑자기 차를 세워요?"

미선이 계속해서 물었지만 성범은 대답이 없었다. 미선은 답답한 마음을 억누르고 얼른 다시 돌아가자고 재촉했다. 그러자 앞만 바라보던 성범이 천천히 고개를 돌렸다. 미선은 다시 한번 이제 돌아가자고 얘기했다.

"돌아가자고?"

"그래요. 이제 돌아가요."

미선이 단호하게 말을 뱉었다.

"내가 여길 어떻게 찾았는데. 저녁에 몇 번이나 와서 둘러봤다고."

"야경 보여준다면서요. 근데 여기는 야경은커녕 어둡기만 하다고요. 이런 곳을 왜 몇 번이나 찾아와요."

미선이 짜증 섞인 말을 흘렸다.

"왜 이런 곳을 몇 번이나 찾아왔냐고? 이제 알려줄게."

"뭘 알려준……."

미선이 퉁명스럽게 말을 내뱉는 찰나였다. 성범은 빠르게 팔을 뻗어 미선에게 키스를 퍼부었다. 그리고 바로 가슴을 움켜쥐었다. 미선은 너무 놀라서 아무 소리도 못 지르고 그대로 굳어버렸다. 자신의 봄을 거리낌 없이 만지는 더러운 손길을 피하지 못하고 그대로 얼어버렸다. 덜덜 떨리는 턱과 흔들리는 눈동자만이 미선이 살아있음을 알려주었다. 미선은 결국 차 안에서 성범에게 성폭행당했다. 심지어 한 번이 아니라 여러 번 당했다.

성범은 다음날 미국으로 떠나버렸다. 미선은 아무에게도 성폭행당했다는 얘기를 하지 못하고 혼자 끙끙 앓았다. 더운 여름날, 밖에 나가지도 않고 선풍기에 의지한 채 방구석에 웅크리고 있었다. 마지막이라는 말에 이끌려 스스로 따라간 자신을 탓하며 악몽 같은 날을 보냈다. 우울한 마음과 함께 몸은 하루하루 무거워졌고, 미선은 헛구역질을 해댔다. 어둠에 갇혀 지내던 미선은 그제야 자신이 더 이상 생리를 하지 않는다는 사실을 깨달았다. 그 더러운 놈의 아이를 가졌을지도 모른다는 불길한 생각이 머릿속을 떠나지 않았다. 시간은 흐르고 배는 기다렸다는 듯이 불룩 튀어나왔다.

집은 발칵 뒤집어졌다. 아빠와 오빠는 어디서 결혼도 안 한 여자가 헤프게 다녔으면 임신을 다 했냐며 소리치고 난리였다. 날아오는 주먹을 온몸으로 받아내며 미선은 자신의 배를 끌어안았다. 꼴에 엄마라고 제 자식을 지킨다는 말이 집안을 떠다니다 동네로 퍼져나갔다. 동네 사람들은 처녀가 임신했다고 수군댔고, 아빠가 누군지 이리저리 추측하는 말을 뱉어댔다. 그러다 빵집 앞에서 미선이 성범 차를 타고 놀러 갔다는 얘기가 흘러나왔다.

사람들은 그때부터 미선이가 잘사는 성범을 꼬셔서 임신했다는 얘기를 대놓고 하기 시작했다. 성범 아이를 임신해서 미선이도 미국으로 가려고 한다는 말이 동네 구석구석으로 퍼져갔다. 부른 배를 안고 힘겹게 밖으로 나선 미선에게 사람들은 손가락질을 하며 모욕적인 말을 퍼부었다. 더러운 년. 걸레 같은 년. 창녀. 헤픈 년. 발정 난 년. 꽃뱀⋯⋯.

성폭행당했다고 목 놓아 얘기했지만 사람들은 믿어주질 않았다. 오히려 추운 겨울날 차가운 물을 바가지로 뿌리고 돌을 던져댔다. 심지어 아이 떨어지라고 다리 걸고 내리막길에서 밀기도 했다. 아빠와 오빠는 집안 망신 다 시킨다며 술만 마셨다 하면 미선을 사정없이 때리기 시작했다. 미선은 그때마다 이 악물고 뱃속아기를 지키려 발버둥 쳤다. 처음엔 자신도 뱃속 아이가 싫었지만 미워하는 사람들이 늘어나면 날수록 아기를 향한 마음은 오히려 커져만 갔다. 그렇게 힘겹게 태어난 아이는 다행히도 미선을 닮은 여자아이였다.

어릴 적 자신을 빼닮은 딸을 보고 미선은 무척이나 기뻐했다. 천사같이 웃는 모습을 보며 외로운 하루를 견뎌냈다. 그러나 아빠와 오빠는 아들이 아니라는 이유로 다시 미선을 때리기 시작했다. 아무짝에도 쓸모없는 딸을 낳았다고 소리 지르며 욕하는 날은 늘어만 갔다. 그러다 딸이 다섯 살이 되던 해에 미선은 무서운 생각이 들었다. 자신을 쏙 빼닮은 딸이 자신과 똑같은 인생을 살까 봐 걱정됐다. 그날부터 미선은 딸을 잘 먹이기 시작했다. 딸은 좋은 먹성으로 엄마가 주는 음식을 곧잘 소화시켰다. 결국 딸은 뚱뚱해졌고 미선은 그제야 못생겨진 딸의 모습을 보며 안심했다.

딸이 중학생이 되는 날까지도 미선은 사람들의 차가운 시선 속에 살고 있었다. 여전히 미선은 발정 난 꽃뱀이었고 남자 유혹해서 팔자 고치려다 실패한 여자였다. 사람들의 모욕적인 말과 시선 그리고 아빠와 오빠의 술주정과 폭행은 미선을 더욱더 깊은 어둠 속에 숨게 만들었다. 극심한 스트레스로 우울증은 더 심해졌다.

그날도 어김없이 오빠는 술 마시고 있었다. 친구들과 함께한 술자리엔 중학교 체육선생 하는 친구도 끼어있었다. 술자리가 무르익고 체육선생이 혀 꼬인 소리로 웃으며 얘기했다.

"야. 너 네 조카 유도 한다. 완전 잘해. 아빠 닮아서 그런지 힘이 장사야 장사."

목청에서 터져 나오는 소리는 비웃음을 가득 담아 퍼져나갔다. 오빠는 "누가 아빠를 닮아!"라고 버럭 소리 지르고 체육선생을 때리기 시작했다. 순식간에 술집은 난장판이 됐고 친구들은 뜯어말리기 시작했다. 오빠는 분을 참지 못하고 맥주잔을 집어던지고 그 자리를 떠나버렸다. 집으로 돌아온 오빠는 자고 있던 미선을 때리기 시작했다.

"어디서 더러운 년을 낳고 이렇게 자빠져서 자!"

오빠의 모욕적인 말과 미선의 힘없는 비명이 작은 방 안을 채웠다. 오빠는 심지어 자는 딸을 깨워 머리채를 잡고 흔들었다. 딸의 비명을 듣고 미선은 있는 힘껏 오빠를 밀쳐버렸다. 흥분한 오빠는 더 심하게 미선과 딸을 때려댔다. 미선은 주먹질과 발길질을 온몸으로 받아내며 딸을 감싸 안았다. 미선의 얼굴과 몸은 온통 멍으로 가득했다.

딸이 유도를 한다는 얘기를 전해 듣고 미선은 결국 쓰러져버렸다. 외모는 자신을 닮았지만 피는 못 속인다는 생각이 머릿속을 하루 종일 휘저었다. 그날부터 딸 얼굴이 성범 얼굴로 보였다. 복스럽게 먹던 모습은 게걸스럽게 보였고 애교 섞인 말소리는 끈적하게 들렸다. 하나밖에 없는 딸 모습이 점점 자신을 성폭행한 성범 모습으로 보였다. 심란한 마음에 미선은 조금씩 딸을 밀어냈다. 딸과 마주칠수록 지옥 같은 그 날이 떠올라 목을 조여 왔다. 딸은 딸대로 사춘기에 접어들어 엄마와 말 섞기 싫어했다. 미선은 집안에서 철저히 혼자 남아버렸다. 미선이 기댈 수 있는 곳이라곤 어디에도 없었다. 미선은 성폭행 당한 날처럼 어두운 방구석에 혼자 쪼그리고 앉아있었다. 처절하게 무너지는 마음을 혼자 감당하고 있었다. 우울증은 더욱

심해졌고 자존감은 끝도 없이 추락했다.

　모두 잠든 어두운 밤. 미선은 자리에서 일어났다. 방을 나오며 마주한 딸 얼굴은 비열하고 뻔뻔한 성범 얼굴이었다. 미선은 무표정한 얼굴로 성범 얼굴을 뚫어져라 바라보다 손을 뻗었다. 무릎을 꿇고 점점 아래로 내려갔다. 미선의 손이 성범 목을 조르려는 순간 딸 얼굴이 눈에 들어왔다. 미선은 깜짝 놀라 그대로 손을 거두고 굳어버렸다. 떨리는 손을 움켜쥐고 마당으로 나갔다. 미선은 자신의 손으로 딸을 죽이려 했다는 사실에 충격을 받아 바닥에 주저 앉아버렸다. 사랑하는 딸을 죽이려 한 자신의 모습이 머릿속을 빙글빙글 맴돌았다.

　미선은 마당을 우두커니 지키고 있는 감나무를 바라봤다.

　그리고…….

제부

1

모든 걸 바싹 말려버릴 듯 이글대는 태양 아래, 아기 사슴은 오늘도 갈증을 이기려 물을 찾아 헤맸다. 그늘 한 점 없이 먼지만 날리는 이곳에 작은 물웅덩이가 덩그러니 빛나고 있었다. 바싹 마른 바람이 아기 사슴 등을 밀며 속삭였다. 저기 물이 있어. 얼른 가서 마셔. 작열하는 태양이 물웅덩이를 다 말려버리기 전에 어서 가서 목을 축여. 아기 사슴은 마른 쇳소리를 내며 물웅덩이로 다가가 고개를 푹 숙이고 물을 벌컥벌컥 마셨다. 말라버린 입속이 조금씩 진정 됐다. 허겁지겁 마시느라 흐트러진 호흡을 가다듬고, 얼굴을 더욱더 물웅덩이에 박고 물을 들이켰다. 정신없이 물을 마시던 그 순간, 마른 공기를 가르는 기분 나쁘고 섬뜩한 웃음소리가 울렸다. 유령이 웃는다면 이런 소리일까……. 낄낄낄. 낄낄낄. 너무나 소름 끼치는 소리가 만들어낸 공포에 사슴은 고개를 들지 못했다. 오히려 자신에게 다가오는 공포를 모른 체하고 싶었다. 이번엔 발걸음 소리가 귀를 파고들었다. 터덜터덜. 발소리는 불규칙했다. 발걸음 소리가 또 들렸다. 터덜터덜. 이번엔 다른 방향에서도 울렸다. 또 울렸다. 오른쪽에서 울렸다. 왼쪽에서도 울렸다. 여기저기 불규칙한 발소리가 아기사슴을 향해 다가왔다. 그제야 아기 사슴은 뜨거운 물을 뒤집어쓴 것 마냥 깜짝 놀라 고개를 바짝 들어 올렸다. 눈동자가 심하게 요동치며 흔들렸다. 움직일 수 없었다. 네 발이 땅속에 박혀 버린 듯 굳어버렸다. 하늘엔 까마귀가 무언가를 알리듯. 악을 가득 담아 까악 까악 울며 맴돌았다.

바싹 말라버린 목구멍이 정신까지 말려버렸을까. 왜 알지 못했단 말인가. 아기 사슴은 이미 하이에나 10마리에게 둘러싸여 갇혀있었다. 고장 난 메트로놈이 앞뒤로 흔들리듯 하이에나는 몸을 앞뒤로 흔들며 특유의 기분 나쁜 소리로 아기사슴을 압박했다. 아기 사슴은 여기서 도망쳐야 한다고 본능적으로 느꼈지만 도망칠 수 없었다. 이미 하이에나들이 두 눈을 부릅뜨고 흉측하게 웃으며 둘러싸고 있었다. 언제 이렇게 되었단 말인가.

아기 사슴은 왜 이 지경까지 됐는지 알지 못했다. 단지 타들어 가는 태양을 뒤로하고 살기 위해 물 마시고 싶었던 마음뿐이었다. 그늘 한 점 없는 이곳은 맹수가 숨어 다가오지도 못할 텐데 왜 이렇게 몰랐단 말인가. 사슴은 스스로를 탓했다.

하이에나들은 기분 나쁜 소리로 서로 얘기를 주고받았다. 맛있는 식사가 눈앞에 있다고. 오늘 포식하겠다고. 하이에나 눈에 아기는 없었다. 오로지 고깃덩어리일 뿐이었다. 연하고 부드러운 붉은 고기가 눈앞에 있었다. 하이에나들은 얼룩덜룩한 몸을 흔들며 주둥이를 씰룩댔다. 검디검은 주둥이가 침을 질질 흘리며 감추고 있던 날카로운 이빨을 사악하게 드러냈다. 하이에나들은 거친 숨을 내쉬고 주둥이와 이빨을 핥으며 혓바닥을 날름거렸다.

쿵쿵쿵 뛰는 심장이 마구 펌프질을 해댔다. 하이에나들이 그 소리를 듣지 않을까 싶을 정도로 쿵쿵쿵거렸다. 매스꺼운 신물이 부글부글 끓어올랐다. 아기 사슴은 서서히 정신이 흔들렸다. 심지어 여기가 어디인지, 왜 저들이 침을 흘리며 다가오고 있는지 알지 못했다. 정신이 혼미해지고 눈 앞의 상황은 점점 아득해졌다. 서서히 캄캄해지는 시야가 이상한지, 눈을 빠르게 깜빡이며 고개를 좌우로 마구 돌렸다. 흔들리는 고개 힘을 감당 못하고 사슴은 고꾸라지며 정신을 잃었다.

시간이 얼마나 흘렀을까. 겨우 정신이 돌아온 아기 사슴은 힘겹게 눈을 떴다. 고개를 돌리지 못한 채 눈동자만이 좌우로 왔다갔다 주변을 살피고 있었다. 캄캄했던 시야가 이번엔 너무나 하얗게 변해있었다. 너무 캄캄하다 못해 눈에 이상이 생긴 걸까. 캄캄해지는 시야를 품은 채 쓰러졌던 아기 사슴은 새하얀 주변 상황이 이해되지 않았다. 아기 사슴은 정신을 차리려 애썼다. 다리에 힘을 주고 서서히 일어섰다.

고개를 들고 주위를 천천히 둘러보았다. 정신 차렸을 때 보았던 그 새하얀 주변상황이 눈 속으로 가득 들어왔다. 짙은 안개를 가득 머금은 새하얀 주변상황이 아기 사슴을 빽빽이 둘러싸고 있었다. 새하얀 상황은 바로 무거운 눈과 두껍고 짙은 안개였다. 어찌 된 것인가. 방금 전까지 모든 것을 태워버릴 태양 아래 하이에나 무리에게 둘러싸여 있었는데 눈과 안개라니. 아기 사슴은 도무지 이해하기 힘든 상황을 이해하려고 눈을 감고 고개를 흔들었다. 정신에 이상이 생겼어. 아니 눈에 이상이 생긴 거야. 틀림없어. 그렇지 않고 어떻게 이럴 수 있겠어. 아기 사슴은 이런 생각을 머릿속에 가득 담고 더욱더 세차게 고개를 흔들었다.

흔들리는 고개가 만들어낸 바람소리가 귀를 감싸고 맴돌았다. 그때 맴도는 바람소리를 꿰뚫고 또 다른 소리가 희미하게 들렸다. 아기 사슴은 급히 고개를 멈췄지만 또 다른 소리가 무엇인지 판단하기 힘들었다. 선한 눈동자만이 이리저리 왔다갔다 주변을 재빠르게 탐색하고 있었다. 그러나 무겁게 깔린 짙은 안개는 아기 사슴 눈을 야금야금 잡아먹고 있었다. 아무것도 보이지 않았다. 이번엔 숨을 꾹 참고 가만히 서서 귀에 온 신경을 집중했다. 바람소리를 뚫고 들렸던 소리가 귀에 제대로 박혔다. 그 순간 아기 사슴 몸을 감싸고 있는 것은 본능이었다.

아기 사슴은 뛰어야 했다. 지금 자신을 둘러싼 새하얀 상황이 이해되진 않았지만. 그런 건 중요하지 않았다. 무조건 뛰어야 했다. 지금 죽을힘을 다해 뛰지 않으면 또 죽은 목숨이었다. 눈 내리는 하늘을 가르며 울리는 섬뜩한 소리가 양쪽 귀를 꽁꽁 묶어 당겼다. 다리도 묶어버렸다. 아기 사슴은 다시 한번 얼어붙었다. 이번엔 하이에나가 아니었다. 엄마 사슴처럼 재빨리 도망치고 싶었지만 얼어붙은 가느다란 다리는 따라주지 못했다.

으르렁거리며 서서히 다가오는 소리는 하나가 아니었다. 이

건 무리였다. 최소한 여섯. 으르렁대는 소리와 함께 눈 덮인 땅을 박차는 소리가 들렸다. 다다닥 다다닥. 여기저기에서 으르렁대며 위협하는 소리와 땅을 치고 힘차게 달리는 소리가 들렸다. 아기 사슴은 이를 악물고 뛰었다.

그러나 아기 사슴은 방향을 알지 못했다. 눈 앞이 온통 하얗게 변하며 방향감각을 잃어버렸다. 아기 사슴은 어지러웠다. 여기는 도대체 어디인가. 왜 나는 어떤 저항도 할 수 없는가. 아기 사슴은 원망 가득한 울음을 토해냈다. 두려움에 휩싸여 울부짖는 소리는 저 멀리 퍼지지 못하고 힘없이 사라졌다. 그들이 다가왔다. 아기 사슴을 노리는. 그 죽음의 눈빛이 달려왔다. 노리는 건 오직 하나. 목이었다. 그들이 노리는 건 아기 사슴의 매끄럽고 부드러운 목이었다.

뜨겁다. 뜨거움이 아기 사슴을 감싸 돌았다. 새하얀 눈을 맞으며 아기 사슴은 쓰러졌다. 다리를 버둥거렸지만 소용없었다. 아기 사슴 목을 놓지 않고 있는 이빨주인은 침을 질질 흘리던 그 하이에나가 아니었다. 고기 맛을 제대로 알고 있는 긴 주둥이 속 흉측한 핏빛 가득한 잇몸. 쥐 가죽을 갖다 붙인 듯 불길함이 덕지덕지 묻어나는 회색 털. 상대를 숨 막히게 하는 비열

한 눈빛. 동료를 부르는 낮고 음침한 하울링. 먹잇감이 지쳐 스스로를 포기하길 기다리는 포악한 짐승. 그것은 늑대였다. 하이에나. 늑대. 이것들은 다 무엇이란 말인가. 아기 사슴은 알 수 없는 위기상황으로 속절없이 빠져 목숨을 더 위협받았다. 그 위협은 목숨을 탐내고 있었다. 포기하라. 목을 더 내놓아라. 그러면 무겁게 짓누르는 이 압박과 공포를 벗어날 수 있다. 나에게 와라. 이 주둥이 속으로 더 다가와라. 길지 않을 것이다. 오히려 너를 더욱 편하게 해줄 것이다. 그 두려움이 다가와 속삭였다. 그리고 마침내 뜨겁고 붉은 피가 서서히 아기 사슴을 물들여갔다. 붉은 피 맛을 본 늑대들은 더욱 광분해 날뛰었다. 늑대들은 아기 사슴을 둘러 싸고 더욱 소리 내어 울었다. 아기 사슴은 입술 끝을 맴돌던 마지막 말을 힘없이 울부짖었다. 주위에 아무도 없어? 살려줘. 도와줘. 외로워. 그리고 내 손을 좀 잡아줘……

"헉헉." 거친 숨을 토해내며 깬 진실은 움직이지 못하고 눈만 이리저리 굴리고 있었다. 반쯤 처진 암막커튼 틈으로 희미한 붉은빛이 들어왔다. 진실은 그제야 자신이 자고 있던 방인 걸 눈치채고 협탁 위에 둔 스마트폰을 확인했다. 알람 울리기 10

분 전. 오늘도 어김없이 6시 50분에 눈을 떴다. 무슨 군인도 아니닌데 이렇게 정확하게 눈이 떠지는지 라고 생각하며 스마트폰을 협탁에 다시 내려놓았다.

"근데 이 꿈은 뭐야 하이에나가 나왔다 늑대가 나왔다. 죽은 거야 산거야. 태양. 물웅덩이. 흰 눈이 가득 덮인 곳. 사슴……. 이건 도대체 무슨 꿈이야. 개꿈이라고 하기엔 너무 생생하잖아. 좋은 날 기분 잡치게."

진실은 중얼거리며 두 손으로 얼굴을 비비고 전기장판이 뿜어내는 끈적한 따뜻함을 물리치려 기지개를 켰다. 부엌에서 물을 한잔 마시고 반쯤 처져 있는 암막커튼을 모두 걷었다.

"오늘은 날씨가 괜찮나?"

진실은 스스로 물으며 휴대폰으로 날씨를 검색했다.

"어제는 정말 추웠습니다. 하지만 오늘은 어제와 다르게 포근한 날씨로 시작하겠습니다. 차가운 북서풍에서 온화한 남서풍으로 바람이 바뀌고 있는 건데요……."

겨울 날씨와 어울리지 않는 원피스를 입은 기상캐스터가 날씨를 전했다.

"포근하다가 오후에 눈이 온다고? 가게 앞 질척이지 않게 준비해야겠네. 참 요즘 기상캐스터들은 예쁘고 날씬해. 근데 겨울 날씨 전하면서 저 원피스는 뭐람."

질척이지 않을까 귀찮아진 마음에 생긴 짜증인지, 기상캐스터를 향해 질투와 부러움 섞인 소리를 내뱉으며 진실은 거울을 바라봤다.

"나도 오늘은 원피스를 입어야 하는데⋯⋯."

거울 속 자신의 모습이 오늘따라 더 부해 보였다. 아침부터 괜히 씁쓸해진 마음을 삼키며 씻고 청소를 시작했다. 이틀에 한 번 청소하는 진실은 창문을 모두 열고 이불을 털었다. 청소기로 바닥 청소를 하고 허공으로 분무기 물을 뿌렸다. 이렇게 하면 청소 중 떠다니는 먼지가 가라앉는다고 어디서 본 이후로 매번 이렇게 뿌리고 바닥을 닦았다. 비 내린 후 깨끗한 공기 같은 효과라고 했다. 그리고 마지막으로 책상 등 가구를 닦고 청소를 마무리했다.

씻기 전에 불려놓은 미역으로 국을 끓이고 만두를 구웠다. 식판에 밥, 미역국, 만두와 깍두기, 콩나물무침을 담았다. 스마트폰으로 유튜브에서 이것저것 재밌는 영상을 보며 아침을 먹었다. 매번 많은 그릇을 설거지하기 귀찮아서 한 달 전부터 식판을 사용했는데 이렇게 편할 수가 없었다.

설거지하며 지난 2년을 돌이켜봤다. 프랜차이즈 카페가 독식하는 한국에서 작은 카페가 살아남는 건 어려운 일이었다. 지난 2년간 우여곡절도 있었지만 진실은 잘 운영하고 있었다. 오늘은 개업 2주년 되는 날이었고, 직원들과 축하파티 할 예정이었다.

설거지 끝내고 옷을 갈아입었다. 오늘도 편하게 입어야지 생각하며 회색 맨투맨과 청바지를 입었다. 발목이 드러나게 살짝 접고 페이크 삭스를 신었다. 그리고 밤 파티를 생각하며 원피스를 골랐다. 몇 벌 없는 원피스였지만 고민이었다. 평소에 원피스를 입지 않으니 무엇이 더 잘 어울릴지 머릿속으로 그려지지 않았다. 블랙 원피스, 레드 원피스 그리고 그레이 원피스 중 고른다고 머리가 아팠다. 귀찮지만 결국 하나씩 모두 다 입어봤다.

"이건 뭐 검은 돼지, 빨간 돼지, 회색 돼지잖아. 음. 그래! 이왕에 입는 거 오늘은 좀 특별하게 레드!"

2주년 축하 파티인 만큼 오늘은 붉디붉은 빨간색을 입겠다고 생각하며 종이가방에 원피스를 넣던 진실은 순간 멈칫했다.

"내 몸매에 레드 원피스……. 괜찮겠나? 너무 짧지 않나? 너무 튀어 보이지 않을까?"

자기 검열의 말이 자신도 모르게 입술을 맴돌았다. 진실은 살찌기 시작하면서 자신을 쳐다보는 시선이 두려웠다. 초등학교 입학 전부터 뚱뚱했던 진실은 입학식 날부터 친구들에게 놀림 받았다. 놀림의 대상은 자신의 몸과 얼굴이었다. 놀림은 분명했다. 뚱뚱하기 때문이었다. 별명은 어김없이 돼지였고 그 외에 뚱뚱하고 못생긴 것은 모두 진실의 별명이었다. 아니 진실의 이름은 사라지고 별명만이 남아버렸다.

초등학생 때부터 시작된 아이들의 놀림과 따돌림은 진실을 잔뜩 움츠리게 만들었다. 사물함에 있는 책이 없어지는 것은 일상이고 실내화도 없어지고 화장실에 있을 땐 물이 쏟아지기도 했다. 이러한 기억이 진실 스스로 어두운 커튼 뒤로 숨게 만들었다.

"그래, 오늘은 좀 과감해져 보자! 다른 사람들 눈길 신경 쓰지 말자. 괜찮아. 괜찮아. 오늘 같은 날 짧은 원피스 입어보는 거지 뭐! 오늘 밤 주인공은 나야 나. 나야 나."

진실은 노래 부르며 스스로를 다독였다.

비닐봉지로 검정 하이힐을 감싸고 종이가방에 넣었다. 그 위에 과감히 선택한 빨간 원피스. 남색 롱코트 그리고 검정 파우치를 잘 정리하여 넣었다.

평소 잘 하지 않던 화장을 하며 진실은 피식 웃었다.

"애들이 놀라는 거 아냐?"

진실은 평소 비비크림만 바르고 다녔다. 여자이니 꾸미는 것에 관심이 없는 것은 아니었지만 카페 운영하면서 꾸미는 일은 점점 뒷전으로 밀려났다. 본인 외모를 보고 카페를 방문하는 사람은 당연히 없다고 생각했기 때문에 화장보다는 커피 맛에 더 신경 썼다.

오늘은 파운데이션도 바르고 속눈썹도 올리고 입술에도 색을 더했다.

"역시 여자는 화장하고 꾸며야 하나 봐."

한결 나이진 얼굴을 바라보며 실없이 쿡쿡 웃었다.

롱패딩을 입고 종이가방을 들고 9시 10분에 집을 나섰다.

카페가 있는 골목길로 접어들었다. 가게 앞을 청소하고 있는 사람이 여럿 있었다.

"진실 씨. 오늘은 김밥 안 먹어?"

김밥가게 아주머니가 청소를 멈추고 다정하게 물었다.

"안녕하세요. 아주머니."

진실이 생글 웃으며 인사를 했다.

"오늘은 집에서 밥 먹고 나왔어요. 오늘 우리 가게 2주년이라서 미역국 먹었어요."

"벌써 2주년이야? 아유 진실 씨, 축하해."

아주머니가 따스한 손길로 어깨를 쓰다듬으며 축하했다.

"고맙습니다. 아주머니. 이따 점심에 김밥 많이 살게요."

평소와 다르게 화장한 자신의 모습을, 매일 보는 사람마저 눈치채지 못하는 현실이 괜히 씁쓸해 기어들어가는 목소리로 대답했다. 대화를 끝내고 한참을 걸어가던 진실은 뒤돌아봤다. 청소 끝내고 가게에 들어갔는지 김밥집 아주머니는 그 자리에 없었다.

"아주머니들은 잘 모르시겠지 뭐."

아침부터 위로의 말을 중얼거리는 진실의 모습이 외로워 보였다.

길목 끝자락에 있는 카페로 가며 아직 열지 않은 커피숍 몇 곳을 바라보았다. 혹시 인테리어가 바뀐 건 없는지 새로운 메뉴가 생긴 건 아닌지, 서로 알고 지내는 사이지만 경쟁상대이다 보니 대놓고 확인하지 못하는 것들을 아침 출근길에 확인했다.

"어! 여기 화분 생겼네."

근처 가게에 없던 화분이 생겼다.

"스투키 화분, 저거 없었는데."

진실은 스투키 화분을 세었다.

"화분 3개나 더 생겼네. 우리 가게 따라 한 거 아냐?"

진실은 실눈 뜨며 혼잣말을 했다.

미세먼지가 많아지면서 공기정화 식물들이 카페를 점령하기 시작했다. 카페 공기도 좋아야 한다는 생각에 진실도 공기정화 식물을 들여놓았다. 스투키, 산세베리아, 크로톤, 행운목을 우선 들여놓았다.

그리고 이번 달 초에 포인세티아 화분을 놓았다. 크리스마스 꽃이라고도 불리는데, 크리스마스 분위기를 내려고 신경 써서 선택한 꽃이었다. 초록과 빨강으로 이루어진 포인세티아가 품고 있는 크리스마스 특유의 느낌이 카페에 잘 어울렸다.

진실은 카페 문을 열고 크리스마스 분위기 내는 재즈 캐럴을 틀었다. 카페는 늘 연주음악이 흘러나왔다. 재즈, 클래식, 뉴에이지, 피아노 연주곡이 카페 분위기를 이끌었다.

재즈 캐럴을 들으며 진실은 빗자루를 들었다. 의자를 테이블에 뒤집어 올리고 바닥부터 쓸고 가게 입구 발 매트 먼지도 탈탈 털었다. 집에서 하는 것처럼 분무기 물도 뿌렸다. 분무기 물이 가라앉으면 대걸레로 바닥을 닦고 물수건으로 테이블, 창틀을 닦았다. 그리고 마지막으로 마른 수건으로 테이블을 닦아

청소를 마무리했다.

머그잔에 뜨거운 물을 받고 캐모마일 티를 넣었다. 캐모마일이 우러나는 동안 카운터 뒤에 붙어 있는 휴게실로 들어갔다. 휴지통을 비우고 의자 정리하고 주위를 한 바퀴 둘러보았다. 직원들 쉬는 곳을 따로 마련한 건 잘했다고 생각했다.

진실은 다양한 아르바이트를 했는데 이상하게도 쉬는 장소는 없었다. 심지어 아르바이트생이 앉아있다고 항의하는 사람도 있었다. 그래서 카페 오픈 때 직원 휴게실을 만들었다. 고객이 없을 땐 번갈아 가며 휴게실에서 앉아 쉬고 식사 시간이 부족할 땐 휴게실에서 김밥이라도 먹게 했다.

옷걸이에 롱패딩을 걸어 캐비닛에 넣었다. 파티를 위해 준비한 원피스와 하이힐 넣은 종이가방도 넣었다. 카운터로 나와 히터를 틀고 가게 출입문과 창문을 닫았다. 카페 공기가 따뜻해질 때쯤 카페로 누군가 들어왔다.

"저 왔어요. 사장님."

10시에 출근하는 주말 아르바이트생 김민성이 들어오며 인사했다. 아, 벌써 가게 앞에 다 왔네. 오늘은 부디 덜 바빴으면 좋겠다. 가게 앞을 들어서며 중얼거리던 혼잣말을 숨긴 채 밝은 척 인사를 했다.

"민성아. 춥지?"

"네. 따뜻하다고 했는데 그래도 춥네요."

김민성은 추워진 손을 비비며 대답했다.

"오후에 눈 온다던데 더 추워지려나 보다. 청소는 다 했으니 그냥 짐만 정리하고 나와. 커피 한 잔 마실래?"

"따뜻한 카페라테 한 잔 주세요. 진하게요."

김민성은 휴게실 문을 열며 대답했다.

"겨우 아침청소 해놓은 걸로 뭐 저렇게 으스대."

휴게실에 들어서자 조용히 속마음을 내뱉으며 옷을 갈아입었다.

"음악 너무 좋아요. 크리스마스 분위기 제대로인데요."

김민성은 휴게실에서 나오며 아무렇지 않은 척 먼저 말을 걸었다.

"그렇지? 재즈 캐럴이 유독 좋은 거 같아."

라테 가득 담긴 따뜻한 머그잔을 내밀며 진실이 대답했다.

"민성아. 아침은 먹었니?"

"네. 엄마가 아침 거하게 차려주셔서 든든히 먹었어요."

"와! 아침부터 거하게 먹고 좋겠다. 부러운 녀석."

진실은 엷게 웃으며 말했다.

"사장님은 아침 드셨어요?"

"아침에 미역국 끓여 먹었어."

"요리하셨어요? 난 사장님 매일 김밥으로 아침 드셔서 요리 못하시는 줄 알았는데."

김민성은 못 믿겠다는 듯 의뭉스런 웃음을 머금고 진실을 바라봤다.

"내가 잘 안 해서 그렇지 하면 또 잘 한다 뭐."

진실은 쌜쭉 입술을 내밀며 눈을 흘겼다.

사실 진실은 요리를 잘했다. 고등학생 때부터 자취생활하며 익힌 요리 실력이었다. 카페일이 바쁘고 시간 없다는 핑계도 있었지만 고등학생 때부터 해온 요리가 조금은 싫증 난 것은 사실이었다. 요리하며 맡는 냄새가 배고픔을 몰아내는 경지에 다다른 후 요리하는 날이 조금씩 줄었고 카페 일에 집중하면서 김밥과 백반으로 끼니를 대신했다. 자연스레 요리하는 날은 없어졌다.

입구에 걸린 팻말을 오픈으로 바꾸고 시간이 조금 지나자 손님이 한 명, 두 명 들어오기 시작했다. 카페를 가득 채우는 커피원두 가는 소리와 우유 데우는 소리가 고소하고 달콤한 향으로 바뀌었다. 손님들의 수다 소리, 책 넘기는 소리 그리고 스피

커에서 꿀처럼 흘러나오는 나긋한 재즈 캐럴이 카페 분위기를
풍성하게 만들었다.

2

11시가 되자 회색 니트와 인디고 청바지를 입고 남색 코트를
양어깨에 걸친 한 남자가 카페로 들어왔다.

"오. 오늘 멋 좀 냈는데."

김민성이 내뱉은 칭찬인지 아니면 살짝 비꼬는지 애매한 말
을 듣고 진실은 고개를 돌렸다. 11시에 출근하는 남자 직원 허
재성이 약간은 건들거리며 카운터로 걸어오고 있었다.

"오늘 파티가 있잖아요. 파티."

허재성은 2주년 파티를 위해 나름 멋을 냈다. 평소에 내리
고 다니던 앞머리를 헤어왁스를 이용해 깔끔히 넘기고 비비크
림도 발랐다. 어차피 내일은 쉬는 날이니 오늘 재밌게 놀고 갈
계획이었다.

"코트 뭐야. 팔은 왜 그래? 왜 그렇게 얹어서 오는 거야?"

진실이 히죽 웃으며 물었다.

"요즘엔 이렇게 입는 게 멋쟁이예요. 아. 이거 시대에 뒤떨어

져서 대화가 되겠어요?"

허재성이 장난을 가득 담은 코웃음 치며 진실과 김민성을
바라봤다.

"으이그. 말이나 못하면. 뭐 마실래?"

머리를 쥐어박는 제스처를 한 후 진실은 따스하게 쓰다듬는
눈길로 바라보며 물었다.

"저는 아메리카노 마실게요. 따뜻한 걸로."

진실은 김민성에게 손님들 몰리기 전에 밥 먹자며 김밥 심부
름을 보내고 머그잔에 아메리카노를 담았다.

"김밥 드세요. 김밥 왔습니다."

김민성이 검은 봉지에 담긴 김밥을 흔들며 들어섰다.

"참치 둘. 돈가스 둘. 고추 하나. 야채 하나. 골라 드세요."

진실은 고추김밥. 야채김밥을 골랐다. 김민성이 나름 여러
가지 섞어 사 왔지만 어린 직원들 입맛을 고려해 일부러 그렇
게 골랐다.

한 명씩 차례 바꿔가며 휴게실에서 김밥을 먹었다. 깔끔하
고 개운하게 양치까지 끝낸 셋은 주문을 받고 음료를 만들고
테이블을 치우며 서로 도와 카페 일을 하고 있었다. 그때 가

게 문이 열리며 조금은 들뜨고 높은 톤의 목소리가 그들의 주의를 끌었다.

"저 왔어요. 여러분의 홍일점 이석류가 왔어요."

12시부터 일하는 아르바이트생 이석류가 까랑까랑한 목소리로 인사하고 셋에게 손을 흔들며 카페로 들어왔다. 2주년 파티를 손꼽아 기다려온 이석류는 오늘따라 더 들뜨고 해맑아 보였다.

이석류는 허재성 못지않게 꾸민 모습이었다. 가슴라인이 훤히 드러나는 아이보리 색 목 폴라 티. 쭉 뻗은 다리라인을 빈틈없이 드러내는 블랙 스키니 진. 또각또각 소리 나는 블랙 앵클부츠 그리고 은은한 그레이 롱 코트와 블랙 클러치로 마무리한 패션으로 나타났다. 평소 운동을 열심히 하는 이석류는 한껏 몸매를 뽐낼 수 있게 차려입고 왔다.

"와우! 뭐야 이거. 너무 예쁜 거 아냐? 아니, 너무 멋진데?"

허재성이 자신도 모르게 끈적이는 눈길로 이석류를 아래위로 훑어보며 말했다.

"어딜 그렇게 훑어보는 거야!"

이석류는 훑어보는 눈길이 마냥 싫지 않은 듯 쌜쭉 웃으며 내뱉었다.

"근데 왜 홍일점이야. 나는 남자니?"

진실이 눈을 살짝 흘기고 이석류에게 퉁을 놓으며 너털웃음을 지었다.

"제 이름이 뭐예요. 저 이석류예요. 석류. 왕안석의 석류시에 이런 말이 있어요. 만록총중홍일점(萬綠叢中紅一點). 온통 새파란 덤불 속에 빨간 꽃이 한 송이 피어 있다. 근데 그 꽃이 뭐냐. 바로 석류꽃이라는 겁니다. 석류. 그 석류가 바로 저 아니겠어요. 그래서 홍일점이라고 한 거예요."

이석류는 왕안석의 석류시를 들먹이며 설명했지만 민망했는지 진실을 안으며 품을 파고들었다.

"뭐? 석류시? 왕안석? 근데 왕안석은 누구냐?"

허재성이 이건 뭔 소린지 하는 눈길을 보내며 물었다.

"초등학생 때 담임 선생님이 국어 시간에 이름에 관한 얘기하면서 알려주셨어. 그러면서 더 찾다 보니 송나라 사람 왕안석이 지은 시에서 유래했다는 것도 알게 됐지."

이석류는 막힘없이 술술 대답했다. 홍일점이 석류꽃이라는 걸 알게 된 이후 이석류는 주위 사람들에게 자기는 홍일점이니 많은 남자들과 있어야 한다고 얘기하고 다녔다. 그러면서 자연스럽게 그 이유를 설명했고 왕안석이니 석류시니 하는 것들을 줄줄 얘기할 수 있게 됐다. 많은 남자들 사이에 있길 좋아하는 이석류에게 딱 맞는 이름이었다.

"석류야. 근데 석류가 다산의 상징인 건 아니?"

조용히 듣고 있던 김민성이 대화에 끼어들었다.

"씨를 가득 머금은 열매가 익고 또 익으면 껍질이 팡하고 터지고 탐스럽고 붉디붉은 알들이 후두둑 떨어져서 다산을 상징한단 말이야."

김민성은 양손을 이용해 껍질이 터지는 모습과 알들이 떨어지는 상황을 실감나게 표현하고 있었다.

"우와. 홍일점과 다산이라. 그러면 석류는 많은 남자들에게 둘러싸여 있고 그 남자들 중에 한 명을 골라 다산을 한다는 말인가? 이석류 너 남자 복, 자식 복이 타고 났다는 거네. 이름 잘 지었다. 딱 이다 딱."

허재성은 히죽히죽 웃으며 능글맞은 눈빛으로 이석류를 바라봤다.

"요즘엔 뭐 다 아파트지만. 나중에 마당 있는 집에 살게 되면 석류나무와 더불어 모란나무도 심어. 석류는 다산. 모란은 부유. 옛날엔 집에 있어야 할 나무였다더라."

김민성은 모란나무가 부를 상징한다는 얘기까지 덧붙여 이석류에게 장난치고 있었다.

"나 참. 어이가 없어서. 무슨 해석이 그래. 모란나무는 모르
겠고, 뭐 이 남자 저 남자 만나고 애기를 많이 낳는다고? 됐어.
너희랑 얘기 안 할 거야."

이석류는 입술을 꾹 닫고 찬바람이 횡하니 도는 얼굴로 그들
을 노려보다 진실에게 걸어갔다.

"사장님. 오늘 2주년 파티 즐길 준비 되셨죠?"

"몰라. 이 기집애야. 예약은 잘 해뒀지?"

"그럼요. 제가 누굽니까. 아는 오빠에게 잘 부탁해놨어요."

"그럼 파티는 너한테 다 맡긴다."

술과 음악을 좋아하는 이석류는 2주년 기념 얘기가 나오자
자신이 준비하겠다며 나섰다. 아는 오빠가 일하는 클럽 룸을
직원가격으로 빌리고 케이크도 사서 축하파티 하자고 얘기했
다. 직원들이 환영의 뜻을 강력히 나타내니 진실도 그렇게 하
자고 동의했다. 그리하여 2주년 기념일은 이석류가 예약한 클
럽에서 즐기기로 했다. 월요일은 어차피 쉬는 날이니. 클럽에
서 신나게 놀고 다음날 맘 편히 쉬기로 했다.

"석류야. 넌 오늘 앞치마 꼭 해라. 알겠지?"

"당연히 해야죠. 근데 왜 이렇게 강조를 하실까요?"

이석류는 은근히 가슴을 모으며 장난스런 눈길로 진실을 바라보며 히히 웃었다.

"가슴라인이 너무 드러나서 그런다. 됐니?"

진실은 글래머러스한 이석류의 몸매가 손님들 눈길을 너무 받을 것 같아서 일부러 앞치마 얘기를 했다. 그렇지만 속으로는 자신감 있고 당당한 이석류가 조금은 부럽기도 했다.

진실은 처음 아르바이트 면접을 보러온 이석류 모습을 또렷이 기억하고 있었다.

"어서 오세요."

"안녕하세요. 저 오전에 전화해서 아르바이트 면접 예약한 사람인데요."

"아 네. 이쪽으로 오시겠어요."

진실은 아르바이트 면접을 보러온 여자를 카운터 옆 테이블로 안내했다.

"커피 한 잔 드시겠어요?"

"어. 그러면 전 아이스 아메리카노 마실게요."

무더운 여름에 아르바이트 면접 보러온 이석류는 캐릭터 그려진 딱 달라붙는 흰색 반팔 티셔츠와 허벅지가 다 드러나도록 짧은 반바지를 입고 운동화를 신고 있었다. 하얗고 매끈한 다리를 훤히 드러내고 흰 티셔츠 안에 검은 속옷을 입고 카페로 들어온 이석류를 보고 진실은 몇 번이나 힐끔힐끔 도둑시선으로 바라봤다. 요즘 어린 친구들은 저렇게 당당하게 입고 다니는구나. 진실의 머릿속은 이런 생각이 맴돌며 흰 티셔츠에 은은히 스며든 검은 브래지어와 쭉 뻗고 곧은 다리를 훔쳐보며 커피를 가져갔다.

"몇 시부터 몇 시까지 가능한 거예요?"

"학교 수업 끝나고 가능하니까 오후 5시부터 마감 시간까지 가능해요."

"아. 그래요? 시간은 딱 알맞게 좋은 거 같아요. 저희는 시급 8,000원 드리고 있는데. 괜찮으세요?"

"그럼요. 요즘 시급 적게 줄려고 하는 곳들이 얼마나 많은데요. 딱 최저임금에 맞춰서 주려고 한다고요."

아르바이트 구하러 가는 곳 마다 최저임금이 최고임금이 되어버리는 현실을 진절머리 나도록 겪은 이석류는 시급 8,000원이라는 말을 듣고 웃으며 좋다고 얘기했다.

"그럼 아르바이트는 언제부터 가능하세요?"

"내일이라도 가능해요."

"혹시 주말 아르바이트는 할 수 있는 상황이 안 되세요?"

진실은 주말 아르바이트도 구하고 있어서 밝게 웃으며 대화하는 이석류가 마음에 들어 혹시나 하는 마음에 물어보았다.

"죄송해요. 제가 공부도 해야 돼서 주말 아르바이트는 힘들 것 같아요."

"괜찮아요. 혹시나 하는 마음에 물어봤어요."

주말 아르바이트는 시급 9,000원 이라는 말을 하려다 진실은 입을 꾹 닫았다. 혹여나 돈으로 아르바이트생을 매수한다는 느낌을 주는 것 같아서 더 이상 말하지 않았다. 평일 아르바이트 보다 주말 아르바이트가 더 바쁘고 정신없기 때문에 조금은 더 줘야한다고 생각을 해서 진실은 9,000원으로 시급을 정했다. 그리고 본인이 예전 경험을 생각해서 아르바이트 비용은 카페가 힘들지 않은 이상. 더 잘 챙겨주고 싶었다. 진실이 아르바이트 할 때는 시급은커녕 월급까지도 때먹고 주지 않는 어른들이 많았다. 일이란 일은 모두 다 아르바이트생에게 시키고 고객의 부당한 대우도 사장은 모른 채 뒷짐 지던 일이 비일비재 했었다. 제대로 대우 받지 못하고 식사도 거르며 아르바이트를 했던 자신의 경험을 카페 아르바이트생에게는 주고 싶지 않았다.

진실은 자신감 넘치고 생글생글 웃는 얼굴이 마음에 들어 이석류와 평일 아르바이트 계약을 바로 맺었고 다음날부터 같이 일 하기로 했다. 이석류는 진실의 마음과 같이 똑 부러지고 일에 적극이었다. 카페로 들어오는 손님들에게 먼저 인사도 잘하고 얘기하지 않아도 손님들이 계산하고 나간 테이블을 정리했다. 그리고 대학생인 이석류는 자신이 일하는 카페로 친구들을 불러 모았다. 덕분에 카페는 단골까지는 아니라도 자주 찾아오는 손님이 생겼고 그 친구들이 또 다른 친구들을 불러 모아 매출도 덩달아 상승했다. 진실은 그런 이석류가 기특하고 대견하기도 했다.

앞치마 입은 이석류는 화장실로 가서 거울을 보며 긴 머리를 묶었다. 이따가 클럽에서 머리를 풀고 놀아야 하니 고무줄로 약하게 묶었다.

"클럽에 가는데 이 긴 머리에 자국을 남길 순 없지."

이석류는 가슴을 한껏 모으고 화장실을 나갔다.

"어서 오세요."

들어오는 여자 손님 2명에게 허재성이 웃으며 인사를 했다.

"안녕하세요. 너 뭐 마실래?"

"난 아메리카노. 따뜻한 걸로."

"그럼 저희 아메리카노 한 잔이랑 카푸치노 한 잔 주세요. 둘다 따뜻하게요."

결제를 마친 여자 손님은 카운터에서 바라볼 수 있는 카운터 옆 벽면 쪽 테이블에 앉았다.

"사장님. 커피 제가 가져갈게요."

허재성이 진실에게 다가가 속삭이며 말했다. 진실은 방금 주문한 여자 손님을 슬쩍 바라봤다. 허재성이 먼저 나서서 커피를 가져간다는 말이 괜히 신경이 쓰였는데 아니나 다를까 여자 손님은 예쁜 외모를 가진 대학생으로 보였다.

"으이구. 이놈아 웬일로 나서서 가져간다고 했다."

진실은 허재성의 등짝을 살짝 치며 눈을 부릅떴다.

"넌 여자친구도 있는 놈이 왜 그러냐! 여자친구가 카페에 놀러올 때 마다 내가 아주 입이 근질근질 해. 허재성 이놈은요. 카페에 예쁜 손님들 오면 슬쩍슬쩍 쳐다봐요. 가끔씩 침도 흘리는 거 같아요."

진실은 허재성에게 속삭이며 면박을 주었다.

"왜 그러세요. 한 번 사는 인생인데. 예쁜 여자를 바라보는 것도 죄입니까? 그냥 바라보기만 하는 거예요. 아름다운 예술 작품을 바라보듯이. 커피 주세요. 제가 갈게요."

허재성은 능글맞게 웃으며 진실의 면박을 튕겨냈다.

"대신 여자친구에게 잘해줘. 너 카페에서 일 한다고 신경 많이 써주잖아. 자주 만나지도 못하는데 투정부리지도 않고."

"그럼요. 제가 또 여자친구에겐 끝내주게 잘해요. 내가 잘하긴 잘하지."

허재성은 빙그레 웃고는 커피를 가지고 테이블로 갔다 돌아왔다.

"단발머리가 더 예쁜 거 같아요. 음. 뭐랄까 조금 더 여대생의 풋풋하고 상큼함이 묻어 있는 느낌이랄까? 긴 생머리는 성숙해 보이는 게 내 타입이 아니야."

허재성은 손으로 입을 살짝 가리고 진실에게 무슨 중요한 얘기라는 듯이 말했다.

"여기서 너 타입이 왜 나오니. 웃긴 놈이야."

옆에서 듣고 있던 이석류가 말허리를 자르며 끼어들었다.

"너. 여자친구한테 다 말할 거야. 카페손님한테 기웃거린다고."

"뭘 내가 또 기웃거렸냐. 그냥 예쁘다는 말이지. 예쁜 사람한테 예쁘다고 말도 못하니? 괜히 너보다 예뻐서 그러지?"

허재성은 이석류를 향해 쿡쿡 웃으며 거침없이 말했다.

"너. 내가 진짜 말할 거야. 아주 여자친구 카페에 놀러오기만 해. 다 말할 거야."

이석류가 허재성의 팔을 꼬집고 눈을 흘기며 째려 봤다.

"농담이야. 농담. 우리 석류가 훨씬 예쁘지 특히……. 알지?"

"변태 같은 놈."

"내가 왜 변태야. 헤어스타일이 더 예쁘다고. 무슨 생각이 머리에 가득 하길래 변태라고 하니?"

허성태가 이석류의 가슴 쪽을 은근히 바라보며 실실 웃었다.

"아주 대놓고 봐라. 이 변태야."

이석류는 허재성을 따라다니며 마구 주먹을 휘둘렀다.

둘의 장난 섞인 대화를 들으며 진실은 귀엽다는 듯이 빙그레 웃었다. 저렇게 농담을 주고받고 마음 맞는 친구가 있다는 것이 조금은 부럽게 느껴졌다.

그리고 잠시 후 한 젊은 부부가 아들 손을 잡고 들어왔다.

"어서 오세요. 어머, 안녕."

진실은 젊은 부부에게 인사를 하고 아빠 손을 잡고 들어온 아들에게도 따로 인사를 했다.

"안녕하세요. 하고 인사해야지."

아빠는 아들 머리를 따스한 손길로 쓰다듬으며 말했다. 아들은 두 손을 가지런히 배에 모아 무릎도 동시에 구부리며 허리 숙여 인사를 했다.

"아이고. 귀여워라. 몇 살이에요?"

진실은 혀 짧은 목소리로 아이에게 물었고 아이는 손가락 네 개를 펴며 네 살이라고 대답했다. 통통한 손가락과 해맑은 눈빛이 진실을 바라보고 있었다. 부끄러운지 아빠에게 다시 안기는 귀여운 아기 모습이 카페를 가득 채웠다. 진실과 카페직원들은 귀여워 죽겠다는 듯 동시에 아기를 바라보고 있었다.

젊은 부부는 따뜻한 아메리카노 두 잔과 우유를 주문하며 아이에게 줄 거라 미지근하게 해달라고 부탁했다. 진실은 아메리카노 두 잔과 우유를 준비하고 가게에서 판매하는 초코 머핀을 접시에 담았다.

"주문하신 아메리카노 두 잔. 미지근한 우유 나왔습니다. 그리고 이건 초코 머핀인데요. 아드님과 함께 드세요. 서비스로 드릴게요. 많이 먹어요."

"고맙습니다. 하고 인사해야지."

진실은 배꼽인사 하는 아이의 머리를 부드럽고 조심스럽게 쓰다듬으며 따뜻하고 포근한 눈웃음을 아이에게 보냈다.

"저 아이 너무 예쁘고 귀엽지 않니?"

진실은 카운터로 돌아와 아이가 너무 사랑스럽다는 눈빛으로 직원들에게 물었다.

"예쁘네요. 어쩜 남자애가 저렇게 예쁘게 생겼을까. 애기 모델해도 되겠어요."

아이를 사랑스러운 눈길로 바라보며 웃고 있는 이석류가 고개를 끄덕이며 적극 동의했다.

"그치. 저 눈 봐. 요즘 애들은 속눈썹도 길더라. 그래서 그런지 눈이 더 크고 또렷해 보여."

"근데 진짜 예쁘게 생겼다. 부모가 예쁘고 잘생겨서 그런지 애기가 너무 예쁜 거 같아요. 저 부모들은 얼마나 아이가 예쁠까?"

"그렇지. 부모 외모가 좋으니까 애기도 참 예쁘네."

"참 나도 어릴 때 엄마 손잡고 밖에 나가면 예쁘단 소리 많이 들었는데……."

어릴 적 생각을 떠올리며 허재성이 혼잣말을 가장해 툭 내뱉었다.

나머지 세 사람은 허재성을 바라보며 약속이라도 한 듯 일제히 고개를 희미하게 내저었다.

"누군들 자기 자식 안 예쁘겠어요. 우리 엄마는 아직도 우리 아들이 제일 잘생겼다고 얘기해요."

"뭐라고!"

세 사람은 일제히 소리 질렀다. 그리고 어이없다고 생각했는지 동시에 허재성을 바라보며 어색하게 웃었다.

"왜! 내가 어때서. 나 정도면 괜찮지."

"남자들 대부분이 스스로 되게 괜찮게 생겼다고 생각한다고 그러더니 진짜구나."

이석류가 한숨을 가득 내뱉고 고개를 절레절레 흔들며 허재성을 측은하게 바라봤다.

"왜 나를 그렇게 바라봐. 내가 뭐 어때서. 어딜 가도 상위 측에 속한다고."

허재성은 눈을 흘기며 이석류를 바라보며 톡 쏘았다.

"네네. 그러시겠죠."

이석류는 들을 필요도 없다는 의미로 무의미하게 고개를 끄떡거렸다.

"근데 남자랑 다르게 여자들은 왜 그렇게 자기들이 뚱뚱하다고 생각하는 거야? 도대체 왜 그런 거야?

"이게 다 남자들 때문이야. 남자들이 어리고 예쁘고 날씬한 여자들만 좋아하니까 여자들 자존감이 낮아지는 거라고. 자신도 모르게 남들과 비교하는 거야. 지금 모습도 충분히 예쁘고 괜찮다고 얘기해줘야 하는데. 자꾸 다른 여자랑 비교하니까 그런 거라고. 바로 너 같은 놈들 때문에. 그저 어리고 예쁘면 졸졸졸 따라다니는 너 같은 놈 말이야."

이석류는 격앙된 말투로 허재성을 쏘아붙였다.

"또, 또 남자들 탓이래. 내가 뭘 어쨌다고."

허재성은 고개를 저으며 끌어 모은 한숨과 억지스런 측은함을 담은 눈빛으로 이석류를 바라봤다. 방금 전 자기를 바라보던 이석류의 모습을 장난스럽게 흉내 내는 모습이었다.

"또 매를 벌어요. 너 그러다 또 석류에게 맞는다."

진실은 그만하라는 눈길을 허재성에게 보내고 테이블 청소를 시켰다.

3

사실 이석류는 지금과는 다른 모습이었다. 진실은 그 사실을 알고 있었기에 허재성의 말이 의도치 않게 상처가 될까 봐 테이블 청소를 시켰다. 이석류가 진실에게 했던 얘기는 이러했다.

2년 전 대학교 신입생이 된 이석류는 얼마 지나지 않아 남자친구가 생겼다. 같은 학교 동갑내기였다. 둘은 이석류 친구가 주선한 소개팅으로 만났고 같이 학교에서 밥도 먹고 공부도 하며 여느 대학생 커플과 다름없이 연애했다. 이석류가 남자친구를 만난 지 2달 되는. 따뜻하고 간지러운 햇살이 캠퍼스를 가득 채우며 학생들 마음에 봄바람이 잔뜩 부는 5월 어느 날. 남자친구와 여의도 한강공원을 가기로 약속했다. 여의도 한강공원에서 돗자리 깔고 도시락도 먹고 사진도 찍고 편히 쉬고 오기로 했다. 그리고 한강공원의 별미. 라면도 먹기로 했다. 이석류는 아침부터 신나게 도시락을 준비했다. 전날 사다놓은 유부초밥 세트를 뜯어 유부 물기가 촉촉이 남을 정도로 물기를 짰다. 그리고 빨강. 노랑 파프리카를 작게 다져서 밥과 조미볶음과 소스를 섞어 유부 속을 채웠다. 그다음 밀가루를 곱게 입혀 풀어놓은 달걀을 묻혀 구웠다. 도시락에 넣으면 유부초밥속 밥이 흘러나와 흐트러질까 봐 달걀을 묻혔다. 처음 남자친구와 한강 데이트 하는 이석류는 남자친구에게 요리할 줄 아는 모습을 보여주고 싶었다. 유부초밥을 깔끔하게 구워내 키친타월로 기름기를 제거했다. 그다음 방울토마토. 딸기를 흐르는 물에 씻어 키친타월로 물기를 닦고 꼭지를 땠다. 2단 도시락에 유부초밥과 과일을 담은 후 회색 원피스를 입고 검은색

가디건을 걸쳤다. 도시락을 넣은 종이가방을 들고 나가려는 순간 전화가 울렸다.

"여보세요."

"응. 자기야 나 지금 나가려고."

"석류야."

작은 한숨소리와 함께 남자친구 목소리가 무겁게 깔렸다.

"목소리가 왜 그래. 무슨 일 있어?"

이석류는 알지 못할 불안함을 숨기고 평소처럼 물었다.

"……석류야. 미안한데."

미안한데? 뭐가 미안하지? 무슨 일이지? 속으로 떠오르는 말이 마음을 스치고 지나갔다. 스마트폰은 꺼지기라도 한 듯 깊은 적막을 몰고 왔다. 숨 막히는 적막을 온몸으로 받으며 이석류는 두근거리는 마음을 진정 시키려 가슴에 손을 얹고 침을 삼켰다.

"오늘 여의도 가기로 한 거. 가지 말자. 안 나와도 돼."

단호한 남자친구의 말이 아프게 귀에 꽂혔다.

"그게 무슨……. 무슨 말이야?"

입술이 주체할 수 없이 떨렸다. 잔뜩 숨을 몰아쉬고 자신도 모르게 가슴에 얹었던 손을 꼭 움켜쥐고 있었다. 마치 잔뜩 화난 황소처럼 요동치는 심장이 터져버리기라도 할까 봐 붙잡고 있는 모습이었다.

"나오지 말라는 말 몰라? 한강 안 갈 거라고."

"그럼……. 그럼 우리 어디 갈 건데?"

이석류는 숨도 제대로 쉬지 못하며 힘없이 말하고 있었다.

"어디 갈 거냐고?"

'우리'라는 단어가 들리는 않는 사람처럼 무겁고 짙은 한숨소리와 함께 남자친구가 퉁명하게 내쏘았다.

"너랑 아무 곳도 안 갈 거야. 너랑 아무 곳도 가고 싶지 않다고."

이석류는 아무 말도 하지 못하고 떨리는 두 손으로 스마트폰을 쥐고 있었다.

"앞으로 너랑 아무 곳도 안 가고, 너랑 아무것도 안 할 거야. 너 얼굴 보고 싶지 않다고."

이석류의 눈이 동요를 일으켰다. 입술은 찬바람 부는 한겨울처럼 바싹 타들어갔고 가슴은 무거운 바위가 얹힌 것처럼 쿵하고 묵직하게 가라앉고 있었다. 울렁이는 가슴을 주체하지 못하고 이석류는 벽을 짚었다. 다리는 무서운 놀이기구를 탄 것처럼 후들거렸고 뱃속은 부글거리며 쓰디쓴 신물을 마구 목구

멍으로 밀어 올렸다. 이게 무슨 뜻이란 말인가. 나랑 아무 곳도 안 가고, 아무것도 안 하고, 내 얼굴을 보고 싶지 않다니. 도대체 이게 다 무슨 뜻이란 말인가. 이석류는 아무것도 이해되지 않아 눈만 깜빡이며 미동도 없이 서 있었다. 이때 남자친구 입에서 뾰족한 가시 박힌 말을 흘러나왔다.

"우리 그만 헤어지자. 너 얼굴 보는 거 지겨워. 하나도 즐겁지 않아."

"왜……?"

이석류는 있는 힘을 다해 어렵게 말을 꺼냈다.

"왜냐고? 너 정말 몰라서 물어? 넌 요즘 여자들 어떤지 안 봐? 안 보여? 다른 여자들은 어떤 모습인지 전혀 안 보이냐고? 내 눈에만 보여? 다들 날씬하고 화장도 하고 옷도 예쁘게 입고 다닌다고. 넌 거울 안 봐? 집에 거울도 없어? 하나 사줘? 너 빼고 모두 다 꾸미고 다닌다고. 근데 넌 뭐야 늘 맨투맨 아니면 후드 티 입고 헐렁한 바지에 운동화만 신고 다니지. 다른 여자애들은 어떤지 알아? 다들 힐 신고 치마입고 다닌다고. 학교에서 다른 여자애들은 어떻게 다니는지 안 보여? 넌 전혀 자극 안 돼? 여자로서 꾸며야 되겠다는 생각이 전혀 없어? 너만 후줄근하게 다니는 거 안 창피해? 쪽팔리지 않아? 난 너 그렇게 다니는 거 너무 창피해. 얼굴을 들고 다닐 수 없어 내가. 너 때문에 내가 얼굴을 들 수 없다고. 내 친구들이 뭐라고 하는지 알아? 나보고 남자랑 연애 하냐고 그래. 여자가 어떻게 저렇게 외모에 신경을 안 쓰고 다니는지 수군수군 거린다고. 내가 그런 소리 듣고 다녀야겠어. 내가 왜 너 때문에 친구들한테 그런 소리 들어야 하는데. 너랑 같이 다니기 창피해 죽겠다고. 너 살 뺀다고 그랬지? 너 살 뺀다고? 웃기네. 내가 장담하는데 넌 절대 살 못 빼. 먹는 거 그렇게 좋아하는 사람이 어떻게 살을 빼니. 난 더 이상 너처럼 통통한 여자 싫어. 흔들리는 네 팔뚝 살 더 이상 보고 싶지도 않고 만지고 싶지도 않아. 통통한 네 다리 보면 있던 정도 다 떨어져. 난 날씬하고 예쁘고 센스 있는 여자 만날 거야. 쫙 달라붙는 원피스, 스키니 진도 입고 하이힐도 신고 화장도 하는 그런 여자 만날 거라고. 넌 그렇게 안 하잖아. 아니 절대 그렇게 못하잖아. 넌 절대 날씬해질 수 없잖아. 난 섹시한 여자가 점점 좋아지는데 넌 절대 섹시해질 수 없잖아. 그러니까 우리 헤어지자. 나 더 이상 너 사랑하지 않아. 네가 지겹다고. 네 모습이 진절머리 나게 싫고 짜증난다고. 치가 떨려. 네 몸매 보면 토 나올 거 같아. 그러니까 우리 구질구질하게 잡고 그러지 말자. 여기서 깔끔하게 끝내자. 내 말 무슨 뜻인지 알겠지?"

준비된 따발총처럼 남자친구는 거침없이 내질렀다. 언제부터 나를 이렇게 바라봤을까? 도대체 언제부터였을까? 처음부터였을까? 처음부터 내가 역겹고 창피하고 고개 들고 다니기 힘든 존재였을까? 먼저 마음에 들어 한쪽은 내가 아니고 남자친구인데. 통통한 내 모습이 마음에 든다고 했는데 그것도 다 거짓말이었을까? 어떻게 2달 만에 이렇게 변해버린 걸까? 아니 처음부터 저런 여자를 원했는데 나를 만난 걸까? 원하는 여자는 따로 있는데 심심풀이로 나를 만난 걸까? 그래서 잠자리를 가지고 얼마 안 있어 헤어지자고 하는 걸까? 남자친구에게 예쁘게 보이려고 큰맘 먹고 원피스를 입었는데…… 하이힐도 준비했는데…… 유부초밥 좋아한대서 아침 일찍부터 준비했는데…… 후식도 준비했는데…… 수없이 많은 말이 마음을 할퀴고 지나갔다.

남자친구는 이런 생각을 가지고 있는데 난 도대체 뭘 했단 말인가. 왜 아무것도 모르고 여의도 한강에 갈 생각에 들떠서 아침부터 도시락을 준비했는가. 이런 생각을 비집고 남자친구의 말이 다시 한번 이석류의 마음을 뒤집어놓았다. 통통한 네 몸이 싫어. 흔들리는 팔뚝 살 만지고 싶지 않아. 잔인할 정도로 다른 여자들과 비교하는 남자친구의 말. 스키니 진. 굴곡이 훤히 드러나도록 쫙 달라붙는 원피스. 또깍또깍 울리는 하이힐. 화장하고 다니는 여자. 섹시한 여자. 넌 살 못 빼. 내가 장담해. 친구들한테 창피한 존재. 거울.

이 모든 말이 수없이 많은 화살이 되어 날아왔다. 정확히 날아와 마음을 끊임없이 찔러댔다. 이석류는 아무 말도 하지 못하고 우두커니 서서 사정없이 흔들리는 손으로 겨우 전화를 끊었다. 사랑하는 사람에게 수치심이란 독이 잔뜩 묻은 모욕을 들었다. 그 모욕을 듣고 이석류는 아무 대꾸도 하지 못하고 멍하니 서 있었다. 멍하니 들으며 그 독 서린 말을 온몸과 마음으로 받아내고 있었다. 정신 차리고 받아쳤어야 했다. 스마트폰을 뚫고 사정없이 쏟아져 날아오는 독이 잔뜩 묻은 말을 토막치고 더 치명적인 독이 가득 서린 도끼 같은 말을 퍼부었어야 했다. 너는 뭐가 그렇게 잘났냐고. 너는 뭘 그렇게 잘 꾸미냐고. 네 외모는 봐줄만 한 줄 아냐고. 나도 불룩한 네 뱃살 싫다고. 냄새나는 네 입도 싫고, 키스 할 때 마다 헛구역질 나는 거 참는다고 힘들었다고. 담배 냄새 쩌 들어 있는 네 손잡는 날은 화장실에서 볼일 보고 손 안 씻은 날보다 더 불결했고. 나도 너보다 잘생기고 키도 크고 어깨도 넓고 복근 있는 남자 만나고 싶다고. 품에 쏙 안기듯이 덩치 좋은 남자 만나고 싶다고. 너처럼 안 어울리게 유행 따르는 거 보다 깔끔하게 입고 다니는 남자가 더 좋고. 맨투맨에 면바지. 청바지만 입어도 옷태가 나는 남자가 좋다고. 그리고 자신감 없게 깔창 깔고 다니는 남자는 치가 떨리게 싫다고. 컨버스 운동화 삐뚤어져 무너지는 거 다 보인다고. 너 때문에 내가 하이힐을 못 신었다고. 네 자존심 지켜준다고 하이힐 포기한 날이 너무나 아깝다고. 네 자존심 무시하고 그냥 하이힐 신고 위에서 너를 내려 봤어야 한다고. 더 심한 말들을 쏟아냈어야 했다. 없는 말도 만들어내 퍼부었어야 했다. 하지만 이석류는 아무 말도 뱉지 못하고 가만히 전화를 끊고 스르륵 무너져 무릎 꿇고 앉아있었다. 정신이 나가 멍하니 꿇어앉아 있는 이석류 곁에는 아침부터 정성스레 준비한 도시락이 든 종이가방이 덩그러니 놓여있었다. 그리고 현관에는 검은 하이힐 한쪽이 맥없이 쓰러져 있었다. 언제부터 이런 생각을 안고 살았으면 저렇게 막힘없이 술술 뱉을 수 있을까? 평소 아무 말 없던 사람도 저런 생각을 가지고 있구나. 남자들은 이런 나를 앞으로 좋아해줄까? 통통한 내가 남자들에게 사랑받으며 살 수 있을까? 나는 사랑하는 사람을 만날 수 있을까? 나는 사랑 받을 수 있을까? 그래! 달라지겠어. 남자들이 좋아하는 여자가 될 거야. 살 쫙 빼서 남자들이 환장하는 여자가 되겠어. 짧은 순간에 많은 말이 왔다가며 마음과 감정을 뒤흔들어놓았다.

이석류는 흔들리는 눈을 꼭 감고 지금 자신의 모습을 떠올렸다. 뚱뚱한 모습이 떠올랐다. 된장찌개에 밥을 비비고 삼겹살을 먹고 있는 모습이 떠올랐다. 양손에 빵을 들고 웃고 있는 모습이 떠올랐다. 짜장 라면과 떡볶이, 각종 튀김, 순대를 사서 가벼운 발걸음으로 집으로 가는 자신의 무거운 뒷모습이 떠올랐다. 초콜릿, 사탕, 휘핑크림이 잔뜩 올라간 커피가 입안을 달콤하게 구르고 있는 모습이 떠올랐다. 피자, 치킨, 파스타, 그리고 술. 자신이 좋아하는 음식들이 끝도 없이 떠올랐다. 그래 모든 게 내 탓이었어. 난 왜 이렇게 살고 있을까. 내가 돼지같이 먹어 대서 그런 거야. 이제부터 안 먹는 거야. 모두 버려야 해! 내가 좋아하는 것들은 모두 독이야! 지금 떠올린 것들을 버리지 않으면 내 삶은 다시 버러지가 될 거야. 석류야! 다 버리자. 다시 시작하는 거야! 남자들이 좋아하는 여자로 다시 시작하는 거야. 이석류는 꼭 감은 눈이 그려낸 검은 배경 속 자신의 모습을 단단히 기억하고 주먹을 꽉 쥐었다. 보기 싫은 자신의 모습을 다시 마주하기 위해 주먹 쥐는 용기가 필요했다.

이석류는 눈을 뜨고 부엌 서랍 속 음식물 쓰레기 종량제 봉지를 꺼냈다. 종량제 봉지 1장을 들고 냉장고 앞으로 걸어갔다. 벌컥 열린 냉장고 문이 옅은 주황색 빛 얼굴을 하고 이석류를 맞이했다. 평소 제일 자주 이석류의 손길이 닿은 냉장고 문이었다. 그러한 손길이 평소와 다르게 거칠었는지 냉장고는 평소보다 붉은빛을 닮은 주황색 같았다. 냉장고 문을 열고 무릎 꿇고 앉았다. 좋아하는 음식들이 가득했다. 살찔 수 있다고 생각되는 음식들을 모두 꺼내서 음식물 쓰레기 종량제 봉지에 넣었다. 모자랐다. 1장으로는 턱없이 부족했다. 서랍 속 봉지를 모두 가져왔다. 음식을 집어넣었다. 아니 지금부터는 쓰레기였다. 좋아하던 음식이 모두 쓰레기로 변했다.

머릿속은 온통 동글동글한 얼굴 살, 사정없이 흔들거리는 팔뚝, 혈액순환 안 될 정도로 꽉 끼는 바지, 튜브를 끼운 듯 뭉텅이로 잡히는 허리 그리고 다이어트로 가득했다. 컴퓨터를 켜고 단기간 다이어트 방법을 찾았다. 역시 다이어트엔 굶는 게 최고라는 글들이 수두룩했다. 이석류는 그날부터 굶었다. 자취방에 틀어박혀 밖에 나가지 않고 오직 물만 마시며 버텼다. 살은 쭉쭉 빠졌다. 기운 없고 힘들었지만 쭉쭉 빠지는 살을 보며 의지를 더욱 다졌다. 그렇게 주린 배를 붙잡고 버티고 버티다 결국 쓰러졌다. 무작정 굶기만 하는 다이어트를 견디지 못하고 몸과 마음은 기어코 허물어졌다.

그리고 굶는 다이어트의 동반자 요요현상이 바로 찾아왔다. 살은 다시 급격히 불어나기 시작했다. 다시는 실패하지 않기 위해 유명한 여자 연예인들 다이어트 방법을 찾았다. 살을 많이 뺀 여자 연예인들의 경험을 참고해 요요현상 없이 살 빼는 법을 공부하고 운동과 식이요법을 병행하기로 마음먹었다. 먹는 것은 한정되어 있었다. 그날부터 식단은 현미밥, 고구마, 닭가슴살, 달걀, 온갖 채소로 구성됐고, 흰 밀가루 음식은 과감히 멀리했다. 이석류는 남자들이 좋아하는 모습이 된 자신의 모습을 상상하며 피트니스 센터에서 매일 2시간씩 운동했다. 하루하루 힘든 몸을 이끌고 독하게 운동해 결국 그토록 바라던 날씬한 여자가 됐다. 그리고 부족하다고 생각한 자신의 마지막 부분을 채우기로 결심했다. 가슴수술을 감행했다.

커진 가슴은 허전하고 줄어든 자신감을 채워주는 것 같았다. 드디어 남자들이 반할만한 여자가 됐다고 생각했다. 이러한 생각은 틀리지 않았다. 거리로 나서면 많은 남자들의 시선이 자신을 향하는 것을 느꼈고 자신을 대하는 남자들의 달라진 행동도 눈에 띄었다. 남자들이 전화번호를 먼저 묻고 연락하는

일이 많아졌고 밥 사준다는 남자들, 선물하는 남자들도 많아
졌다. 역시 여자는 살을 빼고 예뻐져야 한다는 생각을 갖게 된
이석류는 사회생활이 더욱 편해졌다고 느끼며 하루하루를 만
끽하며 살았다. 이 모든 변화가 4개월 만에 일어난 변화였다.

이러한 과거 모습을 아는 사람은 진실뿐이었다. 자신도 다이
어트를 생각하고 있던 때에 이석류가 자신이 다이어트 했던 방
법을 알려주며 자연스레 전 남자친구 얘기를 들려줬다. 여자들
만이 나누는 비밀이었다.

과거 이야기를 아는 진실은 허재성이 생각 없이 내뱉은 전
부 다 남자들 탓이래 라는 말에 이석류가 상처받게 될까 신경
쓰였다. 하지만 표정변화 없는 이석류 얼굴을 보며 진실은 안
심했다.

4

"어이구. 우리 민준이. 이거 뭐예요?"

이석류를 걱정하고 있던 진실의 눈에 4살 아이와 젊은 아빠
가 들어왔다.

"이거. 이거. 이거 꽃이에요."

"우와. 우리 민준이 꽃을 알아요? 그럼 저건 뭐예요?"

"저거. 어……."

작은 입이 열릴 듯 말 듯 하며 아이는 손가락을 뻗었다.

"저거 나무. 나무예요."

"똑똑하네. 우리 아들."

아빠는 아이를 품에 안고 카페를 한 바퀴 돌며 이것저것 물어보고 있었다.

"저 아이도 민준이구나."

진실은 민준이라는 이름을 떠올리며 아이를 바라봤다.

아이는 아빠가 세상 모든 것을 알 것이라 여겼는지, 궁금한 모든 것을 작고 통통한 손으로 가리키며 물었다.

"아빠. 아빠. 저거 뭐예요."

"응. 저건 컴퓨터예요. 언니 오빠들 공부하니까 조용히 해야 해요. 쉬잇."

아이 아빠는 집게손가락을 입으로 가져가며 '쉬잇' 하는 시늉을 하며 아이를 바라봤다. 아이는 아빠를 따라하며 쉬잇. 쉬잇거렸다. 이런 아이 모습을 바라보는 손님들 얼굴에는 자신들도 모르게 지어지는 행복한 웃음이 가득했다.

아이를 안고 걸어오는 아빠의 모습을 넋 놓고 바라보는 진실에게 이석류가 넌지시 말을 건넸다.

"사장님, 아이랑 사랑에 빠지겠어요."

"어?"

"아이랑 사랑에 빠지겠다고요. 아이를 너무 사랑스럽게 바라보는 거 아니에요? 무슨 남의 자식을 그렇게 바라봐요? 누가 보면 아이 엄만 줄 알겠네."

"그래? 내가 그렇게 바라봤나?"

"그럼요. 눈에서 아주 꿀이 뚝뚝 떨어져요."

"아이가 너무 예쁘잖아. 너무 사랑스럽고. 그렇지 않니?"

진실은 두 손으로 턱을 괴고 따뜻하게 웃으며 아이를 바라봤다.

"예쁘죠. 너무 예쁘게 생겼는데. 그래도 너무 빤히 쳐다보니까 그렇죠."

사랑스런 눈길로 너무 빤히 바라보고 있는 진실이 신기해서 얘기를 늘어놓았다.

"네가 아직 어려서 그래, 이것아. 너도 내 나이 돼 봐. 아이가 한없이 예뻐 보이고 사랑스러울 거야."

"제 눈에도 예뻐 보여요. 다만 내 자식처럼 예뻐 보이진 않는

단 얘기예요. 그냥 예뻐 보이기만 할 뿐이란 거죠."

"그럼 뭐 나는, 너랑 다르니? 나도 아이가 예뻐서 바라보는 거야."

"그렇긴 한데, 사장님은 뭐랄까……."

이석류는 적당한 표현을 찾으려는 듯 오른손 집게손가락으로 아랫입술을 톡톡 두드렸다.

"마치 본인이 고생, 고생해서 낳은 아이를 바라보는 눈길이라고요."

"내가? 그랬나?"

진실은 멋쩍은 듯 웃어 보였다.

"저거 봐봐, 캐럴에 맞춰 몸 흔드는 거 봐봐. 저렇게 귀엽고 사랑스러운데 어떡하니 그럼."

카페를 가득 채우는 Let It Snow 음악에 앙증맞은 몸짓으로 박자를 맞추려 애쓰는 아이의 움직임을 가리키며 진실은 환하게 웃었다. 카페 손님들도 음악에 맞춰 움직이는 아이의 몸짓을 흐뭇하게 바라보며 따뜻한 웃음을 지었다.

"인정. 저 장면은 너무 귀엽다. 이 재즈 음악에 아이가 어떻게 반응을 할까요?"

"재즈인지 뭔지가 뭐가 중요하겠니? 애기여도 본능적으로 저렇게 음악을 느끼는 거겠지. 동요나 만화 주제가면 더 친숙하니까 더 몸을 흔들 거고. 겨울왕국 주제가 나오면 더 좋아할 거야. 한참 아이들 좋아했었잖아. 극장 갔는데 어찌나 아이들이 따라 부르던지."

진실은 웃음 가득 번지는 얼굴로 극장에서 아이들이 따라 부르는 장면을 떠올렸다.

"사장님도 남자 좀 만나고 결혼하세요. 그래서 저렇게 사랑스런 아이도 낳으면 되잖아요."

옆에서 아이를 바라보며 웃고 있던 김민성이 얘기했다.

"그래요. 사장님도 남자도 만나고 데이트도 하고 그러다 잘되면 결혼도 해서 아이도 낳고."

김민성의 말을 이석류가 거들었다.

"됐어. 귀찮아. 이 나이에 남자는 무슨."

진실은 마흔이 다 돼가는 자신의 나이를 생각하며 조용히 읊조렸다.

"왜요. 사장님 나이가 어때서요? 요즘 늦게 결혼하고 아이 낳는 사람들이 얼마나 많은데요."

이석류는 나이가 무슨 상관이냐는 듯 진실에게 한 발짝 더 다가가며 말했다.

"그래요. 사장님. 나가서 남자도 만나고 해요. 카페는 우리
가 잘 지킬게요."

허리에 손을 얹고 허재성이 당당하게 얘기했다.

"남자 뒤치다꺼리 하는 게 얼마나 귀찮은 줄 아니? 아주 결
혼만 하면 아이가 돼요. 아니지 처음부터 아이지. 말 안 듣는
아이야 남자는."

진실은 마치 결혼을 해본 사람처럼 말했다.

"결혼해서 어차피 아이처럼 구는 남자랑 사는 것보단 혼자
가 훨씬 나아."

결혼생각을 한 번도 해본 적 없는 진실이 단호하게 말을 잘
랐다.

"남편보다는 그냥 아이가 있었으면 좋겠단 생각을 해봤지.
저런 아이를 보고 있으면 나도 내 아이가 있었으면 하는 생각
이 더 들어. 그렇지 않니? 저런 아이의 모습을 이렇게 바라보
고 있으면?"

진실은 가게 구석구석 살펴보듯이 걷고 있는 아이를 바라보
고 있었다.

"그럼 그냥 임신을 하면……."

"야!"

갑작스런 임신얘기를 듣고 놀란 이석류가 허재성의 옆구리를 팔꿈치로 찔러 말을 막았다.

"아! 왜 그래!"

"너는 정신이 있니? 결혼도 안 한 사람이 어떻게 임신을 해?"

"내가 뭐? 꼭 결혼해야 임신할 수 있나?"

"그럼? 뭐 남자라도 하나 낚아서 하룻밤을 보내라는 말이야?"

이석류는 허재성의 말을 조심스럽게 받아 낮게 속삭이며 진실을 힐끔 바라봤다.

"누가 하룻밤을 보내래? 요즘엔 정자은행에서 기증받아서 낳을 수 있는 시대라고."

허재성은 사람을 어떻게 보고 그런 소리를 하냐는 눈빛으로 이석류를 흘겨봤다.

"아, 아, 정자은행. 뭐 그것도 한 방법이긴 하지."

"이것들아. 정자은행은 무슨. 아이 낳는 게 얼마나 아픈지 알고 하는 얘기야?"

다 듣고 있던 진실은 어이없는 너털웃음을 지었다.

"아이 낳을 생각 없다고 이것들아. 그냥 저 아이가 귀엽다는 것뿐이야."

"사장님, 입양은 어때요?"

갑자기 김민성이 입양 이야기를 꺼냈다.

"입양도 아무나 하는 게 아니야. 1인 가정은 법적으로 입양도 안 돼. 부부여야만 입양할 수 있어 우리나라는."

"진짜예요? 부부가 아니면 입양이 안돼요?"

"그래. 법적으로 그렇게 돼있어."

"그렇구나. 사장님은 어떻게 그런 것도 아세요?"

"카페 오픈하고 1년쯤 지나 안정됐을 때 아이가 있었으면 좋겠다는 생각을 했었거든. 그래서 진지하게 고민했지. 한 6개월 정도 고민했던 거 같아. 남자 만나서 결혼은 하기 싫고. 근데 아이는 키우고 싶고. 가족이 있으면 좋겠다는 생각을 많이 했지. 그래서 이곳저곳 알아보니까 우리나라는 부부만이 아이를 입양할 수 있다는 걸 알았지 뭐. 그래서 깔끔하게 포기했어. 그 사실을 알았다면 6개월 고민도 안했겠지만. 그래도 아이 키운다는 것에 대해서 고민하는 시간이 나름 좋은 시간이었어."

"입양을 진지하게 생각하셨구나. 전혀 몰랐어요."

김민성과 다른 직원들은 처음 듣는 얘기였다.

"6개월 동안 생각하고 또 생각했었지. 내가 진짜 아이를 키울 수 있는지. 가정을 꾸릴 수 있는지. 음. 편견이라고 해야 하나? 한 부모 가정을 바라보는 우리나라 사람들 시선이 그렇게 좋진 않잖아. 뭐 애비 없는 자식이네 어쩌네. 엄마가 없어서 아이가 꼬질꼬질 하다느니. 이런 말을 이겨내고 키울 수 있을까 고민할 수 있는 좋은 시간이었어. 법적인 이유로 키우진 못하지만 가정을 지키고 아이를 위해서라면 다른 사람들 시선 따위는 상관없다는 생각도 했었고."

"사장님 멋져요."

허재성이 양손 엄지손가락을 쑤욱 내밀며 어깨를 들썩였다.

"재성아."

"네. 사장님."

허재성은 여전히 엄지손가락을 내밀며 웃고 있었다.

"네가 그렇게 좋아하는 예쁜이 손님들 가신다."

허재성이 직접 커피를 가져다준 손님들이 테이블을 정리하고 옷을 챙겨 입는 모습이 진실의 눈에 들어왔다.

"오 마이 예쁜이들."

허재성은 급하게 뒤돌아보며 안타까운 탄식을 흘렸다.

"드신 거 이쪽으로 주세요. 커피는 괜찮으셨어요?"

김민성이 커피잔을 담은 쟁반을 들고 오는 일명 예쁜이 손님들에게 말을 걸며 쟁반을 받았다.

"네. 커피 맛있어요. 잘 마시고 갑니다."

"어쩌면 좋니. 예쁜이들이 말도 참 예쁘게 하네."

허재성은 멀어지는 뒷모습을 바라보며 아쉬운 말투로 얘기했다.

"적당히 하쇼."

허재성을 향해 행주를 던지며 이석류가 톡 쏘았다. 행주를 받아든 허재성은 방금 떠난 손님 테이블과 비어있는 테이블을 전체적으로 한 번씩 닦았다.

"민성아. 커피 원두 주문해줘. 하루치 밖에 안 남았거든. 아메리카노용 2kg짜리 4봉지, 라테용 2kg짜리 3봉지 시켜줘. 퀵서비스로 보내달라고 해."

"네. 알겠습니다."

그리고 저녁에 배달예정인 테이크아웃 잔을 기다렸다.

5

4시쯤 되니 카페는 조금 한산해졌다. 점심, 저녁 식사시간이 제일 바쁘고 나머지 시간은 그나마 여유 있었다. 그렇게 정신 없이 바쁜 시간이 지나고 두 팀으로 나눠 15분씩 쉬기로 했다.

먼저 허재성과 김민성이 휴게실로 들어갔다.

"저희 먼저 쉴게요. 혹시 바쁘거나 힘쓸 일 있으면 부르세요."

허재성이 휴게실 문을 옆으로 밀며 진실에게 말했다.

"아이고, 아이고 온몸이 쑤신다. 쑤셔."

"앉으니까 세상 편하네. 그치?"

김민성이 의자에 털썩 앉으며 말을 건넸다.

"형은 앉아 쉬면 풀리죠? 전 누울 랍니다."

허재성은 의자를 일렬로 붙이더니 그 위에 편하게 누웠다. 학창시절 의자를 붙여 많이 누워본 솜씨였다.

"넌 요즘 어떻게 지내?"

김민성이 먼저 말문을 열었다.

"저야 뭐, 그냥 카페에서 일하고 공부하고 그렇게 지내죠. 가끔 여자친구 만나고. 형은요?"

"나도 뭐 똑같지. 주말에 아르바이트 하고 평일엔 그냥 뒹굴거리지. 뒹굴거리는 게 제일 편해."

"그렇죠. 뒹굴뒹굴 집에서 쉬는 게 제일 좋죠."

"넌 집에서 쉬는 게 편해? 난 아주 죽겠다. 아빠 때문에. 뭘 그렇게 잔소리 하는지. 공부, 공부얘기뿐이다. 아주 징글징글하다."

"공부해야죠. 요즘 취업도 힘든데. 형은 취업걱정 안돼요?"

"취업? 취업이 그렇게 힘든가? 왜 그렇게 다들 취업. 취업 거리는 거야."

"힘들죠. 요즘 대기업 들어가려면 장난 아니에요. 학점은 기본이고, 외국어능력도 좋아야 하잖아요. 뭐 요즘엔 영어는 당연하고 중국어 잘하는 애들도 널렸어요. 그리고 스펙도 빵빵해야 하잖아요. 그 뭐냐 공모전 이런 곳도 나가서 상 받아야 하지. 봉사활동 경험도 있어야 하지. 외국도 나갔다 와야 하지. 또 자기관리니 어쩌니 해서 날씬하고 얼굴도 좋아야 하지. 무슨 취업 국가대표 뽑는 것도 아니고. 완전 전쟁이에요."

"나는 잘 모르겠다. 그냥 아빠가 일 시켜주시겠지."

"아버지가 일 시켜주신다고요?"

"응. 우리 아빠 태황건설 전무야."

"뭐라고요? 태황 전무라고요? 대박! 완전 큰 빽이네. 진짜 부럽다."

"그니까. 설마 아들 놀고먹게 하시겠어? 그런데도 이렇게 아르바이트라도 하라고 난리시라니까."

"아버님께서 아르바이트 시키신 거예요?"

"응. 아빠 아니면 아르바이트 따위 안 하지. 내가 뭐가 부족해서 아르바이트 하냐. 집에 돈도 많은데."

"형 집 진짜 잘사는 구나. 부럽다 부러워."

"어마하게 잘사는 건 아니고 그냥 좀 살아. 근데도 아들을 이렇게 고생하게 만드신다니까. 용돈도 주시고 차도 주시고 대학 학비도 내주신다는데. 노동의 의미를 알아야 하니 어쩌니 하면서 주말 아르바이트라도 하라고 하시잖아. 귀찮게. 이런 커피숍 아르바이트 따위가 뭐가 필요하냐. 집에 돈도 많은데 군이 이렇게 애들 코 묻은 돈 마냥 작은 돈을 벌어야 하느냐 말이지. 노동의 기쁨은 개뿔."

"진짜 부럽다. 학비도 지원해주시고. 거기다 용돈에 차까지. 난 차는 바라지도 않아요. 학비라도. 아니 용돈이라도 받았으면 좋겠네."

"달라고 하면 되잖아 부모님께."

"그게 어디 쉽나요."

허재성은 자신도 모르게 고개 숙이며 말했다.

"왜? 말해. 부모님 좋은 게 뭐야. 아들 공부하겠다는데 학비 정도는 해주셔야지."

"됐어요. 그냥 제가 벌면 되죠."

은근슬쩍 잘산다고 자랑하는 거야 뭐야! 라는 생각이 불쑥 떠올라 허재성의 머리를 땅 하고 때렸다. 괜히 김민성의 눈길이 신경 쓰였다. 천천히 위아래로 훑으며 자신을 깔보는 느낌이었다.

허재성은 고향집을 떠올렸다. 작은 가게를 운영하시는 부모님과 고향에 있는 전문대를 다니는 여동생. 넉넉하지 않은 집에서 공부를 잘하는 게 죄 같았다. 지방대학을 가려고 하니 성적이 아깝고 그렇다고 서울에 있는 대학을 가려니 학비와 생활비가 걱정이었다. 그러나 허재성은 과감히 서울에 있는 중상위권 대학을 지원했고 덜컥 합격했다.

부모님께 쉽게 얘기를 꺼내지 못하던 허재성은 첫 등록금과 3개월치 생활비만 지원해주면 나머지는 자신이 해결하기로 약속하고 서울로 올라왔다. 그리고 1학년 1학기 마치고 군대 다녀온 후 카페 아르바이트를 시작했다. 카페 일에 어느 정도 적응하니 공부할 수 있는 체력적 여유도 생겼다. 그렇게 8개월간 일한 돈으로 등록금도 마련했고 어느 정도 생활비도 모을 수 있었다. 자신의 상황에 대해 아무렇게나 얘기하는 김민성의 얼굴을 보고 있으니, 허재성은 자신도 모르게 울화가 치밀고 짜증났다.

"야. 카페 아르바이트 한다고 얼마나 버냐. 그냥 그 시간에 공부하고 부모님께 돈 달라고 하지. 넌 그래도 한국대처럼 최상위권 대학은 아니지만 공부 좀 하잖아. 난 공부론 글렀어. 어차피 공부에 흥미도 없고. 그냥 집에서 물려주는 돈으로 편하게 사는 게 꿈이야."

허재성은 김민성의 말을 듣고 가만히 있었다. 한마디 쏘아주고 싶었지만 대꾸할 말이 마땅히 떠오르지 않았다.

"요즘 너 네 학교도 애들 다 공무원 준비하고 그래?"

"그렇죠. 요즘 공무원 준비하는 친구들이 제일 많죠. 안정적이잖아요. 철밥통이니까 잘릴 걱정도 없고."

"암만 안정적이어도. 그게 뭐냐 한 달에 받는 돈이 200만 원도 안 되더니만."

"그래도 요즘 같이 불안정한 시기엔 공무원이 최고예요. 연금이 빵빵하잖아요. 다들 공무원하려고 얼마나 열심히 공부한다고요. 학교 도서관 가면 트레이닝복 차림으로 밥도 대충 먹고 하루 종일 공부만 해요."

"뭘 그렇게 공무원에 집착하고 난리지? 인생을 왜 그렇게 버둥거리며 악착같이 사냐? 그냥 편하게 살면 되잖아. 무슨 부귀영화를 누리겠다고 그렇게 공부하고 그러나. 맘 편하게 게

임도 하고 술도 마시고 해외여행도 다니고. 얼마나 좋은 인생이야. 난 도저히 이해를 못하겠어. 그렇게 버둥거리며 사는 인생들 말이야."

김민성은 상대방 기분을 생각지도 않고 입에서 나오는 대로 막 지껄여댔다.

"그러게요. 인생⋯⋯. 무슨 부귀영화를 누리겠다고⋯⋯."

자신도 모르게 낮은 목소리가 입술을 맴돌았다. 허재성의 눈빛엔 씁쓸함이 묻어났다. 잘 사는 부모 밑에서 그저 학비며 생활비 받기위해 어쩔 수 없이 주말아르바이트 하는 사람이 눈 앞에 앉아있었다. 그런 사람과는 어차피 대화가 안 되겠다는 생각을 하며 허재성은 입을 굳게 다물었다.

"여자친구랑은 잘 지내?"

김민성이 잠깐의 정적을 깨고 다시 말문을 열었다.

"뭐 그냥 저냥 만나요."

"왜 그냥 저냥 이야? 잘 만나야지. 무슨 일 있어?"

"아니 뭐 특별한 일은 없어요."

허재성은 얘기하기 싫은 눈치였지만 김민성은 아랑곳하지 않고 계속해서 재촉했다.

"뭔데 얘기 해봐. 이 형이 다 들어줄게."

허재성이 머뭇거리다 조심스럽게 말을 꺼냈다.

"아니. 나는 집이 서울이 아니잖아요. 그렇다고 집안이 막 넉넉해서 고향집에서 돈을 보내주는 것도 아니고."

허재성은 더 얘기 할까 말까 순간 고민하다 더 뱉었다.

"그러니까 나는 살고 있는 원룸 월세도 내야 하고 생활비도 어느 정도 벌어야 하니까 카페에서 일하고 있는 거잖아요. 근데 여자친구는 부모님하고 살아서 그런지 제 사정이 그렇게 막 이해되지는 않나 봐요. 데이트 할 수 있는 날이 없다고 투덜투덜 난리에요."

"카페 한 번씩 오는 거 보면 그런 내색은 전혀 없는 거 같던데. 아냐?"

"다른 사람들 앞에서는 못 그러죠. 내 앞에서만 그러지."

"귀여운 투정이네. 네 사정은 이해하는데 데이트는 하고 싶은 거겠지."

여자친구 없는 김민성은 조금은 부러운 듯 허재성을 바라봤다.

"그것도 하루 이틀이죠. 요즘엔 투덜대는 게 너무 잦아요."

"잘 받아줘. 데이트 하고 싶다고 투덜대는 게 뭐가 힘드냐. 난 투덜대는 여자친구라도 있었으면 좋겠다."

"형 여자친구 없어요?"

"너 몰랐냐?"

"몰랐어요. 연애해요. 연애하면 되지. 왜 여자친구 안 만들어요?"

"그게 내 맘대로 되는 거면 얼마나 좋겠니?"

"그런가? 여자친구 만드는 게 힘든가? 형 눈이 높아서 그런 거 아녜요?"

허재성은 복수하듯 능청스럽게 물었다.

"아냐. 나 눈 안 높아."

"에이. 남자들 중에 '그래. 나 눈 높다' 하는 사람 한명도 못 봤네. 결국에 들어보면 다 눈 높아요."

"나 진짜 안 높아. 진짜라고."

"정색하는 거 보니까 맞네. 전형적인 눈 높은 남자들 반응."

허재성은 크큭 거리며 시원하게 웃었다. 집안 얘기를 아무렇지 않게 하는 김민성이 은근히 얄미웠는데 눈 높은 남자로 몰고 가니 괜히 통쾌했다.

"그럼 얘기해 봐요. 어떤 여자 좋아하는지."

허재성은 한 번 들어주기라도 하겠다는 듯 팔로 고개를 받치고 옆으로 돌아누워 김민성을 바라봤다.

"음……. 나는……."

김민성은 입술 끝을 맴도는 말을 뱉기 전에 생각을 가다듬었다.

"일단 머리가 길었으면 좋겠어. 그 긴 생머리 있잖아. 남자들 로망."

"남자들 로망 긴 생머리. 그리고?"

"키는 160㎝ 넘고 날씬 했으면 좋겠어. 청바지가 잘 어울리게."

"그리고?"

"그리고 운동화 보다 힐 신고 다녔으면 좋겠고."

"운동화 보다 힐. 또?"

"또? 음……. 아! 올림머리가 잘 어울리고 웃는 모습이 예쁜 여자. 뭐 이정도?"

"얼굴은?"

"얼굴? 그거야 당연하지. 여자는 예뻐야지."

김민성 얼굴엔 당연한 걸 왜 묻느냐는 표정이 잔뜩 묻어났다.

"아 그리고 마지막으로 발목이 가느다란 여자."

"아 진짜. 형! 그게 눈이 높은 거예요."

"야! 이게 왜 눈이 높은 거냐. 요즘 길거리 나가봐 다 날씬하고 다 예쁜데."

"그니까. 그게 눈이 높은 거라고. 똑같은 말 반복하게 만드네."

허재성은 상체에 힘을 주고 벌떡 일어나 앉았다.

"형. 키 160㎝ 넘고 날씬하고 긴 생머리에 올림머리가 잘 어울리고 그리고 뭐? 웃는 모습이 예쁜 여자? 발목이 가느다란 여자?"

허재성은 김민성을 바라보며 잠시 뜸을 들였다.

"운동화보단 힐 그리고 청바지가 잘 어울리고?"

김민성은 눈도 깜빡이지 않고 고개를 끄덕이고 있었다.

"왜 연애를 안 하는지 알겠네. 아니, 못하는지 알겠어."

허재성은 깊은 한숨을 쉬며 말을 이었다.

"그런 여자가 흔한 줄 알아요? 형이 말하는 여자 그렇게 많지 않아. 어떻게 나보다 여자 보는 눈이 더 까다로워?"

"내가 뭐가 까다로워. 요즘 다 이렇잖아. 날씬한 건 기본 아냐? 여자니까 날씬하고 예쁜 건 기본이지."

"아니, 날씬하고 예쁜 여자가 그렇게 많지 않다고. 그런 여자 만나려면 얼마나 치열한데. 남자들이 아주 개떼처럼 달려

든다고요."

"그건 그렇지. 남자들이 예쁘고 날씬한 여자를 좋아하긴 하지."

"그니까 잘 아네. 누구나가 좋아하는 여자라고요. 날씬하고 예쁜 여자는. 다른 건 다 부수적인 거야. 키가 어쩌니 헤어스타일은 어떻고 운동화니 힐이니 청바지니 하는 거는 다 부수적이라고요. 웃는 모습이 예쁜 여자? 예쁘니까 웃는 모습이 예쁜 거지. 예쁘게 웃는 여자가 어디 있어!"

허재성은 열을 내며 설명을 하고 있었다.

"형 기준에 예쁜 여자가 어떻게 생긴 여자인지는 모르겠는데 눈을 낮춰야 해. 그런 여자는 콧대가 장난 아니게 높아요. 완전 에베레스트야. 지들이 무슨 연예인인줄 알아요. 아주 철벽이야. 철벽. 다 튕겨내."

허재성의 설명을 듣고 있던 김민성이 다리를 꼬며 질문했다.

"그런가? 내가 눈이 높은 건가? 가로수길. 이태원. 뭐 이런 곳 가면 많던데?"

그때, 둘의 대화를 파고드는 '똑똑' 맑은 소리와 함께 진실이 얼굴을 내밀었다.

"이제 교대 할 시간."

남자들 쉬는 시간이 끝나고 이젠 여자들이 쉬는 시간이었다.

김민성은 더 하지 못한 말을 입술 끝에 매달며 진실을 바라봤다.

"예, 바로 나갈게요. 재성아, 나가자."

"15분 참 빠르게 지나간다."

자리를 털고 일어난 둘은 나가기 전, 거울 앞에서 옷매무새를 가다듬고 머리 스타일을 정리했다.

"우리 쉴 테니 급한 일 생기면 불러요."

진실의 어깨에 두 손을 얹은 이석류가 마음에 없는 말을 흘리며 휴게실로 들어갔다.

"의자 모아놓은 거 보니까 또 누웠네. 허재성 저놈은 눕는 거밖에 몰라요."

"피곤하니까 그렇겠지."

"아니에요. 내가 아는 허재성은 피곤해서 누운 게 아니에요."

진실은 다른 이유가 뭔지 모르는 눈빛으로 물었다.

"그럼?"

"오늘이 무슨 날이에요? 카페 2주년 파티 있잖아요. 그것도 클럽에서. 이따 클럽에서 놀 거 생각해서 체력 비축해놓은 거예요."

"네 말 들으니까 맞는 거 같다."

허재성이 누워있는 모습이 훤히 그려졌다.

"백 프로 확신합니다. 암튼 대단해 재성이도."

"얼마나 놀고 싶겠니. 학비 번다고 이렇게 아르바이트 하고 있으니."

"하긴 재성이가 군대 다녀와서 학비 번다고 아르바이트 하는 거 보면 기특하긴 해요."

"누가 누구 보고 기특하대? 내 눈 엔 너도 기특해 이것아."

진실은 이석류 등을 토닥이며 말했다.

"하긴 저도 좀 기특하죠."

이석류는 조금 민망했는지 괜히 스스로를 칭찬해보며 머쓱하게 웃었다. 이석류도 허재성처럼 서울로 대학을 오면서 월세와 용돈은 자기 손으로 해결하겠다고 다짐을 했는데 생각처럼 쉽지 않았다. 1학기는 부모님께서 생활비를 보내주셨지만 2학기부터는 스스로 해결해 보라고 얘기하셨다. 그래서 이석류는 평소 좋아하는 커피도 배울 겸 카페 아르바이트를 찾고 있었고 우연히 들른 진실의 카페에서 아르바이트생을 구한다는 포스터를 보고 일하게 되었다. 이때가 다이어트를 성공한 시기였다. 이석류는 처음에 학교 수업 후 평일 아르바이트만 했었는데. 어느 순간 주말 아르바이트도 하게 되었다.

"아, 오늘 와요?"

"응? 뭐가?"

이석류가 무슨 말을 하는지 정확히 알 수 없어 진실이 되물었다.

"민준이……."

"아! 민준이."

이석류는 대답을 기다리며 마른침을 삼켰다.

"그게……. 민준이가……."

진실은 머뭇거리며 입술을 쉽게 떼지 못했다.

"못 오는 구나……. 그럴 줄 알았어요."

이석류는 실망이 컸는지 땅이 꺼져라 한숨 쉬며 고개를 푹 숙였다.

"가게 무너지겠다. 걱정 마. 이따 저녁에 민준이 가게로 오기로 했어."

진실은 이석류를 바라보며 싱긋 웃어보였다.

"정말요? 진짜죠?"

"그래. 어제 민준이가 연락 왔었어. 저녁에 가게로 오겠다고."

진실은 민준의 메시지가 적힌 스마트폰 화면을 보여주며 말했다.

"어디 봐요. 잘됐다! 난 혹시나 못 오면 어쩌나 했거든요."

그제야 이석류는 메시지를 보며 환하게 웃었다.

"사장님. 고맙습니다."

"그래. 오늘 민준이랑 얘기도 많이 나누고 해."

이석류는 혹시나 자기가 파티에 오라고 하면 안 올지도 몰라서 진실에게 부탁했었다. 얼마나 좋은지 두 팔 벌려 진실을 힘껏 안았다. 아기처럼 좋아하는 이석류는 약 1년 전 그날을 잊을 수 없었다.

6

1년 전 1월 ×일. 이석류는 대학교에서 친해진 성희, 지민과 식사 약속이 있었다.

"새해가 되어도 달라지는 건 아무것도 없구나. 내 나이뿐이네."

이석류는 아침부터 외출준비를 하며 투덜거렸다.

"아우 귀찮아. 이것들은 왜 이리 아침부터 만나자고 하는 거야. 푹 잠 좀 자고 오후 늦게 만나면 얼마나 좋아."

아침 겸 점심 먹자고 닦달하는 친구들의 성화에 못 이겨 이석류는 아침잠을 뿌리치고 외출준비하고 있었다.

"오늘은 뭘 입을까? 그냥 친구들 만나는데 편하게 입고 나가지 뭐. 청바지에 패딩 당첨."

화장을 끝내고 옷 챙겨 입은 이석류는 친구들과 약속한 장소로 향했다.

"야. 너 무슨 코트를 다 입었어? 안 춥니?"

자신과 다르게 잘 차려입고 나온 성희를 보며 이석류는 절레절레 고개 저었다.

"저녁에 다른 약속 있어서 그냥 챙겨 입었어. 근데 지민이 또 늦지 않겠지?"

"얘 오늘도 늦게 온다에 내 손목을 걸겠어."

"어우! 손목이 뭐냐. 난 발목!"

성희는 천천히 올라오는 이석류의 오른손목을 바라보다 자신의 왼발을 들고 소리치며 깔깔깔 웃었다. 한참을 웃은 이석류는 아직 오지 않은 지민에게 전화했다.

"어디야? 뭐라고? 야! 너 내가 늦지 말랬지? 얼마나 걸려? 알겠어. 빨리 와."

"뭐래? 늦는데?"

"지민이 이 가시네. 매번 늦는 거 놀랍지도 않다. 식당으로 먼저 가자. 거기로 바로 오라고 하면 되겠지? 10분이면 도착한데."

둘은 파스타 집으로 향하며 지민에게 메시지를 보냈다.

지민이 도착하고 셋은 파스타 주문을 했다. 이석류는 봉골레 파스타. 성희는 까르보나라 파스타. 지민은 토마토 파스타 그리고 루꼴라 피자도 시켰다.

"지민아. 너 방학 때 집에 내려가?"

"안 내려가. 월세도 아깝고 그냥 서울에 있으려고. 나도 너처럼 아르바이트 할까 생각중이야."

"성희 넌?"

"나도 그냥 있으려고. 내려가면 나를 기다리는 건 잔소리밖에 없어. 살 빼라는 잔소리."

셋은 서로를 바라보며 '맞아. 맞아'라는 듯 고개를 끄덕였다. 왜 그렇게 아빠들은 우리 딸 살 안 빼도 예쁘다고. 살 뺄게 어디 있냐고 하며 계속 잘 먹으라고 하고 엄마들은 팔뚝을 잡으며 이 살 어떻게 할 거냐고. 이 허리 어떻게 할 거야 라며 매일 살 빼라고 하는지 도저히 이해할 수 없었다. 아빠들은 딸 바보

90

라는 말이 진짜 맞는지도 모르겠다며 셋은 여느 친구들처럼 웃으며 얘기 나눴다.

"이거 다 먹고 어디로 갈까?"

"음……. 나 화장품이랑 구두 볼 건데 구경 좀 하다 커피 마시러 가자."

"그래 그럼 카페는 너 아르바이트 하는 곳으로 가자. 사장님 잘 챙겨주시더라."

"오케이. 좋아. 좋아."

"근데 너 화장품 뭐 살 거야?"

"나 수분크림이 다 떨어져서. 이것 봐. 지금 얼굴 건조한 거."

이석류는 얼굴을 쭉 내밀며 건조함을 강조했다.

"그리고 추워서 안에 털 들어간 구두 보려고. 구두는 포기 못하겠으니 부츠 형식으로 볼까 생각중이야."

"어우. 저 힐 귀신."

셋은 식사를 마치고 화장품 가게에서 수분크림을 사고 구두를 보러 갔다.

"240으로 신어볼게요."

점원이 가져온 구두를 신어본 이석류는 친구들을 향해 다리를 내밀었다.

"어때?"

이석류는 낮게 속삭였고 친구들은 무언의 눈빛으로 별로라는 뜻을 전달했다.

구두는 다음에 보기로 하고 셋은 이석류가 아르바이트 하는 카페로 향했다.

"사장님. 저 왔어요."

"어 왔어? 웬일이야. 주말에? 커피 마시게?"

"그럼요. 친구들이랑 왔어요."

친구들은 진실에게 인사를 했고 진실도 반갑게 맞이했다. 셋은 자리를 잡고 각자 주문을 했다. 이석류는 카페라테. 지민은 캐러멜 마끼아또. 성희는 코코아를 시켰다. 진실은 음료 3잔과 함께 블루베리 머핀. 초코 머핀을 같이 그릇에 담았다.

"여기 주문하신 음료 나왔습니다."

깊은 저음의 목소리가 셋이 앉아있는 테이블로 다가왔다. 자신의 귀에 꽂히는 처음 듣는 남자 목소리에 이석류는 고개를 홱 돌려 남자의 얼굴을 바라봤다. 주말아르바이트에 남자는 없었기에 고개는 더욱 빨리 돌아갔는지 모르겠다. 그리고 남은 두 친구들도 그 목소리를 따라 고개를 돌리고 이석류처럼 가만히 그 남자를 바라봤다. 그들이 본 사람은 지금껏 카페에서 보

92

지 못한 남자였다. 그 남자는 테이블에 음료 3잔과 머핀 2종류를 내려놓으며 말했다.

"사장님께서 머핀은 서비스로 드리는 거라고 하셨어요. 그럼 맛있게 드시고 필요한 거 있으면 불러주세요."

그 남자는 고개를 꾸벅 숙이고 뒤돌아갔다.

이석류와 친구들은 움직이지 못하고 넓은 등에 시선을 고정했다.

"야야! 누구야 저 사람? 이석류! 누구냐니까?"

눈을 껌뻑이고 있던 지민이 이석류를 향해 소리쳤다.

"야! 다 듣겠다. 조용히 말해."

성희가 양손을 아래로 조금씩, 조금씩 내리는 시늉을 하며 목소리를 낮추라고 얘기했다.

"나도 몰라. 모르겠어. 누군지."

이석류는 약간은 멍한 눈으로 친구들을 바라보며 느리게 대답했다.

"너도 모른다고? 네가 아르바이트 하는 카펜데 네가 모르면 누가 알아!"

물음인지 질책인지 모를 성희의 목소리가 이석류의 귀를 때렸다.

"그러게. 나 왜 저 남자가 누군지 모르겠지?"

이석류는 멍한 눈빛을 한 채 혼자 중얼거렸다. 카페에서 아르바이트 하는 자신이 모르는 남자가 친절히 음료를 가져다주고 사라졌다. 이해되지 않는 상황을 이해하려고 머리를 굴렸으나 도저히 해결되지 않았다. 주말 아르바이트생을 구하고 있다는 진실의 말을 기억했더라면 바로 풀렸을 문제지만 이석류의 머릿속에 주말 아르바이트생을 구한다는 말은 없고 이름 모를 남자의 넓은 뒷모습, 낮고 깊은 목소리 그리고 선하고 잘생긴 뽀얀 얼굴뿐이었다. 이석류는 자신도 모르게 그 남자를 바라보며 조용히 침을 삼켰다. 저 남자. 저 이름 모를 잘생긴 남자가 누군지 알아내야 했다.

"저 남자 누구지? 주말 아르바이트생인가? 맞는 거 같지?"

"카페 주말 아르바이트생 구한다고 했어?"

그걸 네가 알아야지, 왜 나에게 묻느냐는 얼굴로 성희가 이석류를 바라보며 대꾸했다.

"응. 그랬던 거 같아. 얼마 전에 주위에 주말 아르바이트 할 괜찮은 사람 없는지 물었던 거 같아. 난 그냥 듣고 신경을 안 썼는데……"

"맞네. 그럼. 주말 아르바이트생이네. 근데 진짜 잘 뽑았다.

너무 잘생겼어!"

"그러니까. 어디서 저런 아르바이트생을 구했냐. 너희 사장님 대단하다."

"야야. 여기 자주 와야겠다. 완전 안구 정화되잖아."

"자주 오자 우리. 석류 없어도 그냥 와야겠다."

친구들은 석류 상태가 어떤지 눈치도 못 채고 처음 보는 잘생긴 남자 아르바이트생 얘기를 주절주절 늘어놨다.

친구들과 얘기하다 남자 아르바이트생이 화장실 가는 것을 확인 한 이석류는 진실에게 다가갔다.

"사장님. 머핀 잘 먹을게요. 뭘 이렇게 매번 챙겨주세요. 괜찮은데."

"직원 복지라고 생각해. 아르바이트비도 많이 못 챙겨주는데 이렇게 카페 와서 음료도 마시니 머핀 정도야 챙겨줄 수 있지. 뭐 더 필요한건 없어? 샌드위치 하나 줄까?"

"아니에요. 저희 밥 먹고 와서 괜찮아요."

"그럼 뭐. 커피라도 더 줄까?"

"아뇨. 아뇨. 어……. 근데 저 남자 누구예요?"

"누구? 아. 민준이. 오늘부터 일 하게 된 주말 아르바이트생이야."

"아 네. 알겠어요."

이민준이 화장실에서 나와 다시 카운터로 돌아오는 모습을 보고 이석류는 서둘러 자리로 돌아갔다.

"뭐래. 뭐래?"

조금은 상기되고 약간은 멍한 얼굴을 한 채 자리로 돌아오는 이석류에게 친구들이 동시에 물었다. 그들 또한 궁금했다. 만약 주말아르바이트 하는 사람이라면 주말에 다시 그 남자 얼굴을 볼 수 있을 것이고. 오늘 하루 잠깐 도와주는 사람이면 다시는 못 보는 상황이었다. 이석류 못지않게 친구들도 그 남자의 정체가 궁금했다.

"주말 아르바이트 맞데."

"맞데? 맞데? 대박사건. 주말마다 와야겠다. 어디 가서 저런 아르바이트생을 보겠니?"

"야야. 우리 같이 오자. 이석류 덕분에 매주 안구정화 하겠구나."

"일단. 다음 주말엔 스키장 가서 신나고 놀고 그 다음 주말에 카페를 오자."

지민의 얘기를 듣고 이석류는 정신을 차렸다. 스키장보다 민준이라는 남자를 알아가는 일이 우선이라 생각했고 그 순간. 스키장 가기로 한 약속을 취소해야겠다고 다짐했다. 친구들과 헤어진 이석류는 어떻게 해야 할지 고민이었다. 어떻게 해야 민준이라는 남자와 알고 지낼 수 있을지 그 남자 곁에 머무를 수 있을지. 아이디어를 쥐어짜고 또 쥐어짰다. 그러다 결국 자신도 주말아르바이트 하자는 생각을 겨우 떠올렸다.

"그래. 간단하잖아. 주말 아르바이트생 2명 구한다고 했으니 남은 한자리를 내가 차지하는 거야. 이 생각을 왜 못했지?"

길거리에 서서 환하게 웃던 이석류는 곧바로 진실에게 연락을 했다. 진실은 오히려 이석류에게 주말 아르바이트까지 도와줘서 고맙다고 얘기를 했고, 이석류는 다음 주말부터 아르바이트도 하기로 했다. 친구들에게는 부모님께서 갑자기 서울로 올라오신다는 얘기로 약속을 깼고 성희와 지민 둘만이 스키장을 가기로 했다.

예상치 못한 그날의 마주침이 이석류가 가지고 있는 달콤한 기억의 시작이었다.

"민준이도 의외로 클럽을 즐기나 봐."

"정말요?"

"응. 클럽에서 2주년 파티 한다고 얘기 했는데도 망설임 없이 오겠다고 대답하던데?"

"민준이야 착하니깐 클럽이 아니어도 온다고 했을 거예요. 참 착하고 순둥이잖아요."

"그렇지. 민준이가 참 순하고 착하지."

"클럽가면 민준이 옆에 '딱' 하고 달라붙어 있어야지."

"그렇게 좋니? 못 말려 너도."

"그럼요. 민준이 같은 남자가 어디 흔한가요. 세상 착하지. 순하지. 키 크지. 잘생겼지. 한국대학교 의대생이지 그리고 집안도 좋잖아요. 아버지는 의사고 어머니는 변호사라고 하던데요."

마지막으로 갈수록 이석류는 손으로 입을 가리고 소곤소곤 말하고 있었다.

"하긴 그렇긴 해. 민준이가 아르바이트 하고 난 이후 손님들이 정말 많이 늘었잖아."

"그러니까요."

"민준이가 이 동네에서 많이 유명했다고 하더라."

"저도 알고 나서 진짜 놀랬어요. 완전 이 동네 연예인이던데요. 모르는 사람이 없어요."

"나도 민준이가 아르바이트 하고 일주일 지나서 알았어. 한국동 민준이 그러면 모르는 사람이 없대. 그것도 여학생들 사이에서는 무슨 아이돌이야. 얼마나 유명했으면 아르바이트 시작한 그 다음날 여자 손님들이 늘었던 거 기억나지?"

"지금도 너무 생생해요. 아주 계집애들이 카페 밖에까지 바글바글 하던 그 모습을 어떻게 잊어요."

"난 주말에 그렇게 많은 사람들이 몰리는 거 처음이었어. 그것도 여자들만 그렇게 몰리는 거는."

"나름 조용하던 카페가 잘생긴 아르바이트생 한 명 들어왔다고 그렇게 북적거릴지 누가 알았겠어요. 난 전혀 상상도 못했어요. 대놓고 사진도 찍었잖아요. 그렇게 찍은 사진을 누가 인스타그램에 올렸는지 모르겠지만 갑자기 그 다음날부터 여자들이 몰려왔잖아요."

"민준이 오기 전에도 손님들이 카페 사진이랑 음료도 올리고 했거든. 근데 그때는 그렇게 가게 매출에 영향력을 주진 않았어. 민준이 사진 몇 장 올라가니까 매출이 바로 뛰더라. 민준이가 얼마나 고마웠는지 몰라. 카페 오픈 초기여서 걱정이 많았거든. 위치도 좋은 편이 아니고 말이야. 구석에 있는 작은 카페를 유명하게 만든 장본인이잖아."

"그러니까요. 저도 민준이를 좋아하지만, 암튼 여자들 참 대단해요."

진실과 이석류는 동시에 고개를 흔들며 몸서리를 쳤다.

"이제 나가자. 민준이를 기다리는 여자들이랑 좀 다르지만,
우리를 목 빠지게 기다리는 남자들이 있다."

진실은 이 말과 함께 문 쪽을 가리키며 고개를 까딱했다. 문
쪽으로 고개를 돌린 이석류가 마주한 사람은 김민성이었다. 쉬
는 시간이 다 되었다는 의미로 빤히 바라보고 있었다.

"주문이 조금, 아주 조금 밀렸어요."

"네네. 나갑니다."

"그리고 택배 왔어요. 컵이랑 홀더."

"컵이랑 홀더는 민성이 네가 정리해줘. 카운터 밑 서랍에 어
느 정도 넣고 나머지는 휴게실에 잘 정리해줘. 아, 그리고 박
스 따로 챙겨 놓고."

"네……."

"아, 그리고 여기."

진실은 냅킨을 한 묶음 내밀며 테이블마다 부족한 냅킨을 채
워달라고 부탁했다. 테이블마다 부족한 냅킨을 채운 김민성은
아랫입술을 깨물고 낮은 한숨을 내뱉었다. 택배박스 들고 휴게
실로 향하던 김민성이 속으로 짜증을 가득 섞어 외쳤다. '아주

자기들 쉬는 시간은 생각도 안 하고 우리 쉬는 시간만 칼같이 지켜요. 시발 돼지 같은 년.'

ㄱ

저녁식사도 간단히 김밥으로 해치운 직원들은 또다시 몰려오는 저녁 손님들 주문으로 바빠졌다.

"따뜻한 아메리카노랑 카푸치노 있어요."

"따뜻한 아메리카노, 카푸치노."

이석류가 불러주는 음료를 진실이 한 번 더 외쳤다. 진실이 음료를 만들고 허재성이 손님들 테이블에 음료를 갖다 주고 손님이 떠난 테이블을 정리하고 있었다. 김민성은 모자라는 냅킨, 빨대 그리고 컵 홀더를 채워 넣었다.

"진실 고객님, 퀵 왔습니다."

추운 날씨에 중무장을 한 남자가 오토바이 헬멧을 벗으며 카페 문을 들어서며 외쳤다.

"네, 여기로 갖다 주세요."

커피 원두를 받은 김민성은 아메리카노용, 라테용 각각 1봉씩 카운터에 남겨두고 남은 원두는 휴게실로 가져가서 정리를 했다.

"사장님. 밖에 눈 오는 거 같은데요."

휴게실에서 나온 김민성이 무심한 투로 말했다.

"눈 온다더니 진짜 눈 오네. 웬일로 기상청이 날씨를 다 맞춘대."

"민성아. 아까 컵 배달 올 때 그 박스 있지. 입구에 좀 깔아줘."

"네."

김민성은 다시 휴게실로 들어서며 작은 한숨을 내쉬었다. '저 돼지는 왜 나한테만 이렇게 일을 시키는 거야. 재성이도 있는데. 왜 내가 일을 다 하냐고. 짜증나게.' 속으로 외치며 박스를 들고 나온 김민성은 음료를 만들고 있는 진실을 쓰윽 한 번 바라보며 입구로 걸어갔다. '내가 진짜 아빠만 아니었어도 이따위 카페에선 일도 안했어. 특히나 저 돼지 같은 년 밑에선 더더욱 일 안 하지! 아우 정 떨어져. 이깟 알바해서 무슨 돈을 번다고 아빠는 일을 시키는 거야. 노동의 기쁨? 그딴 게 뭐가 중요해. 집에 돈도 많으면서 왜 자꾸 아르바이트 하라고 하는 거야. 이렇게 아르바이트 하니까 저 돼지 같은 년이 나를 우습게 알고 나한테만 일을 잔뜩 몰아주잖아. 아우 재수 없어. 저 뚱땡이.'

김민성은 자신의 속마음을 숨긴 채 무표정한 얼굴로 박스를 펼쳐 입구에 깔았다.

갑자기 내리는 눈을 피해 손님들은 카페로 들어섰고, 박스는 손님들이 털어내는 흙 탕진 눈을 온몸으로 받아내고 있었다.

"석류야. 나 화장실 좀 다녀올게."

진실은 볼일도 보고 화장지가 모자라는지 확인도 할 겸 화장실로 갔다.

한 명. 두 명 서서히 손님들이 자리를 채워갔고 주문은 늘어갔다. 카운터 옆 테이블 2곳과 휴게실 뒤쪽 구석자리를 남겨놓고 카페가 손님들로 가득 찼을 그 무렵 손님 2명이 카페 안을 두리번거리며 들어왔다. 사람들은 휴게실 뒤쪽 구석에 자리 잡은 그들을 힐끔힐끔 곁눈질로 쳐다봤다.

자리 잡은 2명은 무슨 음료를 마실지 대화를 나눴고 남자가 주문을 했다.

"아메리카노, 카모마일 주세요."

허재성이 음료를 손님 테이블에 갖다 주고 오면서 카운터에 있는 김민성과 이석류를 바라보며 잔뜩 인상 쓰며 고개를 살짝살짝 흔들었다.

"야 저 테이블 봤어?"

"가까이서 보니까 어때? 여자 나이 많지?"

"어! 완전 아줌마야 가까이서 보니까. 얼굴에 주름 장난 아냐."

"야 들어올 때부터 장난 아니더라. 화장도 장난 아니게 두꺼운 거 같던데."

그들은 조금 전 들어온 2명에 대해 속삭이며 얘기하고 있었다. 마치 누가 듣기라도 하면 큰일 날 것처럼.

"저게 뭐냐. 남자새끼가. 여자를 만나도 저런 아줌마를 만나냐. 더럽게."

"저 여자 돈 진짜 많나 보네. 남자 굉장히 어려 보이더니만. 둘이 팔짱끼고 들어오는 거 봤어?"

"나 토하는 줄. 팔짱끼고 여자가 남자 얼굴 쓰다듬으며 들어왔잖아."

"미친. 지 이모랑 만나는 격 아냐? 뭐 저런 여자가 다 있냐."

"난 내 눈을 의심했다니깐. 저 정도면 범죄야. 범죄."

셋은 서로를 쳐다보며 입을 가리고 큭큭 거리는 웃음소리를 감추고 있었다.

"와 진짜. 여자가 얼마나 돈이 많으면 저런 어린 남자를 만나는 거야?"

"아니지 바보야. 단순히 만나는 게 아니지. 저 정도면 남자가 용돈 받고 만나는 거야. 단순하게 만나는 게 아니라고. 미쳤냐? 어린 남자가 저런 아줌마랑 그냥 만나게? 돈 안주면 안 만나지."

"그런가? 하긴 그렇겠다. 나 같아도 돈 많은 여자 아니면 저런 아줌마 안 만나지."

"넌 만나냐? 난 죽어도 못 만나. 미친. 어떻게 저렇게 나이 많은 여자를 만나냐. 더럽게."

"좀 더럽긴 하다. 으. 시발. 저 아줌마랑 밤에 그거도 할 거야."

"당연하지. 병신아. 돈 주는데 당연히 그것도 해야지. 아주 몇 번씩 해야 할걸?"

"진짜 그럴까? 어린 남자 만나는 여자들 심정을 난 도저히 이해 못하겠어. 나도 같은 여자지만 이해 못하겠어. 저게 무슨 추태야."

"너도 돈 많이 벌어서 만나 봐."

끈적끈적한 눈길을 가득 보내며 김민성이 이석류를 은근히 바라봤다.

"어디서 나를 저런 아줌마랑 비교해. 난 딱 5살 연하까지만 남자로 인정한다고."

"아이고, 양심적이시네. 5살이나."

허재성이 이석류의 머리를 쓰다듬으며 농을 쳤다.

"손 치워!"

"야야, 저 둘 몇 살 차이일까?"

"음 못해도 10살은 나지 않을까?"

"아냐 15살은 날 거 같은데?"

"그래 그 정도로 보인다. 남자가 20대 초반 여자가 30대 중후반."

"완전 이모잖아. 이모. 저 새끼는 암만 돈이 궁해도 그렇지 어떻게 이모뻘을 만나냐. 남자가 자존심도 없나. 만나려면 어리고 쌔끈한 여자 만나야지."

김민성이 고개를 절레절레 흔들며 말했다.

"밤에 힘 좀 쓰면 이모가 밥 사줘. 옷 사줘. 월세 내줘. 용돈 두둑이 줘. 얼마나 좋아. 여자는 어린 남자랑 잠자리해서 좋고, 남자는 힘 한번 쓰고 용돈 받아쓰고. 서로 좋은 거지 뭐. 이렇게 생각하는 게 정신건강에 좋아요. 저런 커플 요즘 생각보다 많아요."

"여자들이 돈을 많이 버니까 저런 문제가 생기는 거야. 어디서 여자가 돈 지랄이야. 아주 쓸 곳이 그렇게 없나? 돈 주면서 남자 만나고 말이야. 그럴 거면 그냥 호빠를 가라고. 이렇게 당당하게 밖에 다니지 말고 말이야. 아주 시발. 더러운 꼴을 많이 본다. 많이 봐. 이놈의 알바 때려 치던지 해야지. 원!"

"좀 조용히 얘기해요. 듣겠어요, 사람들."

혹여나 뒤쪽 그 커플에게 들릴까 신경 쓰였는지 이석류가 두리번거리며 주의를 줬다. 그 커플은 카페를 들어서는 순간부터 카페 손님들의 시선을 한 몸에 받았다. 여자가 남자보다 나이가 많아 보였던 게 이유였다. 직원들 얘기처럼 둘은 10살은 차이나 보였다. 여자가 남자를 많이 아끼는 듯 보였고, 남자도 여자를 잘 따르는 것 같았다. 그들의 진심이 어떠한지는 모르지만 사람들 눈에 띄는 것은 확실해 보였다. 밥을 먹으러 식당을 갈 때면, 식당 종업원들이 쑥덕쑥덕 거리는 소리가 조용히 들렸다. 아니, 오히려 들으라고 은근히 크게 얘기할 때도 많았다. 커피 마시러 카페에 갈 때나 백화점 쇼핑을 갈 때도 그들은 늘 많은 사람들의 눈에 띄는 존재들이었다. 더구나 여자가 운전해서 시외로 바람을 쐬러 갈 때는 더 했다. 그들을 바라보는 시선은 늘 비슷했다. 돈 많은 여자. 그리고 몸 좋고 어린 남자. 딱 그 정도였다.

화장실을 다녀 온 진실은 직원들의 대화를 의도치 않게 엿듣고 있었다. 그들의 대화를 듣고 테이블 정리를 하는 시늉을 하며 그 커플을 슬쩍 바라봤다.

여자는 자신보다 조금 어린 듯 보였고 남자는 한참 어려 보였다. 그 여자는 나이는 많지만 또래에 비해서 자신을 잘 관리하는 사람 같았다. C컬이 들어간 단발머리를 하고 옷도 세련되게 입었다. 타고난 체질이 살이 붙지 않는 건지 식사조절을 하고 운동을 하는지는 알 수 없지만, 여자는 날씬하고 매력적으로 보였다. 그러나 남자가 어린 탓에 여자는 나이 들어보였고 그 간극을 메우기 위해 노력하는 사람처럼 느껴졌다. 생물학적으로 나타나는 그들의 차이를 메우기 위해 여자가 어떤 노력했을지 안 봐도 비디오였다.

어린 남자친구. 그 나이차가 주는 압박은 어마어마했다. 거울에 비친 자신의 모습과 남자친구 모습을 바라보는 자신의 검은 눈동자가 미웠다. 그러나 사랑하는 마음으로 그 간극을 메우기 위해 여자가 했을 노력은 어느 누구도 몰랐다. 살찔까 봐 자신이 그토록 좋아하는 빵을 멀리했고, 지독히도 싫어하는 운동도 아침마다 열심히 했다. 남자친구와 약속 전날은 친구들과 술 약속을 잡지 않을 정도로 철저히 관리를 했다. 어린 친구들이 좋아하는 유행도 알아야 했고 젊어 보이기 위해 옷도 새로 장만했으며, 어린 여자들이 남자친구를 유혹하지 않을까 많은 시간 혼자 전전긍긍 했다. 직장동료, 친구들 그리고 가족들에게 어린 남자친구 존재를 떳떳이 밝히지 못하는 자신을 한심스러워한 많은 시간을 견뎌냈다. 그리고 건조한 얼굴이 만드는 눈가주름, 팔자주름이 미워 거울도 제대로 보지 못한 시간들이 많았다. 안티 에이징에 좋다는 화장품을 사고 피부과에서도 관리 받고, 그러다 문득 마주치는 거울 속 자신의 모습을 혼자서 위로하는 하루하루를 보내며 잠들었다.

이러한 여자의 노력과 속마음을 모른 채, 그들을 바라보는 사람들 시선은 늘 차가웠다. 언제, 어디를 가든 그들을 바라보는 시선은 늘 여자를 옭아맸고 그 눈빛이 말하는 것이 무엇인지 다 알 수 있었다. 어린남자친구를 알게 되고 사랑에 빠지는 그 순간 제일 고민했던 일이었다. 주위 사람들 시선이 어떨지 겪지 않아도 알 수 있었다. 말하지 않지만 자신을 바라보는 시선에서 모든 것을 다 느낄 수 있었다. 그런 고민을 모두 제쳐둘 만큼 남자친구를 사랑하기 때문에 여자는 연애를 시작할 수 있었다.

진실은 자신도 모르게 그 여자를 응원하는 눈길로 바라봤다. 자신이 그러한 사랑을 하는 것 같은 마음으로 그 여자를 응원하고 싶었다. 다른 사람 시선에 상처받지 말라고 외치고 싶었고, 그와 반대로 카페 직원들 대화가 그 여자에게 들렸을까 우려도 됐다. 그 커플을 바라보는 직원들 시선이 그들에게 커다란 상처가 될까 걱정이었다.

직원들 얼굴을 다시 바라보는 순간 진실은 알 수 없는 깊고 무거운 무기력함을 느꼈다. 몇 일전 있었던 또 다른 대화가 떠오르며 만들어낸 무기력함. 정확히 일주일 전. 그날 저녁에도 한 커플이 들어왔다. 30대 후반으로 보이는 남자와 20대 중반으로 보이는 여자. 그들을 바라보는 직원들의 대화는 조금 전 그 커플과 전혀 다른 방향으로 흐르고 있었다.

'남자가 진짜 능력자네. 진짜 부럽다.' '역시 남자는 성공해야 해. 성공하니까 저렇게 예쁘고 날씬하고 어린 여자를 만나잖아.' '진짜 좋겠다. 여자는 어리고 봐야 해.' '저것 봐. 저것 봐 여자 완전 예뻐. 나도 저렇게 어린 여자 만날 수 있겠지?' '남자 차 봤어? 역시 좋은 차 타고. 경제적 여유 있으니까 어린 여자 만나는구나.' '오빠, 오빠 하는 거 봐. 살살 녹는다. 녹아.' '밤에 난리 나겠다. 저렇게 어린 여자랑 하면 죽음이지. 완전.' '야. 내가 저 나이에 저렇게 어린 여자 만나면 하루에 세 번은 할 거야.' '아우. 시발. 돈 벌자. 돈 벌어서 어리고 예쁘고 섹시

한 여자 만나자.'

이런 대화가 허재성과 김민성의 입에서 흘러나오는 모습을 멍하니 바라봤던 기억이 있었다. 아무렇지 않게 내뱉는 그들이 조금은 낯설게 느껴지던 그 날. 진실은 자신이 알던 사람이 아닌 것 같은 느낌을 안고 퇴근했다. 그러나 오늘은 또 다른 그들이 눈에 들어왔다. '남자들이 다 그렇지 뭐.'라는 생각이 그나마 그들을 마주할 수 있는 용기를 주었다. 카페 운영하면서 듣는 남자들 대화는 대게 비슷했다. 여자에 관한 대화는 판화로 찍어낸 듯 일치했고 대부분 날씬하고 어리고 예쁜 여자 얘기였다. 나이 많은 남자 연예인과 어린 여자 연예인의 열애설이 터지는 날이면 더욱 난리였다. 부럽다는 대화 내용이 1번. 그 둘의 잠자리 얘기가 2번. 마지막으로 역시 남자는 돈 벌고 성공해야 한다는 내용이 3번. 늘 같은 패턴이었다.

이러한 대화를 많이 듣는 진실은 여자가 나이 많은 그 커플을 혼자라도 응원해주고 싶었다. 세상 사람들이 당신들을 욕하고 비꼬는 눈빛으로 바라봐도 이겨내고 아름다운 사랑을 하라고……

8

"사장님. 저희 쉴게요."

허재성 목소리가 알려온 시간은 9시였다.

"응응. 손님들 좀 빠졌네. 먼저 쉬고 있어. 스트레칭도 좀 해 주고"

김민성과 허재성은 조금이라도 더 쉬기 위해 얼른 휴게실로 들어섰다.

"재성아. 그 연상연하 커플은 언제 갈 거 같냐? 아주 역겨워서 못 보겠다."

김민성이 가래를 끌어올려 휴게실 휴지통에 뱉으며 짜증스럽게 말했다.

"그러게요. 사람들 시선은 신경 안 쓰나 봐요."

"커피 다 마셨으면 얼른얼른 집에 갈 것이지. 도대체 언제까지 있으려고 하는 거야."

"원래 뻔뻔한 사람들이 버팅기면 답도 없어요. 부끄러운 줄 모르니까 저렇게 앉아서 희희낙락거리는 거 아니겠어요?"

"그래. 네 말이 맞는 거 같다. 얼마나 철판을 깔고 다니면 얼굴이 저리 두꺼울까. 아주 강철을 끼리끼리 깔았어요. 정말."

"내버려둬요. 지들 좋다는데 어쩌겠어요. 지들끼리 물고 빨고 하겠다는데. 우리 눈에만 안보이면 되죠 뭐."

허재성은 보기 싫다는 듯 눈을 가려버렸다.

"그렇긴 하다. 내 눈에만 안 보이면 되지."

"저 더러운 것들 얘기는 그만하죠. 안 그래도 피곤한데 더 피곤해지겠어요."

"그래, 그만두자 저것들 얘기하다간 피곤이 배로 쌓이겠다."

김민성은 남은 가래를 끌어 모아 한 번 더 쓰레기통에 내뱉었다.

"근데 우리 아까 쉬는 시간에 어디까지 얘기했죠?"

"아까 쉬는 시간에?"

김민성은 머릿속을 빙빙 돌며 잡히지 않는 지난 대화를 잡으려 눈을 위로 치켜뜨고 '어'라는 말만 연신 흘러댔다.

"그, 그 뭐냐. 가로수길. 이태원! 거기 가면 내가 얘기한 여자들 많다고."

"가로수길. 이태원? 맞다. 맞다. 형 이상형 얘기 했었지. 그니까. 잘 생각해봐요 형. 그 동네는 그런 애들이 많이 놀러가는 동네니까 그런 거고. 형네 학교를 생각해봐요. 형네 과를 보라고. 그런 애가 몇 명이나 있는지. 형 눈에 차는 애들이 많지 않을 걸? 아니, 없지 않나? 그런 애들이 과에 한 명이라도 있어

봐요. 어떻게 되는지 알아요? 남자애들이 아주 덕지덕지 들러붙고 난리라고. 경쟁이 장난 아니야. 서로 먼저 나서서 밥 사주니 술 사주니 커피 사주니. 어떻게 해서든 엄마 차, 아빠 차 끌고 나와서 드라이브 가자는 달콤한 말을 번드르르하게 지른다고. 그리고 결정적인 건 그런 여자애들은 지들이 예쁜지 너무나 잘 안다는 거지. 지들 예쁜 거 알고 그걸 아주 이용해먹는다니까. 그렇기 때문에 걔들은 돈도 안 써. 남자들이 다 써야 해. 지갑이 아주 작살나게 털린다고요. 탈탈탈. 뭐 근데 형은 집이 잘 사니까 돈 문제는 신경 안 써도 되려나?"

허재성은 마치 자기 앞에 그런 여자가 앉아 있다는 듯 짜증 가득한 말을 쏟아냈다.

"나야 뭐 돈 같은 건 신경 안 써. 여자들 돈 많은 남자 좋아하는 건 이미 알고 있잖아. 그러니까 남자들은 성공하려고 난리치는 거고, 여자들은 반반하게 꾸미고 다니는 거지. 안 그래?"

"음……. 그런가?"

"그럼. 난 그렇다고 생각해. 솔직히 무슨 사랑이네 뭐네 그게 뭐냐. 돈 많으면 사랑하는 마음도 저절로 생기는 거지. 길거리 봐봐 남자 새끼들 얼굴은 별로고 배는 튀어나왔는데 차는 벤츠 타고 다니잖아. 그럼 여자들은 어김없이 어리고 예쁘다는 거야. 그게 뭘 뜻 하냐. 남자는 역시 돈이다. 이거지."

"하긴 뭐. 그런 커플이 많긴 하지. 어우, 적당히 좀 해라 여자들아."

"어차피 머릿속에 돈. 돈. 돈 밖에 없으니. 난 우리 집 넉넉한 거로 여자 만나기로 했어. 그러니까 여자들이 돈을 쓰니 안 쓰니 하는 건 나에겐 아무 문제도 안 돼."

"형이 그렇다면 뭐……."

허재성은 순간적으로 대화에 동의하는 듯했지만. 넉넉한 집안 경제를 과시하는 뉘앙스를 폴폴 풍기는 김민성의 말을 듣다 보니 살짝 짜증났다. 그리고 순간적으로 자신을 휘감는 이름 모를 패배감을 느껴 아랫입술을 뾰로통하게 내밀고 맥없이 고개를 끄덕였다.

"그러면. 어……. 형 기준에 석류는 어때요?"

"석류? 음……. 석류 정도면 괜찮지. 얼굴 반반하게 생겼지. 날씬하지, 긴 생머리지, 옷 잘 입지. 그리고 결정적으로 몸매가 끝내주잖아. 가슴이랑 골반이 아주 죽이잖아."

실루엣이 눈 앞에 있기라도 한 듯 눈을 스리슬쩍 뜨고 축축한 아랫입술을 깨물었다.

"거봐. 거봐. 형 석류 같은 애는 완전 A급이라고."

"뭐? 석류가 A급이라고?"

"그럼. A급이지. 형은 주말 아르바이트라서 모르나 본데. 평일에 보면 석류 얼굴 보러 오는 남자애들도 있어요. 심지어 석류 전화번호도 과감히 물어본다니까. 사장님이 옆에 있는데도."

"그 정도야? 석류가?"

"그럼. 형도 얘기 했잖아. 석류 얼굴 예쁘게 생겼지. 키 크지. 몸매 봐. 남자애들이 침을 질질 흘린다니까. 석류가 성격이 털털해서 우리랑 잘 어울리고 노는 거지. 까탈스런 애들이 얼마나 많은데 예쁜 여자애들 중에. 장난 아니야. 그런 애들은 우리랑 안 놀아요."

허재성은 둘이 있으니 평소 예쁜 여자들 그리고 이석류에 대한 생각을 가감 없이 드러냈다. 김민성은 허재성 입술에서 툭툭 떨어지는 얘기를 가만히 듣고 있었다.

"형. 손님 중에 아까 내가 예쁜이들 이라고 한 손님들 있지? 걔들은 어때?"

"걔들 정도면 만나지. 딱이지."

"높네. 확실히 높아. 이걸로 확실해졌네."

"야. 너도 예쁘다고 했잖아."

"그니까. 난 진짜 괜찮은 여자들한테 예쁘다고 한다니까. 내가 쉽게 만나지 못하는 여자들에게만 A급을 매긴다고. 내가 카페 손님들 중에 예쁘이라고 하는 사람이 많지가 않아요. 아까 걔들 정도면 A급이야. 쉽게 만날 수 없는 애들이라고. 주위에 흔하게 널린 여자가 아니라니까."

김민성은 허재성이 얘기한 예쁘이 손님들을 떠올렸다.

"예쁜 여자 좋아하는 건 이해하는데. 예쁜 정도를 좀 낮춰요. 석류가 A급인 걸 모르는 거 보니 완전 눈이 꼭대기에 붙어있고만. 붙어있어."

허재성은 손을 뻗을 수 있을 대로 높이 뻗었다. 그것도 모자라는지 의자 위에 올라가 손을 더 높이 뻗었다.

"그럼 어떻게 해! 눈에 안차는데!"

김민성은 자신의 기준을 이해하지 못하는 허재성이 얄밉게 보이기도 하고, 그 기준을 포기 하지 못하겠다는 듯 버럭 소리 질렀다.

혹여나 밖에서 들을까 걱정한 허재성은 문 쪽을 바라보며 "조용히 해요. 밖에서 다 듣겠네. 아주 나 눈 높아요 하고 광고를 해요."라고 낮게 속삭였다.

"그니까 예쁜 기준을 조금만 낮추라고. 그러면 여자친구 만들기 쉬워. 여자 꼬시기 얼마나 쉬운데. 내가 소개해줄게요."

"네가 소개해준다고?"

"그럼. 내가 소개해주지. 형 돈 잘 쓰겠다, 집도 잘 살겠다. 여자들이 좋아하지. 말만 해요. 다만, 눈을 조금만, 아주 조금만 낮추고."

허재성은 엄지와 검지로 만들어 낸 작은 공간을 김민성 얼굴에 갖다 대며 히죽히죽 웃었다.

"너 진짜지? 진짜 소개해줄 거지?"

대화하다 맥 빠진 김민성은 눈을 반짝이며 허재성을 바라봤다.

"그럼 해주지. 기다려 봐요. 내가 괜찮은 애로 보여줄게."

허재성은 스마트폰에 저장된 여자들 사진을 고르고 골라 김민성에게 보여줬다.

"형, 얘는 어때?"

"음……."

"왜 별로야?"

"좀 통통한 거 같은데? 턱선 보니까 살집이 좀 있을 거 같은데? 아냐?"

허재성은 당황하며 다른 여자 사진을 내밀었다.

"그런가? 음……. 얘는? 얘가 아주 몸매가 끝내줘요. 러시아야 완전!"

"얘는……. 눈이 작잖아. 여자는 눈이 커야 예쁜데."

"눈? 어……."

당황과 짜증, 두 감정이 뒤얽힌 허재성은 다른 여자 사진을 찾고 있었다.

"그럼 얘는?"

"에이, 피부가 검잖아. 난 하얀 여자를 좋아한다고. 검은 애들은 뭐랄까……. 좀 지저분해 보인달까?"

허재성은 험한 말이 나오려는 입을 꾹 닫고 다음 사진을 보여줬다.

"얘는 어때? 얘는 내가 만나려다가 잠깐 미룬 여잔데 형한테 보여주는 거야."

김민성은 스마트폰을 뺏어 사진을 자세히 봤다.

"다른 사진은 없어? 전신사진?"

허재성은 전신사진을 찾아 보여주었다.

"노. 노. 너무 말랐어. 다리도 약간 휜 거 같고."

"에잇. 형 타입 못 찾겠다. 나는 못 찾겠네. 항복."

허재성은 어금니를 꽉 맞물고 스마트폰을 낚아채며 속으로 마구 욕했다.

'미친 새끼. 지랄을 해요, 지랄을. 지랄이 아주 풍년이야. 풍년이다 못해 흘러넘쳐요. 저러니 연애를 못하지. 지가 퍽이나 잘생긴 줄 알아요, 병신새끼가. 집에 거울도 없냐? 내가 하나 사줄까? 개새끼. 소크라테스가 얘기했지. 너 자신을 알라고. 거울보고 너 자신을 좀 아세요. 부디 네 꼬라지가 어떤지 제발 아시라고요. 네 피부는 무슨 백옥이야? 어디서 검은 피부라고 싫다고 난리야. 태닝 한 피부랑 검은 피부랑 구분도 못 해. 태닝 한 피부가 얼마나 섹시한데. 요즘엔 일부러 태닝 한다고 병신아. 뭐? 눈이 커야 예쁘다고? 누가 그걸 모르냐? 네 눈은 얼마나 큰데? 아주 초점 흐리다 못해 흐리멍텅한 동태눈깔을 끼고 있는 주제에. 어디서 눈 타령이야. 또라이 새끼. 턱에 살집이 있다고? 넌 면도나 하고 다녀. 이 미친놈아. 네 턱선 무너진 건 생각도 안 하고 어디서 턱선 타령이야. 네 사각턱이나 제발 매만지고 다녀. 아 시발 생각할수록 열 받네. 다리가 휘긴 뭐가 휘어. 다리가 똑바로 곧아서 모델 같은 여자가 흔한 줄 알아? 다리가 쭉 뻗은 여자가 왜 널 만나냐? 매일 TV만 보니까 그렇지. TV 속 연예인에 익숙해 있으니 예쁜 여자만 찾지. 그것도 졸라 예쁜 여자만. 나도 졸라 예쁜 여자 만나고 싶어. 누구나 예쁜 여자 만나고 싶어 한다고. 병신 새끼야. 남자라면 다 똑같아. 근데 그게 쉬운 줄 알아? 세상에 연예인 같이 예쁜 여자가 어디 흔한 줄 아냐고? 각 대학에 5명도 안 돼. 미친 병신아. 그리고 뭐? 석류가 A급이냐고? 석류가 착해서 너랑 얘기하고 놀아주는 건 생각도 안 하고 어디서 예쁜 여자. 예쁜 여자 거리는 거야. 밖에서 만나 봐. 석류는 너한테 말도 안 걸어요. 이것 봐. 연애 못하는 것들은 다 이유가 있어요. 아주 지들이 강동원, 원빈인 줄 알아. 남자들은 다 자기가 잘났다고 생각한다지만 어떻게 저렇게 막무가내로 여자를 가리냐? 저렇게 되지도 않을 꿈을 꾸고 있으니 연애를 못하지. 병신새끼! 아우! 저 시발 새끼 때문에 쉬지도 못하고 이게 뭐야. 짜증나게! 진짜 죽여 버려! 아우! 짜증나!'

허재성은 비아냥거리는 속과 다르게 김민성을 무표정하게 바라봤다.

"뭐 언젠가 나타나겠지. 조금만 참으면 되겠지."

허재성은 김민성의 말에 더 짜증났다.

'그래. 기다리다 홀아비 돼라. 너 같은 새끼는 딱 홀아비야. 그냥 돈 주고 여자나 만나 개새끼야. 어디서 기다리면 나타난대. 아. 부디 부탁이니 기다리다 못 참고 술기운에 예쁜 여자 덮

치지는 마라. 은팔찌 찬다. 하긴 넌 그러고도 남을 놈이다. 이
버러지만도 못한 새끼.'

허재성은 큼큼 헛기침을 뱉고 마른침을 삼켰다.

"똑똑. 아저씨들 교대시간이에요."

빠끔히 고개를 내민 이석류는 둘을 바라보며 웃었다. 두 남
자가 여자들에 관해 어떤 얘기를 했는지, 또 자신에 대한 어떤
평가와 말을 내뱉었는지 모른 채 해맑게 웃고 있었다.

9

카페 마감 시간이 다가올수록 이석류는 점점 신났고, 진실은
점점 긴장했다. 이석류는 곧 이민준이 카페에 온다는 생각과
클럽에서 신나게 놀 수 있다는 생각이 뒤섞여 가슴이 두근거렸
고, 진실은 익숙하지 않은 클럽에 간다는 생각과 과거 경험이
뒤엉켜 더욱 긴장했다. 이석류는 거울 보며 화장을 고치고 있
었고 진실은 피곤한 몸과 긴장한 마음을 다스리려고 눈을 감고
심호흡을 반복했다.

"사장님, 왜 그렇게 숨을 깊게 쉬세요? 무슨 걱정이라
도……?"

"아니. 그냥 클럽 간다니까 조금 긴장돼서 그래."

"에이, 뭘 그런 걸 다 긴장하세요. 제가 다 이끌어 드릴게요. 릴렉스 하세요."

"아무래도 클럽이 익숙하지 않으니까 조금 긴장되네."

진실은 긴장을 풀려는 듯 웃었지만 그 웃음은 희미하게 옅어졌다.

"예전에 한참 어린 20대 때 안 좋은 기억이 있어서 그런가 봐."

"안 좋은 기억이요? 무슨 일 있었어요?"

이민준을 짝사랑하는 마음과 고민을 터놓은 이석류가 많이 편해졌는지, 조금은 창피하다고 생각한 과거를 털어놓았다.

"21살에 친구들과 나이트클럽을 간 적이 있어. 그때가 아마 친구 생일이었을 거야. 친구 생일 파티를 나이트클럽에서 하기로 하고 다들 모였었지. 나도 그날은 클럽에 맞게 나름 차려입었었지. 오늘 준비한 것처럼 원피스 입고 하이힐 신고. 다른 게 있다면 그때는 여름이었다는 거밖에."

"그런데요? 나이트클럽을 갔는데요?"

"오늘처럼 케이크도 준비하고 친구들과 갔지. 나이트클럽 근처에 도착해서보니까 나 혼자 그날 저녁을 안 먹은 거야. 그래서 친구들 먼저 들여보내고 난 편의점에서 우유라도 한잔 마실까 하고 갔지. 우유 마시면 위벽을 보호하니 어쩌니 하면서 술이 덜 취한다는 얘기가 그 당시에 있었거든."

"요즘도 그래요. 뭐 요즘엔 그냥 안주를 많이 먹는 친구들도 있지만. 그러면 그 자리에서 바로 욕먹으니까 우유 마시는 친구들 여전히 있어요."

이석류는 그때나 지금이나 똑같구나 생각하고 얘기를 더 듣기 위해 진실을 빤히 쳐다보며 고개를 끄덕였다.

"그래서 나 혼자 우유를 마시고 나이트클럽으로 갔지. 친구들이 기다리고 있을 테니까 얼른 마시고 나이트클럽 입구로 갔는데……."

"갔는데……?"

이석류는 뒤에 나올 말이 무엇인지 알겠다는 속마음을 차마 티내지 못하고 짐짓 태연한 척 진실을 바라보며 눈을 깜빡였다. 하지만 떠오른 그 생각이 부디 아니길 바라며 다음 말을 기다렸다.

"클럽 문지기가 나를 빤히 쳐다보고 있는 거야. 편의점에서 나와서 클럽을 향해 걸어오는 그 순간부터. 나한테서 시선을 떼지 않고 이렇게 빤히 쳐다보는 거야."

진실은 그때 느꼈던 기분 나쁜 그 시선을 흉내 내며 이석류를 바라봤다.

"어우. 기분 나빠! 난 사장님이 흉내를 내는데도 이렇게 기분 나빠 미치겠는데. 왜 그런데요 그 사람들은!"

이석류 반응을 듣고 진실은 말을 이었다.

"빤히 쳐다보는 게 아니라 꼬나보는 거였어. 나를 쳐다보는 그 기분 나쁘도록 음침한 눈은 많은 말을 쏘고 있었어. 나한테만 들리도록."

진실은 마른침을 삼키며 목을 가다듬고 굵은 목소리를 냈다.

"아이고, 잠시만요. 어떻게 오셨어요? 나이트클럽에 들어가시려고요? 오늘 나이트가 일찍 꽉 찼어요. 자리가 만석이에요. 나이가 어떻게 되는데요? 일행은요? 신분증 보여주세요? 기다리라니깐요. 아줌마. 기다리라고요. 남자 못 만나서 환장했나. 물 흐려서 망하게 하려고 하나. 이 아줌마가."

말을 마친 진실의 침묵이 방 안을 가득 매웠다. 이석류는 그 무거운 침묵에 마음 놓고 침도 삼키지 못한 채 어지러운 눈길을 허공에 띄웠다.

"날 막은 클럽 문지기가 한 말이야. 입장 안 시키려고 하는 의도였겠지. 그런데 내 옆으로 날씬하고 짧게 입은 친구들은 그냥 들어가더라고. 분명히 나보다 늦게 온 친구들인데 아무 말도 없이 들여보내는 거야. 내가 보기엔 내 또래인데 나한테는 아줌마라고 소리치며 입장을 막는데……. 그때 알았지 난 나이트클럽에 못가는 사람이구나. 이 사람들 눈에 비치는 내 모습은 살찌고 남자에 환장한 아줌마로 보이는구나. 그냥 친구들이랑 신나게 생일파티 하려고 한 거 뿐인데. 친구들은 벌써 입장해서 신나게 놀고 있을 텐데. 그런데 친구들은 내가 입장 안했는데 나를 찾지 않는 거야. 20분을 넘게 클럽 문지기랑 실랑이를 하는데 그때서야 친구가 나오더라. 그것도 나를 찾으러 온 게 아니라 전화하러 나오면서 나를 발견한 거였어. 그때 참 많은 생각이 들더라고."

이석류는 말을 어떻게 받아야 할지 모르는 얼굴로 진실을 바라보고 있었다. 무거운 침묵이 싫었는지 진실은 어색하게 웃어보였다.

"그런 일이 있은 후 처음으로 유흥주점이라고 해야 하나? 그런 곳에 가는 거야. 그래서 그런지 조금 긴장되는데……. 그래도 너도 있고 다른 직원들도 있으니 오늘은 맘 편히 갈 수 있겠지?"

마지막 말 덕에 무거운 분위기는 조금씩 풀렸다.

"그럼요. 사장님. 오늘은 저희가 있잖아요. 그리고 제가 옆에 꼭 붙어있을 테니 걱정 마세요."

"그래 말이라도 고맙다."

"말이 아니에요. 진짜 제가 꼭 붙어있을게요."

"아이고 됐네요. 민준이는 어떻게 하고. 민준이랑 놀아. 너도 오랜만에 보잖아. 민준이 공부한다고 카페 놀러 못 온지 한 달이 훌쩍 넘었으니."

"그러니까요. 그래도 중간에 한번 봤어요. 제가 도서관 찾아갔거든요."

"너도 진짜 대단하다. 어떻게 남의 학교 도서관을 찾아갈 생각을 했어."

"뭐, 민준이 가는 곳이야 거기서 거기니까요. 학교. 집. 그 중에서도 도서관. 가끔 친구들이랑 술 마시거나 농구하거나. 그리고 바로 여기, 카페. 민준이 동선은 제가 꽉 꿰고 있다고요."

"하긴 그렇지. 민준이는 카페도 잘 안 간다고 하더라. 그나마 자기가 일해서 익숙한 곳이니까 가끔 오는 거라고 얘기하더라."

"그 가끔을 맞추려고 여자애들이 또 찾아오잖아요. 진짜 짜증나게."

생기 가득한 얼굴로 얘기하던 이석류가 갑작스런 짜증과 심통 난 얼굴로 바뀌는 것을 보고 진실은 자신도 모르게 싱글싱글 웃었다. 한참 어린 막냇동생을 바라보는 따뜻한 눈길로 이석류를 보듬고 있었다.

"근데 오늘 그렇게 입고 갈 건 아니죠?"

"응. 따로 옷 챙겨왔어."

"뭔데요. 뭔데요? 궁금. 궁금합니다. 보고 싶습니다."

이석류가 멜로디 붙인 말꼬리를 풀어놓으며 진실을 바라보고 물었다.

"챙기긴 했는데……. 괜찮을지 모르겠어. 네가 한번 봐줄래?"

진실은 캐비닛에서 종이가방을 두 손으로 꺼냈다. 남색 롱코트. 검정 파우치. 빨간 원피스 그리고 검정 하이힐까지 조심스럽게 꺼내며 조금은 부끄러운 얼굴로 이석류를 바라봤다. 빨간 원피스를 두 손으로 든 이석류 얼굴엔 환한 웃음꽃이 가득했다.

"예뻐요. 잘 고르셨어요. 사장님. 파티에 딱 좋은 복장이에요. 진짜. 진짜 탁월한 선택!"

허공을 가르는 엄지손가락이 진실의 마음 한 구석으로 들어왔다. '나쁜 선택이 아니었구나. 다행이다. 직원들이 이상하게 생각하면 어쩌나 했는데' 이석류의 상기된 말이 진실의 마음을 오히려 진정시켰다.

"정말 괜찮아? 좀 튀어 보이지 않을까?"

"튀긴요. 클럽이잖아요. 그것도 2주년 기념 파티인데. 이 정도는 입어야죠. 잘 고르셨어요."

"그렇지? 우리들끼리 룸에 있으니 괜찮겠지? 휴. 다행이다. 난 혹시나 나 혼자 튀어 보이면 어쩌나 걱정했거든."

"전혀요. 그리고 코트도 있잖아요. 딱 어깨에 코트 걸치고 파우치 들고 자신감 있게 또각또각 걸으며 입장 합시다. 우리."

양 손을 들어 올리며 벌써 신나 있는 이석류가 또각또각 걷는 시늉을 했다.

"근데 요즘 클럽에 가면 어떻게 놀아? 나야 클럽 같은 곳을 가본 적이 거의 없으니 어떻게 행동해야 하는지 모르겠네."

진실은 머리를 슬쩍 긁적이며 또 다른 가슴속 의문을 드러냈다.

"뭐 특별할 거 없어요. 그냥 들어가면 맥주 한 잔 마시고 춤추고 친구들하고 얘기도 하고. 솔직히 시끄러우니까 많은 얘기는 못해요. 그리고 남자들하고 부비부비도 해야죠. 단 어두워도 남자 얼굴은 어느 정도 확인해야 한다는 거."

"부비부비? 그 춤추면서 몸을 그……."

"네. 그 부비부비. 부비부비 하면서 남자들이 이것저것 물어 봐요. 전화번호 뭐냐, 친구랑 왔냐, 어디 사냐, 밖에서 술 한잔하자 뭐 이런 얘기해요."

"그렇게 막 전화번호도 주고받고 그래?"

"그럼요. 그런 애들이 얼마나 많은데요. 여자들은 몰라도 남자들은 대부분 여자랑 놀려고 오는 애들이에요. 뭐 여자들 중에도 그런 애들 많지만."

"그래? 신세계네 완전."

"어우. 사장님 클럽에 좀 가셔야겠다. 옛날사람."

이석류는 상난스런 웃음을 가득 머금고 입을 가리며 웃었다.

"옛날사람은 무슨. 근데 너도 클럽 가서 남자들이랑 전화번호 주고받고 뭐 그렇게 놀아봤어?"

"당연하죠. 저 클럽 가면 인기 장난 아니에요. 남자애들이 완전 들러붙는다고요."

긴 머리를 시원하게 넘기는 이석류 얼굴엔 자신감이 가득했다.

"많이들 밖에 나가서 술도 마시고 해요. 그러다 괜찮으면 뭐 원나잇도 하고."

"원. 원. 원나잇? 그 하룻밤 보낸다는 그 원나잇?"

말 더듬는 진실을 보며 이석류는 픔 하고 자신도 모르게 웃었다. '원나잇'이라는 단어가 그렇게 더듬을 정도의 단어인지 가늠조차 하지 못하는 자신과 다르게 놀란 얼굴로 더듬는 진실이 왠지 모르게 귀여워 보여 살짝 터진 웃음이었다.

"네 둘이 은밀하고 화끈하게 보낸다는 그 원나잇."

놀란 진실의 귀에 쏙쏙 꽂히는 말을 낮게 던지며 이석류는 입술을 슬쩍 가리는 시늉을 했다.

"원나잇이 진짜 일어나는 일이구나."

"무슨 조선시대에요? 왜 그래요 진짜."

"설마……."

조심스런 얼굴빛이 담고 있는 의미를 단번에 눈치 챈 이석류는 자신도 원나잇 해봤다는 말을 아무런 표정변화 없이 입술에서 흘려보냈다.

"너도? 해봤다고?"

"그럼요. 저도 해봤죠."

"미쳤어. 얘가."

생각지도 못한 원나잇 경험 고백을 들은 진실이 이석류의 팔뚝을 살짝 때렸다.

"어우 옛날사람. 뭐 어때요 다들 하는데. 제 친구 중에는 남자친구랑 잠자리가 지겨우면 클럽 가서 남자랑 원나잇 하는 애도 있는데요, 뭘."

"남자친구가 있는데도?"

"그럼요. 내 친구 표현을 빌리자면. 남자친구가 주는 느낌이 있고 낯선 남자가 주는 또 다른 느낌이 있대요. 음……, 뭐랄까……. 일종의 외식 같은 거래요."

"어머머. 미쳤구나. 다들. 어떻게 남자친구가 있는데……."

진실이 고개를 절레절레 흔들며 말했다.

"뭘 그렇게 놀라요. 사장님 설마 원나잇 안 해봤어요?"

"난 안 해봤지."

"헐. 대박. 더 어렸을 때도 경험이 없는 거예요?"

"당연하지. 어떻게 원나잇을 그렇게 쉽게 하니?"

"오 마이 갓. 전혀? 한 번도?"

"응. 난 사실 남자랑 잠자리한 경험도 없어."

"엥? 말도 안 돼. 우리 사장님이 천연기념물이라니……. 안 되겠다. 오늘 어때요?"

이번엔 이석류가 고개를 절레절레 흔들며 말했다.

"뭐가 어때!"

"오늘 밤 천연기념물 탈출하는 거 말이에요."

"얘가 제정신이야. 미쳤어!"

진실은 이번에야 말로 이석류 팔을 제대로 치고는 두 팔로 자신의 몸을 감쌌다. 이석류는 이런 진실이 귀엽다는 듯 빙그레 웃고 있었다.

5분 전. 한 남자가 카페 출입문을 열었다. 그 남자는 180㎝가 넘는 키에 운동을 규칙적으로 한 듯 탄탄하고 날씬한 체형이었다. 검은색 청바지와 회색 니트에 남색 롱코트로 깔끔한 패션을 완성한 그 남자는 마무리로 검은 백팩을 메고 있었다. 카페에 들어선 그 남자는 카운터를 본 후 무엇인가를 찾는 듯 가게를 두리번거렸다.

"어서 오세요."

두리번거리는 남자를 향해 김민성이 속마음을 숨긴 채 인사를 했다.

'뭐야. 저 새끼. 뭘 두리번거려. 카페 처음 와? 낯판때기는 멀쩡하게 잘 생겨가지고. 여자들 많이 후리게 생겼다 너도. 부러운 새끼.' 속마음과 다르게 내 뱉은 친절한 말을 뒤로한 채 그 남자가 말을 받았다.

"저 여기 사장……."

"어, 왔어?"

휴게실 뒤쪽 테이블을 정리하고 돌아오던 허재성 목소리가 두 사람을 갈라놓았다.

"누구?"

"아. 형은 모르겠구나. 주말아르바이트 한지 얼마 안 돼서 아직 못 봤네. 얘가 걔에요. 우리 카페의 전설. 이민준."

"왜 그래요. 사람 창피하게. 재성이 형 말 다 거짓말이에요."

"아. 그쪽이 이민준이구나. 얘기 많이 들었어요. 이 동네에서 아주 유명한 사람이라고 하던데. 소문대로 잘생기셨네요. 여자들이 줄줄 따른던 밀이 괜히 생긴 말이 아니네요."

"네? 줄줄 따른다고요?"

"아. 제 말은 카페 초기 정착을 이뤄낼 정도로 잘생기셨다고요."

자신도 모르게 속마음을 내 지른 김민성은 얼른 말을 바꿔버렸다.

"민준아. 너 카페 오랜만이지? 2달 정도 되지 않았어?"

"어……. 그런가? 암튼 좀 된 거 같아요."

"야. 자주 들러라. 잘생긴 얼굴보고 싶은데 네가 바빠서 도통 못 보잖아. 널 아끼는 이 형을 생각해서라도 자주 들러줘."

허재성의 장난 가득한 말에 어색해진 분위기가 조금씩 풀렸다.

"공부할게 많아서 요즘 카페를 못 왔어요. 알겠어요, 형 보기 위해서라도 자주 들를게요."

"응응. 너 자주 온다는 얘기가 다시 퍼지면 여자 손님들 또 많아져서 바쁘지만 너 얼굴 보는 기쁨이 이 형에게는 더 크단다."

둘의 농담 섞인 대화를 듣고 있는 김민성 얼굴에 불량기가 슬쩍 묻어났다.

'아, 시발. 안 그래도 바쁜데 저 새끼는 왜 오라는 거야. 너 주말에 오면 아주 쥐도 새도 모르게 죽여 버린다. 올 거면 나 없는 평일에 와라.'

속마음이 그대로 묻어나오려는 얼굴을 느꼈는지 김민성은 헛기침을 하고 찬물을 벌컥벌컥 들이켰다.

"재성이 형. 사장님은 어디에……?"

"아. 사장님. 석류랑 휴게실에 계셔. 가 봐."

"네."

휴게실 출입문은 살짝 열려 있었다. 살짝 열린 문틈으로 진실과 이석류 모습이 눈에 들어왔다. 문을 두드리고 인사를 하려던 이민준은 순간 멈칫하고 목울대가 크게 출렁일 만큼 침을 삼켰다. 그리고 진실과 이석류의 대화를 엿들은 이민준은 귀를 더 기울여 작은 대화 소리까지 모두 빨아들였다.

두 여자는 원나잇 대화에 깊이 빠져 살짝 열린 휴게실 문 옆에 한 남자가 둘의 얘기를 들으며 숨죽여 서 있다는 것을 전혀 눈치채지 못하고 있었다.

그 남자는 예기치 못한 대화 내용을 엿듣고 당황했는지 눈동자는 흔들렸고 초조하게 아랫입술을 깨물고 있었다. 이리저리 동요하던 눈동자는 팽팽한 긴장감이 쌓여 부릅뜬 눈으로 변했다가 순식간에 힘이 스르륵 풀리며 맑은 눈으로 다시 돌아왔다. 속 입술을 깨물며 눈을 살짝 감은 이민준은 생각을 정리한 듯 눈을 치켜뜨며 스산하고 묘하게 웃었다.

휴게실 속 낮게 울리는 대화를 모두 낚아채 듣고 있던 이민준은 중요한 정보를 다 획득한 정보원이 자리를 떠나듯 화장실로 향했다.

"형. 저 먼저 화장실부터 다녀올게요."라는 말과 함께 화장실로 간 이민준은 가방 안쪽 작은 포켓에 들어있는 무언가 잡았다. 그 무언가를 집은 이민준의 입술은 한쪽이 올라가며 스산한 분위기를 풍기고 있었고 그 촉감을 느끼듯 깊고 조용한 한

숨을 낮게 뱉었다.

'오랜만이군. 역시 사람은 준비성이 철저해야 해. 이렇게 우
연히 기회가 찾아오니깐 말이야. 하늘이 주는 기회를 잡기 위
해선 늘 준비하고 다녀야 해. 언제 어디서든 그 기회를 낚아챌
수 있도록 말이야. 이런 준비성이 내가 남들과 다른 거지. 오랜
만에 온 이 기회를 맘껏 느끼는 거야.'

속으로 자신에게 외치며 양손을 꽉 쥐어보았다. 팽팽해지
는 팔과 힘이 들어가는 다리를 느끼며 이민준은 거울 속 자신
의 눈을 바라봤다. 서늘한 냉기와 들끓는 열기가 뒤엉킨 두 눈
을 바라보던 이민준은 머리를 쓸어 넘겼다. 두 눈에 가득 서
린 오묘한 감정을 풀려는 듯 몸을 조금씩 움직였다. 목을 좌우
로 돌리고 어깨도 돌리며 긴장을 풀었다. 허리에 손을 얹고 부
드럽게 허리를 돌리며 스트레칭도 했고 마지막으로 발목 손목
을 풀어주었다.

거울 속 자신의 얼굴이 부자연스럽지 않은지 확인한 이민준
은 손을 씻고 다시 한번 가방 속 그 물건을 꽉 쥔 후 휴게실로
걸어갔다.

마른침을 삼킨 이민준은 숨을 크게 들이켜고 살짝 열린 문
앞에 섰다. 여전히 낮은 대화를 흘리는 두 여자가 앉아있었다.

"똑똑똑!"

낮은 대화를 깨는 남자 목소리에 진실과 이석류는 대화를 멈추고 고개를 돌렸다. 그 작은 문틈으로 비친 남자의 실루엣을 보고 이석류는 자리에서 벌떡 일어나 문 쪽으로 빠르게 걸어갔다.

"민준아! 왜 이렇게 늦게 왔어!"

이석류는 진실이 있다는 사실을 잊은 듯 민준의 목을 감고 꽉 안았다. 볼륨감 넘치는 가슴이 밀착되었지만 이민준은 아무 동요 없이 등을 살짝 두드렸다.

"잘 있었어?"

"그럼 잘 있었지. 살 빠졌어? 얼굴이 반쪽이 됐네."

이민준 얼굴을 쓰다듬는 이석류 손길이 바빴다. 남들보단 자주 보는 사이였지만. 오랜만에 본다는 생각에 얼굴을 이리저리 쓰다듬고 있었다. 팔짱을 끼며 돌아선 이석류는 빙그레 웃으며 둘을 바라보는 진실의 얼굴과 마주쳤다.

"사장님. 저 왔어요."

"어 그래 잘 왔어. 밖에 춥지? 저녁은 먹었어?"

"뭐 그냥 대충 먹었어요."

"기다려 내가 김밥 사올게."

대충 먹었다는 얘기를 들은 이석류는 지갑을 챙겨 바로 김밥 사러 나갈 준비했다.

"그냥 카운터에서 가져가."

"네. 알겠어요. 민준아. 무슨 김밥 먹을래?"

"됐어. 괜찮아."

"무슨 소리야. 밥도 대충 먹고 공부하다 쓰러진다고. 게다가 오늘 클럽가면 술 마실 수도 있는데 빈속에 술 마시면 속 버린다고. 그냥 내가 알아서 사올게."

이 말을 끝으로 이석류는 김밥 가게로 뛰어나갔다.

"참. 쟤도 못 말린다니까."

고개 흔들며 희미하게 웃은 진실은 말을 이었다.

"요즘 어때? 공부한다고 많이 바쁘지?"

"다들 하는 공분데요 뭘. 나름 쉬엄쉬엄 하고 있어요."

"괜히 공부하느라 바쁜데. 오늘 시간 내줄 수 있는지 물은 건 아닌가 모르겠네."

"아니에요. 당연히 와야죠. 제가 여기 오픈 멤버 아니겠어요."

2주년 파티에 참석하는 이민준의 배려 가득한 말을 들은 진실은 고맙다며 머리를 쓰다듬었다.

"피곤할 텐데 쉬고 있어. 카페 마감 금방 오니깐 김밥 먹고 푹 쉬고 있어. 뭐 하나 마실래?"

"그냥 녹차 한잔 주세요. 이따 김밥이랑 같이 먹게요."

이민준이 평소 좋아하는 참치김밥과 돈가스김밥을 들고 카페로 돌아온 이석류는 머그잔을 쟁반에 올려 휴게실로 들어섰다.

"김밥 배달 왔습니다. 여기 녹차도."

애교 섞인 콧소리를 내며 들어선 이석류는 의자에 쟁반을 내려놓고 쿠킹호일을 펼쳐 김밥을 꺼냈다.

"자. 먹어봐. 이건 참치김밥. 저건 돈가스김밥."

"2줄이나 사 왔어? 고마워. 잘 먹을게."

콧소리 가득한 이석류 말과 차이 나는 조금은 무뚝뚝하고 평범한 말투였다.

"요즘 많이 바빠? 공부한다고 힘들지?"

"뭐 다 하는 공분데 뭘. 요즘 대학생들 취업이 불안하니까 다들 열심히 공부하잖아."

이 말과 함께 바라보는 이민준 눈빛 때문에 이석류는 가슴이 덜컥 내려앉았다. 다들 열심히 공부하잖아……. 나는 지금 이렇게 아르바이트 하고 있는데. 다들 열심히 공부 한다. 이 말의 의미는 뭘까? 너는 공부 안 하냐는 말일까? 아님 너도 공부하고 있지? 라는 의미일까. 잡히지 않는 의미를 잡으려고 허둥거리는 팔처럼 이석류의 눈동자가 미묘하게 동요하고 있었다. 이민준은 한국대학교 의대생인데다 벌써부터 유흥과는 담을 쌓고 저렇게 열심히 공부하고 있는데, 난 아르바이트 하고 친구들과 놀고 있다는 생각이 이석류 심정을 뒤흔들었다. 이민준에게 어울리지 않는 여자일까 봐 걱정한 나날이 쌓여갈수록 이민준은 괜히 멀어져 보이는 남자였다. 아니, 더욱더 멀어지고 있는 남자였다. 2주년 파티 얘기를 하려고 했던 생각을 뿌리치려 했다. 하지만 당황하며 흔들린 마음은 자연스런 대화 주제를 떠올리지 못하고 두서없는 말을 내뱉게 만들었다.

"어디 아픈데 없지? 추운데 옷 따뜻하게 입고 다니지. 니트 안에 셔츠라도 입지." 이런 두서없는 말을 주고받는 사이 이민준은 김밥을 다 먹었다.

"밖에 안 나가봐도 괜찮아? 괜히 나 때문에 여기 있다가 사람들 싫어할라."

휴게실 밖 상황을 까맣게 잊은 듯 앉아있는 이석류에게 건넨 말이 그녀를 깨웠다. 사람들에게 미움 받을까 걱정한다는 따뜻한 말로 해석한 이석류는 엷게 웃으며 휴게실을 나서려 돌아섰다.

휴게실 문을 잡은 그때, 뒤에서 낮고 깊은 목소리가 이석류의 귀를 사로잡았다.

"오늘 파티. 같이 있을 거지?"

이석류는 어지러워진 마음을 정리하는 마법 같은 그 말을 듣고 뒤돌며 대답했다.

"그럼. 너랑 같이 있을 거야. 피곤할 텐데 쉬고 있어. 졸리면 의자 모아서 좀 누워 있고."

이민준의 마지막 말을 가슴에 안고 이석류는 휴게실을 나왔다. 왜 그런지 모르겠지만 이상하게 이민준 앞에만 서면 작아지는 마음을 다잡으려 화장실로가 찬물에 손을 씻고 거울 속 얼굴을 뚫어져라 바라봤다.

"이석류, 괜찮아. 잘 할 수 있어. 너 괜찮은 여자야."

조금은 힘 빠지고 공허한 목소리가 화장실에 울리고 있었다.

10

모두 나간 휴게실에서 김밥 먹던 이민준은 가방을 바라봤다. 남들 눈에 띄지 않게 가방 안쪽 깊숙한 곳에 늘 가지고 다니던 그 물건을 사용할 수 있다는 생각에 온몸이 부르르 떨렸다. 생각보다 느리게 흐르는 시간을 수시로 확인하는 자신이 낯설었는지 자리에서 벌떡 일어나 거울을 바라보며 속삭였다.

"침착해. 침착해. 조금만. 조금만 지나면 맛 볼 수 있어. 침착해."

다시 자리에 앉아 눈을 감고 조용히 숨 고르며 불에 덴 듯 뜨겁게 뛰는 마음을 진정시켰다. 겨우 진정한 이민준은 녹차를 마시며 책을 펼쳤다. 카페에서 읽으려고 아침에 챙긴 소설을 꺼냈다. 집중해서 책을 읽고 있는데 잠시 후 드르륵 문이 열리며 누군가의 발걸음 소리가 들렸다. 조금은 둔탁한 느낌인 걸로 봐서 남자 같았다.

"아. 이놈의 책벌레. 또 책 보냐?"

둔탁한 발소리 주인은 허재성 이었다. 오랜만에 카페 와서도 책 보는 이민준을 무슨 희귀동물을 목격한 눈빛으로 내려보고 있었다.

"야. 책 볼 거면 나와서 봐. 이렇게 혼자 우두커니 앉아서 책 보지 말고. 간만에 얘기 좀 나눌까 했더니 또 책 보고 있어요. 징글징글하다. 이놈아."

멋쩍은 웃음을 띤 채 녹차와 책을 들고 허재성을 따라 나갔다. 이민준은 창가 빈자리에 앉아. 조용히 눈 내리는 바깥 풍경을 바라봤다. 여자 손님들은 이런 이민준의 뒷모습을 슬쩍슬쩍 스치는 눈길로 훔쳐봤다. 마치 많은 사람들이 카페 밖 눈 내리는 조용한 풍경을 동시에 감상하는 착각을 불러일으키는 이 모습이 카페 직원들에겐 낯설지 않았다.

카페 초창기 시절에 아르바이트 한 이민준의 존재감은 대단했다. 이렇게 많은 사람들이 찾는 카페가 되기까지 최고 공로자라면 단연 이민준이었다. 두 달이라는 짧은 기간 동안 이민준 얼굴 보려고 방문했던 사람들은 지금도 카페 단골이었다.

이민준이 바꿔놓은 카페 풍경은 아직도 생생히 진실의 머릿속에 박혀있었다. 아르바이트 한 첫날이 지나고 어떻게 된 일인지 다음날부터 카페는 사람들로 북적였다. 그것도 대부분이 여자 손님들이었다. 드문드문 많지 않은 손님을 맞이했던 며칠 전과 다른 카페 상황이 어리둥절한 건 누구보다 진실이었다. 왜 이렇게 갑자기 손님들이 한꺼번에 몰리게 된 걸까. 그 의문은 채 한 시간도 되지 않아 풀렸다.

여자 손님들이 이민준을 향해 휴대폰 카메라를 들이대고 있었다. 몰래몰래 찍는 듯했지만 누가 봐도 카메라 렌즈는 이민준을 향해 있었다. 그렇게 도둑촬영을 하고 있음을 분명히 느껐을 테지만 이민준은 눈 하나 깜빡하지 않고 흐트러짐 없이 자기 맡은 일을 했다. 그 사실에 진실은 더욱 놀랐다. 그렇게 찍힌 이민준 사진은 SNS를 통해 퍼졌고, 그 사실을 알게 된 여자들의 방문은 하루하루 지날수록 늘어났다.

며칠이 흘러 손님들 대화를 통해 알게 된 사실에 진실은 적잖이 놀랄 수밖에 없었다. 손님들 대화 내용을 요약하면 이랬다. 이민준이라는 남자는 고등학생 때부터 진실의 카페가 있는, 이 동네에서 유명인물이었다. 남자 선배들의 시기질투가 끊이지 않을 정도로 인기 많은 고등학생 시절을 보냈다.

그러나 그런 여자들의 관심에는 상관없이 공부에 무섭게 매진하는 모습이 많은 여고생들 가슴에 더욱더 불을 질렀다. 이민준이 아침에 타는 버스번호와 시간대가 근방 여고생들 사이에 암암리에 알려졌고 그 버스는 늘 여학생들로 만원이었다. 이러한 소문이 퍼져 대형 연예기획사에서도 이민준을 찾아와 아이돌 가수나 연기자 데뷔를 제안했다.

화려한 연예계 생활 유혹이 있었지만 이민준은 단호히 거절했었다. 자신은 의사라는 꿈이 있고. 그 꿈으로 이루고 싶은 간절한 목표가 있다고 얘기했다. 가정형편이 어렵지만 돈이 없어 의료혜택을 못 받는 사람들을 돌보고 싶다는 게 바로 그 이유였다.

소신이 다시 한번 알려지면서 여학생들 뿐 아니라 어른들도 이민준의 존재를 알게 됐다. 전교 1등을 놓치지 않는 공부실력, 180㎝가 훌쩍 넘는 키와 넓은 어깨, 여느 잘생긴 아이돌 보다 출중한 외모 그리고 남을 돕겠다는 목표와 인성. 이러한 평가와 관심을 받으며 자란 이민준에겐 몰래 찍히는 사진은 이미 일상이었다.

이 동네에서 유명인 이었던 이민준이 아르바이트를 한다고 소문이 났으니 카페는 여자 손님들로 미어터지는 건 당연지사였다. 쉴 틈 없이 몰려드는 여자 손님들을 일일이 웃으며 맞이하는 이민준 덕분에 카페는 나날이 번창했다. 이민준은 대학입학과 동시에 아르바이트를 그만뒀지만 여전히 카페에 자주 나타난다는 소문이 퍼졌다. 예정에 없던 방문이 이민준을 찾는 손님들에겐 오히려 하나의 행운이었고, 그 행운을 맞이한 손님들은 넋 놓고 이민준을 바라보고 있었다.

창밖을 지나는 사람들 우산 위로 나풀나풀 떨어지는 눈꽃을 바라보며 턱을 괴고 있는, 이민준의 고요한 사색을 깨는 누군가의 조심스런 말소리가 귀를 살짝 건드렸다.

"저……. 혹시 이민준 오빠 아니세요?"

한 여고생이 미세하게 떨리는 목소리로 말했다. 그 여학생은 이민준을 똑바로 쳐다보지 못하고 몸을 배배 꼬며 수줍게 서 있었다.

"아. 네. 제 이름은 어떻게……?"

어느 정도 익숙한 상황이지만 자신을 알아보는 사람들을 향한 이민준 반응은 늘 비슷했다. 자신을 어떻게 아는지 조심스럽게 묻고 있었다.

"이 동네에서 오빠 모르면 간첩이에요."

이민준 대답에 용기를 낸 여학생은 두 손을 모으며 발랄하게 말을 이었다.

"저 혹시……. 괜찮으시면 사진 한 장 같이 찍을 수 있을까요?"

연예인 대하듯 조심조심하는 여학생 태도를 바라보는 직원들 눈은 같은 의미를 담고 있었다. '역시 이민준이야. 이 늦은 시간에 카페에 와도 알아보고 사진찍자는 사람이 있구나.'였다. 처음 본 상황에 김민성은 입이 뜨악하고 벌어졌고, 이석류는 거슬리는 신경을 털어버리듯 깊은 한숨을 내쉬었다.

"어……. 네. 알겠습니다."

여학생은 이민준 앞에 서서 스마트폰 카메라를 머리 위로 들어 올려 각도를 잡고 있었다. 이때 여학생 얼굴을 스치며 다가오는 손이 스마트폰을 잡았다.

"제가 찍을게요. 제 뒤로 오시겠어요? 그러면 얼굴도 작게 나오고, 괜찮을 거 같은데."

이런 사진요청을 자주 겪었는지 여성에게 뒷자리를 양보했다. 어떤 행동이 여자들 마음을 사로잡는지 이민준은 정확히 꿰뚫고 있었다.

같이 찍은 사진 3장을 확인한 여학생은 고맙다는 인사를 하고 자리로 돌아갔다. 돌아가는 그 짧은 거리에서도 여학생은 몇 번이나 고개를 돌려 이민준을 바라봤다.

"아. 이민준 대단해. 역시 님딜라. 부럽다 부러워."

허재성이 박수 치며 쏟아내는 말에는 감탄이 잔뜩 묻어났다. 이민준은 아무 일 없었던 듯 다시 책을 봤고, 손님들은 카페를 나가는 순간에도 곁눈질로 실루엣이라도 눈에 담았다.

"이제 슬슬 카페 마무리합시다."

"네."

마무리라는 단어가 주는 묘한 힘을 받은 직원들 대답이 차례차례 울렸고, 허재성은 손님들에게 카페 마무리한다는 얘기를 알리고 있었다. 그리고 또 한 사람, 마무리라는 단어에 창밤 하늘을 바라보며 주먹을 불끈 쥔 사람이 있었으니, 바로 이 민준이었다.

진실은 플라스틱으로 된 테이크아웃 잔을 모두 싱크대에 부었다. 빨대도 함께 부었다. 싱크대에 물을 받아 음료찌꺼기를 제거 하고 뚜껑과 빨대까지 물에 담가 뽀드득 뽀드득 씻었다. 그리고 물기를 탈탈 털고 마른 수건으로 닦았다.

"민성아. 파란봉투 한 장만 가져다줘."

김민성이 가져온 파란봉투에 플라스틱제품들을 모두 담아 분리수거장소에 갖다 놓았다.

손님들이 모두 나간 카페는 마지막 청소하느라 분주함이 가득했다. 직원들은 나뉘어 화장실 청소와 테이블 및 바닥청소를 했고, 진실은 매출정리를 하고 있었다. 거기다 이민준도 거들어 테이블 정리를 도왔다.

"아, 이거 진짜 또 머그잔 없어졌네."

"또 없어졌어요?"

"응 또 없어졌어. 이거 어떻게 해야 하니. 머그잔을 싸구려로 바꿀 수도 없고."

"무슨 머그잔을 다 훔쳐 가냐. 그냥 좀 사라, 사."

두껍고 큰 머그잔을 탐내 스리슬쩍 훔쳐가는 손님들이 더러 있었다.

"어휴. 됐다. 오늘은 그냥 마무리하자. 오늘도 다들 수고했
어. 2주년 파티 즐겁게 보내자. 다 같이 가자."

"가자. 가자."

조금은 가라앉은 분위기에 직원들은 서로 눈치를 보며 대
답했다.

2명, 3명으로 나뉘어 택시를 타고 클럽으로 이동했다. 12시
가 다 되어가니 이미 클럽 앞은 입장하려는 사람들로 북적였다.

진실은 잔뜩 꾸민 여자들을 마주하자 자신도 모르게 주눅 들
어 이석류 팔을 꼭 잡고 있었다. 클럽 입구에 늘어선 사람들 중
눈에 띄는 인물은 난연 이민준이었다. 그러나 많은 여자들 시
선을 전혀 신경 쓰지 않는 눈치였다.

"사람 참 많다. 이 많은 예쁜이들은 다 어디서 왔을까?"

이민준과 반대로 허재성은 몸매를 훤히 드러내는 복장을 한
여자들을 바라보며 능글맞고 끈적끈적한 말을 흘렸다.

"그만 쳐다봐. 이 변태야!"

"야야. 클럽에 와서도 이러냐. 내 눈을 자유롭게 해달라고."

"어유. 저 밉상. 말이나 못하면. 쯧쯧."

혀를 차는 이석류는 스마트폰을 꺼내 누군가에게 전화했다.

150

"여보세요. 오빠. 우리 도착했어. 사람 되게 많네. 응. 입구야. 얼른 나와."

"저 골빈 애들은 다들 어디서 오는 걸까? 아주 그냥 벗고 다녀라. 벗고 다녀. 더러운 년들."

김민성은 중얼대며 여자들을 싸잡아 비꼬았다. 이를 들은 진실은 애서 외면하며 아무 말도 못들은 척 했다.

전화 받고 마중 나온 클럽관계자는 진실 일행들을 룸으로 안내했다. 룸 안은 이미 파티 즐길 준비가 다 돼있었다. 이석류가 부탁한 케이크와 고깔모자까지도 준비돼 있었다.

"역시. 오빠한테 부탁하면 철저하네. 고마워 오빠."

"응. 또 필요한 거 있으면 얘기해. 카페 2주년 축하드립니다. 재밌게 노시고 즐거운 추억 가득한 밤 되길 바랍니다. 즐거운 시간되십시오."

클럽관계자는 인사를 꾸벅하고 조용히 룸을 나갔다.

벽면은 기하학적이고 화려한 그림이 그려져 있고 테이블엔 엎어져 있는 잔들과 얼음가득 담긴 바스켓이 2개 놓여있었다. 진실은 쫙 깔린 술을 보고 질겁했다. 술 약한 진실에겐 너무 많았고 생소한 브랜드도 더러 있었다.

"자. 이 맥주는 우리 사장님을 위해 준비한 제 마음. 사장님

술 약해서 제가 맥주로 준비했어요."

"그래. 고마워. 근데 이 술들을 다 마실 수 있어?"

"그럼요."

직원들과 이민준이 동시에 외쳤다.

테이블에 준비된 술은 보드카 2병, 하이네켄 2캔, 크랜베리 주스 1병, 토닉워터 3병이었고, 과일안주가 곧이어 들어왔다.

"자 일단 한 잔씩 말고 시작합시다. 사장님도 첫잔은 같이 해요."

"응. 그래. 내건 조금만 해 줘."

허재성이 보드카, 토닉워터, 크랜베리 주스를 섞어 한잔씩 돌렸다.

"자. 우리 사장님 한 말씀 있겠습니다."

직원들은 테이블을 두드리며 흥을 돋우고 있었다.

"한마디? 그럼 짧게 할게. 흠흠."

긴장한 탓인 진실은 목음 가다듬었다.

"여기 있는 여러분 덕에 카페가 2주년을 맞이할 수 있었습니다. 오늘의 영광을 모두 여러분에게 돌립니다. 여러분의 수고와 노력이 있었기에 능력이 많이 모자란 제가 버틸 수 있었습니다. 너무너무 고맙습니다. 오늘 하루 걱정하지 말고 즐겁게 놀다 갑시다. 다같이, 건배."

"건배."

"다들 고마워."

"다들 수고했어."

서로 등을 토닥이며 지금까지의 노력과 수고를 격려 했다. 이런 그들을 바라보는 진실의 눈엔 미안함과 고마움이 뒤섞였다.

"자 이번엔 케이크 커팅식이 있겠습니다."

허재성은 준비된 케이크에 긴 초 2개를 꽂고 불을 붙여 진실 앞에 놓았다.

"케이크 촛불은 우리 다같이 불어 끄자. 너희들이 있었기에 여기까지 올 수 있었으니 같이 불지 않으면 큰 의미가 없어."

"자자, 다 모여 모여."

"하나, 둘, 셋."

그들은 케이크를 가운데 두고 둥글게 어깨동무를 하고 다함께 촛불을 껐다.

"더 번창합시다. 우리 카페."

허재성의 마지막 말과 함께 진실이 케이크를 잘랐고, 직원들은 건배를 하고 술을 마셨다.

술이 조금 들어가자 사람들은 대화를 더 많이 하기 시작했다. 학교생활 얘기. 연예인 얘기. 취업 얘기. 연애 얘기 등등. 또래들이 가지고 있는 생각과 고민을 여과 없이 나누며 시간은 흘러 갔다.

"우리 너무 얘기만 한다. 나가서 한번 흔들고 오자."

분위기를 주도한 건 의외로 이민준 이었다. 이민준의 말을 들은 나머지 4명은 일제히 고개를 돌려 이민준을 바라봤다. 약간은 술기운이 올라온 듯 신난 얼굴이었다.

"뭐해요. 자. 다들 나갑시다. 민준이가 저렇게 원하는데."

이민준의 제안을 행동으로 이끈 건 다름 아닌 김민성이었다. 이민준의 등장 순간부터 괜한 질투심인지 적개심인지 알 수 없는 감정에 싸였지만. 한 잔 두 잔 술이 들어가고 밖에서 들려오는 주체하기 힘든 음악 소리에 마음이 풀린 건지 자신도 모르게 '민준이가'라는 친근한 표현을 스스럼없이 피워냈다. 이석류는 팔짱을 끼고 망설이는 진실을 밖으로 이끌었다.

"그냥 편안하게 조금씩 흔들면 돼요. 이렇게."

깜빡이는 형형색색 조명 아래 움직이는 이석류는 누구보다 매력적으로 보였다. 볼륨감 넘치는 몸매. 예쁜 얼굴 그리고 자신감 가득한 몸짓이 어우러져 만들어내는 아름다움이었다.

"응응. 알겠어. 나도 춰 볼게."

이석류를 어설프게나마 따라하는 진실의 마음은 조금씩 진정되고 주위를 둘러볼 여유도 생겼다. 맥주를 마신 탓에 화장실이 걱정이었는데 춤을 추며 화장실 위치도 대충이나마 확인할 수 있었다. 나름 음악에 몸을 맡겨 리듬 타는 진실을 바라본 이석류는 안심하고 이민준을 향해 고개를 돌렸다. 자신이 알고 있는 이민준이 맞나 싶을 정도로 자연스럽게 리듬 타는 모습을 본 이석류는 놀라지 않을 수 없었다. 자신은 클럽을 좋아하는 성격이고 살을 쫙 뺀 이후 클럽을 자주 다녔지만, 공부밖에 모른다고 생각한 이민준이 보여주는 춤 솜씨는 보통이 아니었다.

리듬 타며 이민준 곁으로 다가가 마주 보며 춤을 췄다. 술기운인지 리듬에 맞춰 춤을 추다 보니 그렇게 된 건지 알 수 없지만 둘은 마치 커플처럼 자연스럽게 춤도 추고 서로 그윽하게 바라봤다. 디제이의 현란한 디제잉 기술과 탁월한 음악 선곡으로 열기 가득 찬 클럽은 그야말로 흥과 열정이 폭발하고 있었다. 클럽 안 사람들은 모두 손을 높이 들고 방방 뛰며 무아지경을 향해 나아가고 있었다. 끓어오르는 흥분과 열정을 분출한 카페 일행들은 체력충전을 하자며 다들 룸으로 돌아갔다.

"아우. 오늘 진짜 신난다. 최고야. 최고. 스트레스 다 풀린다."

허재성은 엄지척하며 소리 질렀다. 아르바이트, 연애, 공부, 미래…… 암울하고 답답한 현실에 억눌린 가슴이 뻥 뚫리는 느낌이었다.

"사장님도 신나죠? 진짜 재밌게 노시던데요?"

여전히 엄지손가락을 들고 있는 허재성의 말엔 은근한 놀라움이 배어났다.

"응응. 카페에서 받는 스트레스가 싹 다 날아가는 거 같아. 가끔 와야 되겠다."

카페 시작 후 제대로 쉬지 못한 진실은 켜켜이 쌓인 스트레스를 단번에 날려버린 경험을 온몸으로 느껴 안았다. 스트레스라는 단단한 벽이 부서지는 이 순간을 제대로 즐기고 싶어서 못하는 맥주를 벌컥벌컥 마셨다.

"어어. 사장님. 천천히 마셔요. 술도 잘 못하시면서 이렇게 마시면 한 번에 훅 간다고요."

이석류의 걱정 섞인 말을 튕겨내듯 한 모금 더 마시고 맥주를 내려놓으며 진실은 환하게 웃었다.

"너희들이랑 이렇게 2주년 파티도 하고 스트레스도 풀고 오늘 기분 너무 좋다. 너희는 술 안 모자라? 괜찮겠어?"

직원들은 눈빛을 주고받으며 어떻게 할지 묻고 있었다.

156

"저희 더 시킬게요. 일단 보드카 1병, 크랜베리 주스 1병, 토닉워터도 1병 그리고 얼음 가득. 이 정도면 되겠지? 뭐 더 필요……."

"나도 맥주 하나만 더 해줘."

필요한 것들을 체크하는 이민준 말을 치고 들어온 목소리는 진실이었다. 2주년 파티여서 기분이 좋은 건지, 안 가보던 클럽문화를 즐겨서 좋은 건지 아니면 묵히고 묵혔던 스트레스를 훌훌 털어버린 기분이 좋은 건지. 진실은 무엇 때문인지는 모르지만 시원하고 후련한 느낌을 망치기 싫어 맥주를 더 주문했다.

"사장님. 괜찮으시겠어요?"

"뭐 어때. 어차피 내일 쉬는 날이잖아. 너희들이랑 이렇게 안 놀면 내가 언제 또 이런 시간을 갖겠어. 걱정 말고 시켜."

"대신 취기 오르면 저한테 꼭 말씀하셔야 해요."

확답을 받으려는 이석류를 안심시키듯 진실은 빙그레 웃으며 고개를 끄덕였고, 직원들은 안도하며 웃었다.

"오케이. 그럼 더 시킬게요."

술이 다시 채워지고 사람들 취기도 덩달아 올랐다. 건배도 하고, 남은 케이크도 나눠 먹던 와중에 김민성이 입을 열었다.

"근데 사장님. 민준이는 어떻게 아르바이트 하게 된 거예요? 아니 얘기 들어보니깐 한국대학교 의대생이라던데. 의대생이 왜 아르바이트를 했는지 내 머리로는 이해가 안 되네. 과외하면 훨씬 쉽게 돈 버는데."

나머지 사람들은 왜 김민성이 이렇게 이민준에게 관심을 갖게 됐는지 모른 채 둘을 번갈아 가며 바라봤다. 이런 김민성의 의문을 낚아채며 진실이 말했다.

"그건 내가 얘기해줄게. 나는 아직도 그날을 생생히 기억해."

약 2년 전. 카페영업 시작한 지 며칠 지나지 않은 겨울날. 진실은 아르바이트생 한 명을 구해놓은 상황이었지만 일손이 모자라서 적어도 한 명을 더 구해야 했다. 조금이라도 유지비를 덜기 위해 아르바이트 사이트엔 올리지 못하고 가게입구에 붙여놓은 공고문이 전부였다. 카페 출입문에 공고문을 붙인 다음 날, 한 남자가 들어왔다. 그 남자는 롱패딩을 입고 마스크를 쓴 상태였지만 얼굴 빈틈을 가득 채우는 깊고 큰 눈으로 가게를 대충 훑어보며 주문하는 곳으로 걸어왔다. 긴 다리로 성큼 다가온 그 남자는 진실을 바라보며 섰다.

"어서 오세요. 주문하시겠어요?"

"어……."

"메뉴 못 정하셨으면 조금 이따 받을까요?"

"아니 그게 아니라. 저 아르바이트 구한다는 공고문 보고 왔습니다. 아르바이트 하고 싶어서요."

마스크를 내리며 말하는 그 남자 얼굴이 모두 드러난 그 순간. 진실은 시간이 천천히 흐르는 경험을 한 것 같았다. 180㎝가 넘는 큰 키. 떡 벌어진 어깨와 꾸준히 운동을 한 듯. 날씬한 몸으로 진실을 내려 보고 있는 이 남자. 신체적 외형만 좋은 것이 아니었다. 더 많은 감탄을 일으키는 외모를 소유한 사람이었다. 햇빛과는 거리가 먼 뽀얗고 투명한 피부. 많은 사연을 담고 있는 듯 그윽하고 깊은 큰 눈과 여자보다 촘촘하고 긴 속눈썹. 매끄러운 라인을 자랑하는 높은 코와 부드럽게 드러난 턱선 그리고 적당히 긴 목과 이마를 살짝 덮는 검은 머리.

여태껏 본 남자 중에 가장 부드럽게 잘생긴 남자였다. 멍한 눈길로 그 남자를 바라보고 있던 진실은 깊고 낮게 울리는 목소리를 듣고 깨어났다.

"혹시 아르바이트 다 구하셨어요?"

"아. 아니에요. 아직 구하고 있어요. 어……. 저기, 저기 옆 테이블에 잠시만 앉아 계세요."

진실은 허둥대며 테이블로 안내했다.

"뭐 한잔 마시겠어요?"

"아뇨. 그냥 따뜻한 물 주세요."

물컵을 쟁반에 받치고 테이블로 다가간 진실은 그 남자 옆모습을 보며 감탄하고 또 감탄했다.

'어쩜 저렇게 잘생겼을까. 정말 잘생겼다.' 자신도 모르게 내뱉을 뻔했다.

"나이는 어떻게 되세요?"

"이번에 수능 봤습니다."

"그러면 대학 가면 아르바이트는 할 수 있어요?"

"음. 그건 확실히 대답을 못 할 거 같아요. 아직 논술도 있고 면접도 남아있어서요. 한국대학교를 지원하긴 했는데. 입학을 하게 되면 아무래도 그땐 생각을 해봐야 할 거 같습니다."

길어야 3달 정도 아르바이트할 수 있다는 얘기였다. 아르바이트생을 짧은 기간 고용한다는 건 진실에겐 위험부담이 큰 행동이었다. 일에 익숙해질 타이밍에 그만둘 수 있다는 얘기였다. 그러나 진실은 그런 위험부담은 생각하지 않고 그 남자에게 일자리를 주었다. 짧은 기간이지만 같이 일해보고 싶은 마음이 더 컸다.

그 남자가 아르바이트한 이후 손님들은 급격히 늘어났다. 대부분 여자 손님들이었고 그 남자 덕분에 카페 초기에 자리를 잡을 수 있었다. 그 남자는 진실을 잘 따랐고 진실도 그 남자를 잘 챙겼다. 그 남자는 합격 소식을 전해왔다. 한국대학교 의예과에 합격했다고 했다. 진실은 진심으로 축하를 했고 그 남자는 학교가 가까우니 종종 카페에 놀러 오겠다고 했다. 그리고 그 인연을 지금까지 이어오고 있었다.

진실의 얘기를 다 듣고 김민성은 다시 물었다.

"그럼 왜 과외처럼 쉽게 돈 벌 수 있는 일을 안 하고 카페에서 일한 거예요?"

"음. 제가 커피를 좋아하거든요. 그 시간이 아니면 커피 배울 시간이 없을 것 같았어요. 그 골목을 걸어가는데 이상하게 카페 분위기가 너무 좋아보여서 물어봤죠. 아르바이트 구했는지. 안 구했다고 해서 바로 일하게 됐죠. 뭐 결정적인 건 너무 사람이 많지 않았다는 거."

"근데 네가 이렇게 손님 많은 곳으로 만들어 버렸잖아."

허재성 말에 이민준을 제외한 모두가 크게 웃으며 공감했다.

"너 때문에 우리가 이렇게 많은 손님에 치여 가며 일하고 있다고."

괜히 목소리 높여 말하는 허재성 태도엔 장난 반 진심 반이

섞여있었다.

"나도 그때 바빴다고요. 난 뭐 놀면서 일했는지 아나."

"하긴 민준이가 그때 고생했지. 나도 일이 익숙하지 않은데 민준이는 어땠겠어. 여자 손님들이 몰려오면서 괜히 민준이를 부르는데. 엄청 뛰어다녔어."

"맞아. 나 아직도 생생해 그날 저녁에 확인해보니까 발에 물집이 잡혀있더라니까. 그 정도로 열심히 했다고요."

"맞다. 기억난다. 쟤 다음 날 살짝 절뚝거리며 들어오는데 아픈 티 안 내려고 하는 모습이 어찌나 불쌍하던지."

지난날을 회상하며 진실은 빙그레 웃었다.

"우리 민준이가 고생했네. 고생했어. 우쭈쭈."

이석류는 이민준 엉덩이를 톡톡 토닥이며 사랑스런 눈길로 바라봤다.

"어우. 이석류 저거, 저거 못 말린다. 못 말려."

쌜쭉 혀를 내밀고 웃는 이석류 얼굴을 뒤로하고 진실은 파우치 백을 챙기고 있었다. 맥주를 많이 마셔서 그런지 화장실이 급해졌다. 파우치 백을 챙긴 진실은 일어서며 말했다.

"나 화장실 다녀올게."

"사장님 화장실 어딘지 알죠?"

"응. 아까 춤추면서 대충 봤어. 얘기 나누고 있어."

"얼른 다녀오세요. 길 잃지 말고요. 우리 바로 춤추러 나갈 거예요."

김민성은 히죽히죽 웃으며 길 잃고 헤매는 흉내를 내고 있었다.

"너 갔다 와서 보자."

진실과 김민성이 얘기를 나누는 동안 이민준은 잔에 가득 담긴 술을 입에 털어 넣고 눈을 살포시 감았다. 이를 악물며 양주먹을 불끈 쥔 채 자신의 가방을 떠올리며 생각했다. 드디어 때가 왔다. 눈을 뜬 이민준은 가방 속 그 물건은 찾아 뒷주머니에 조심히 넣었다. 남들 눈에 띄지 않게. 은밀하게.

"나도 화장실 다녀올게."

"민준아. 얼른 다녀와. 우리도 나가자. 춤추고 있을 테니까 우리 찾아와. 알겠지? 자 그럼 우린 춤추러 갑시다."

그들이 지난 추억을 꺼내 얘기하고 웃으며. 유쾌한 기운이 가득했던 룸은 그렇게 텅 비어버렸다. 비어버린 룸에는 점점 희미해지는 온기와 사라진 웃음소리가 만들어낸 공허함만이 남아있었다.

제2부

11

무서운 존재에게 쫓기듯 다급한 발걸음 소리가 계단을 치며 올라왔다. 거리로 나온 그 발걸음 소리가 마주한 현실은 추적 추적 비 내리는 습하고 추운 겨울밤이었다. 비 내리는 거리 속 많은 사람들이 잔뜩 움츠리는 스산한 겨울밤. 그 발걸음 소리는 거리 속 홀로 우두커니 멈춰 서서 바늘 끝처럼 따가운 겨울 비를 온몸으로 맞고 있었다. 예고도 없이 내리는 비를 피하려 바삐 움직이는 사람들과 부딪히며 느껴지는 묵직한 고통⋯⋯. 그 고통도 잊을 만큼 초점 잃은 눈은 온갖 불빛들이 요란하게 반짝이는 거리 속을 허망하게 헤매고 있었다. 잃어버린 길을 찾듯, 더듬더듬 무언가를 찾으려 노력하는 그 눈동자는 당황과 수치심 범벅이었다. 몸은 추위 속에서 덜덜덜 떨었고, 마음은 검은 바다에 빠져 숨을 깔딱거렸다. 우두커니 멈춰 섰던 다리는 힘겹게 한 발을 내딛고 또 한 발을 내디뎠다. 멍한 눈길로 무거운 걸음을 걷다 부르르 떨리는 차가운 손을 힘겹게 뻗었다. 겨우 짜낸 손아귀 힘으로 무거운 문을 열고 들어간 발자국 주인은 회색빛 얼굴로 주저앉았다. 조금은 거친 무엇인가가 허공을 가르며 날아와 작은 흔들림을 안기고 힘없이 떨어졌다. 잔뜩 허망함에 질린 얼굴을 깨우는 메마른 소리가 날아와 머릿속을 휘저었다.

"아가씨! 비를 잔뜩 맞고 아무렇게나 택시에 타면 어떡해! 이거 진짜. 얼른 물기 닦아요."

그렇게 날아온 수건은 진실의 몸을 때리고 다리에 떨어졌다.

"죄송합니다. 죄송합니다."

갈라지는 쇳소리를 닮은 목소리가 힘겹게 입술을 기어 나와 연신 굽실거렸다.

"죄송합니다. 죄송합니다."

"죄송하면 얼른 물기부터 닦아요."

"죄송합니다."

"죄송하단 얘기 그만하고 물기 닦으라고요."

진실은 무릎에 놓인 수건을 쥐고 온몸에 뒤집어쓴 빗물을 힘겹게 닦고 있었다.

"갑자기 비는 왜 내려서 이 지랄이야."

스윽 스윽 뒷좌석 가죽 닦는 소리가 짜증 베인 기사의 말투에 묻히고 있던 그때, 택시기사가 다시 한번 건조한 말을 뱉었다.

"어디까지 가요?"

"……"

"아가씨! 어디까지 가냐고요. 목적지를 얘기해야 갈 거 아녜요."

"죄송합니다."

진실은 연신 힘없이 고개를 숙였다.

"죄송하단 말은 됐고, 목적지를 알려줘야 출발하죠."

"아, 네. 한국동 로즈오피스텔로 가주세요."

비 내리는 추운 겨울밤. 도로 위 택시 뒤꽁무니는 하얀 연기를 토해내며 도망치듯 달리고 달렸다. 초점 없는 눈동자는 무거운 추가 매달린 듯 자동차 바닥을 멍한 눈길로 응시하다 겨우 무게를 견디고 창밖으로 향했다. 들뜬 연말 분위기를 즐기는 사람들과 차가운 비 내리는 거리가 빚어낸 어색한 풍경을 바라보는 눈은 택시를 타는 내내 초점을 찾지 못하고 허공에 떠

있는 어두운 점이었다. 비 오는 거리를 거침없이 달리는 택시
엔 따뜻한 남자 목소리가 천천히 흘러나왔다.

"많은 분들이 연말 분위기를 즐기느라 밖에 계신 분들이 많
으실 텐데. 어떻게 다들 괜찮으신지 모르겠어요. 갑자기 이렇
게 비가 내려서. 지나가는 소나기라고 하니까요. 조금만 실내
에 머무르면서 피하면 되겠습니다. 자 다음 노래 들어볼까요?
지금 채팅창에 많은 분들이 노래를 올려주시는데요. 다음 노
래는……."

라디오에서 흘러나온 남자 목소리는 지친 하루를 살아가는
청취자들을 따뜻하게 안아주고 있었다. 많은 청취자가 라디
오 들으며 위로받았지만 그 목소리는 진실을 보듬지 못했다.

이 세상 어느 누가 찾아와 무슨 말을 해도 진실의 지금 심정
을 헤아릴 수 없었다. 주체치 못할 어지러움과 혼란이 머릿속
을 빙글빙글 맴돌았다. 조금씩 멀어져가는 정신을 붙잡지 못한
채 진실은 택시에 얹혀 클럽에서 점점 멀어져갔다.

택시를 가로막은 빨간 신호등은 점점 짙고 탁한 빛을 내뿜
었다. 드디어 눈에 익은 바깥풍경이 진실의 눈에 스며들었다.

5분만 참자. 5분만 참자. 이 골목만 지나면 집이다. 나 혼자
있을 수 있는 유일한 공간이 있다. 조금만 참자. 무너지는 마음

을 부여잡으며 속으로 외쳤다.

"9천 300원입니다."

택시기사의 갈라진 입술 끝을 지난 건조한 목소리가 진실에게 말을 걸었다. 진실은 주머니를 뒤적여 지갑 속 푸른 종이 한 장을 건네고 정신없이 택시를 뛰쳐나왔다. 거스름돈을 챙긴 택시기사는 멀어져가는 뒷모습을 바라보며 냉소 가득한 웃음을 흘렸다.

탁, 탁탁, 탁탁……. 진실은 내려올 줄 모르는 엘리베이터를 향한 초조함을 담아 버튼을 연거푸 눌렀다. 중간중간 멈추며 내려오지 않는 엘리베이터를 기다리는 마음은 불안으로 가득 물들었다. 갈라지며 스르륵 열린 공간은 차갑고 짙은 적막으로 가득했다. 진실은 힘겹게 발을 내딛고 5층 버튼을 눌렀다. 엘리베이터 벽면 거울에 비친 자신의 모습을 볼 자신이 없어 고개를 푹 숙이고 바닥만 바라봤다. 차가운 비에 흠뻑 젖은 초라한 자신의 모습을 스치며 바라본 순간 진실은 무너질 뻔했다. 벽면에 매달린 가로 손잡이가 없었다면 그 자리에 주저앉아 일어나지 못하는 모습이 CCTV에 고스란히 담겼을 것이다. 평소보다 느린 건지, 유난히 늦게 올라가는 엘리베이터 때문에 진실은 답답하고 초조했다.

5층입니다. 위치를 알리는 감정 없는 목소리가 울리고, 냉기를 가득 품은 금속 문이 양쪽으로 열렸다. 숨죽인 건물을 기어가듯 다리를 끌며 걸어갔다. 핏기 없는 손이 차가운 손잡이를 잡아 돌렸다. 다 왔다. 드디어 다 왔다. 속으로 외치고 또 외쳤다.

힘겹게 돌아가는 손잡이를 끌어당긴 진실은 집안을 가득 메운 차가운 어둠을 맞이했다. 겨울밤이 몰고 온 살을 에는 추위를 한껏 머금은 오피스텔이 진실을 바라보고 있었다. 무겁고 힘겨운 발걸음 내딛는 움직임을 눈치 챈 센서가 출입구 불을 밝혔다. 그때야 눈에 익은 광경이 펼쳐졌다. 큰 고통과 수치심을 안고 돌아온 자신과 다르게, 달라진 게 없이 자신을 맞이하는 유일한 집이다.

바깥 추위에 밀리듯 빠르게 닫히는 문소리를 듣고, 진실은 다시 발걸음을 내디뎠다. 또각또각. 구두가 내는 어지러운 소리가 바닥을 울리며 어딘가로 이어졌다. 조금씩 힘이 붙은 구둣발 소리는 살짝 방향을 틀어 화장실로 이어지며 뛰어갔다. 아무것도 떠오르지 않는 백지상태를 지나 당황. 더러움. 수치. 역겨움. 분노. 절망. 무엇인지 알 수 없는 감정이 뱃속 깊은 곳에 잠들어 있는 신물을 부글부글 끓어 솟아오르게 했다. 차가운 공기를 가르는 손이 허우적대며 화장실 손잡이를 잡았다 놓치기를 반복했다. 손잡이를 겨우 잡은 떨리는 손이 문을 벌컥 열어젖혔다. 다리 힘이 풀려 비틀대다 결국 쓰러졌다. 무릎을 꿇고 힘겹게 기어가 손을 뻗어 변기를 잡았다.

오웩, 오웩. 올라오는 신물을 온 힘으로 막고 있던 입술이 버티지 못하고 침을 질질 흘리며 게워냈다. 속은 계속해서 뒤집어지고 입술은 쓰디쓴 신물을 계속 쏟아냈다. 흐르던 신물은 떨어지지 않으려 끈적이며 입술에 대롱대롱 매달렸다. 내려가는 변기 물소리에 힘겨운 신음은 가려졌고 진실은 겨우 세면대를 잡고 일어났다. 콸콸, 시원하게 쏟아지는 세면대 물로 입안을 가득히 채우던 신물을 헹구고 또 헹궜다.

벌겋게 열 오른 거울 속 얼굴을 마주했다. 뱃속 가득한 신물이 만들어낸 열인지, 아니면 그 사건이 만들어낸 감정이 빚은 열인지…… 벌겋게 열 오른 자신의 얼굴을 마주한 진실은 두 손으로 얼굴을 가리며 또 한 번 무너졌다. 신물에 가려져 있던 눈물이 서서히 모습을 드러내며, 온 얼굴에 울음이 번졌다. 입술은 새어 나오는 울음소리를 악착같이 막으며 정신을 놓지 않으려 노력했다. 이를 악물며 어떻게든 울음을 막으려 애썼다. 비집고 나오려는 울음소리를 막으려 손도 입을 막았다. 그러나 어지럽고 두려운 거울 속 눈동자를 마주한 진실의 마음은 스르륵 끈을 놔버렸다. 티끌 하나 묻지 않은 하얀 조각상이 갑자기 날아온 망치질에 와르르 무너지듯. 그녀는 화장실 바닥에 쓰러지며 서러운 울음을 토해냈다. 화장실 벽면을 치며 울리는 무겁고 서러운 울음이 화장실 문에 스며들며 방으로 번져갔다.

모든 걸 잊어야 했다. 잊어야만 이 울음을 멈출 수 있다고 생각했다. 어떻게 잊어야 하나……. 이 몸에 새겨진. 아니 이 정신에, 마음에 선명하고도 깊게 새겨진 이 잊을 수 없는 고통을 어떻게 잊어야 하나……. 눈에 보이는 상처와 흔적부터 지우지 않으면 마음속 기억이 영원히 자신을 괴롭힐 것 같았다. 거울 속 허망한 얼굴이 자신을 향해 끊임없이 칼질할 것 같았다. 살아야 했다. 살기 위해 보고 싶지 않은 자신의 모습을 지워야 했다. 거울을 깨어버릴까? 거울을 깨면 살아날 수 있을까? 드문드문 떠오르는 생각과 다르게 세상 모든 거울을 깰 수도 없는 노릇이었다. 어떻게 해야 하나……. 우선 신물. 눈물범벅 그리고 구겨진 종이처럼 일그러진 얼굴을 마주하지 않아야 더 무너지지 않을 것 같았다. 마음이 무너지면 모든 것이 무너질 것 같았다. 악착같이 버티고 살아야 한다는 생각이 머릿속에 떠오르고 또 떠올랐다. 눈에 보이지 않게 모든 것을 지우자.

물을 틀었다. 벽에 매달린 샤워기가 한껏 물을 뿜었다. 샤워기는 진실을 향해 냉기를 마음껏 뿜었다. 조소를 가득 담은 냉기가 진실의 몸을 한껏 휘감았다. 옷도 벗지 않고 샤워기 앞에 섰을 만큼 진실은 자신의 모습을 지우고 싶었다. 지금 입고 있는 옷부터 지우고 싶었다. 옷을 입고 씻는 것은 아무 의미 없었다. 이 옷을 모두 불태워 없애야. 자신의 눈에서 보이지 않아야 자신이 살 것 같았다. 진실을 옷을 벗으려 했다. 그러나 물을 가득 빨아들인 옷은 거머리처럼 달라붙어 떨어질 줄 몰랐다. 벗어나려 하면 할수록 몸의 굴곡을 한껏 드러내며 들러붙었다. 냉기 가득한 물을 흘리던 샤워기는 얼굴을 싹 바꿔 따뜻한 물을 뿜으며 화장실 가득 수증기를 채워갔다. 찐득하게 달라붙은 옷을 힘겹게 벗어 던지고 따뜻한 물을 흠뻑 뒤집어썼다. 추위가 물러가고 포근함이 몰려왔다. 그리고 마지막 남은 속옷을 모두 벗어버렸다. 이제야 눈 앞에 보이는 고통에서 벗어날 수 있었다. 화장실을 가득 채운 수증기가 거울을 가리고 자신의 모습도 감춰버렸다. 자신의 모습을 가려주는 이 수증기가 영원히 지속되었으면 좋겠다고 생각했다.

자신을 칭칭 감고 있던 고통의 허물을 벗고서 알몸이 된 진실은 옷이 안겨주는 고통보다 더한 고통이 남아있음을 알아차렸다. 거울 속 자신의 몰골에 팔려 옷만을 생각하던 정신이 오히려 몸에 남겨진 흔적을 눈치채버렸다. 마음속 깊은 곳에서 치밀어 오르는 수치심에. 아무도 없는 화장실에서조차 자신의 몸을 손으로 가리고 감싸고 있었다. 수증기에 둘러싸인 자신의 몸을 바라본 진실은 겨울비를 가득 뒤집어쓴 순간보다 더 떨었다. 자신을 휘감고 있던 수치스런 옷은 벗어 던졌지만 자신의 몸은 어찌해야 할지 감이 안 잡혔다. 무겁게 쏟아지는 뜨거운 물을 맞으며 눈감고 멍하니 한참을 서 있다가 힘겹게 눈을 떴다.

눈에 들어온 건 세면대 위 비누였다. 진실은 비누를 양손으로 잡고 천천히 문질렀다. 그러다 점점 빠르게 문질렀다. 두 손 가득한 비누거품으로 그곳을 씻었다. 문지르고 또 문질렀다. 비누거품에 맡겨 모든 더럽고 역겨운 경험을 씻어내고 싶었다. 기억은 당장 지우지 못하지만. 몸에 남은 흔적이라도 깨끗이 지우려 했다. 따뜻한 물이 온몸을 훑고 지나갔다. 진실은 다시 비누를 집었다. 두 손을 채운 비누거품을 다시 그곳에 문질렀다. 아팠다. 그놈에게 당한 그 순간의 아픔이 되살아나 더욱 아프게 만들었다. 아프지만 씻어야 했다. 그렇지 않으면 미쳐버릴지도 몰랐다. 다시 한번 뜨거운 물이 온몸을 지나쳤다. 이번에도 비누로 그곳을 씻었다. 더욱더 생생해지는 기억이 온몸을 파고들었다. 그럴수록 진실은 비누거품에 의지해 수치스러운 기억을 희석하려 했다. 다시 뜨거운 물이 그곳을 지났다. 비누거품, 더러움과 기억, 뜨거운 물…… 같은 행동이 반복되고 반복됐다. 얼마나 더 같은 행동을 해야 할지 몰랐다. 다만 계속하지 않으면 자신을 바라볼 자신이 없었다. 자신이 노력해 지워야 한다고 생각했다. 노력해야 했다…… 꾹꾹 누르고 참았던 눈물이 터져 나왔다. 침통한 얼굴을 가로지르는 뜨겁고 짙고 쓰디쓴 눈물이 주르륵 흘렀다. 얼굴을 지나 온몸과 마음이 허망한 울음으로 서서히 물들었다. 억누른 울음소리가 화장실에 낮게 울리며 퍼졌다.

얼마나 오랫동안 씻어냈는지. 진실의 손과 발은 퉁퉁 부어있었다. 샤워기 물을 맞으며 꼼짝도 하지 않는 진실. 여전히 비누거품, 더러움과 기억, 뜨거운 물이 반복됐다. 자신이 잊으려고 하는 수치스런 기억과 싸움이었다. 그 싸움을 언제까지 해야 하는지. 이곳 화장실에서 계속해야 하는 건지 알 수 없었다. 똑같은 행동만이 진실을 지켜줄 뿐이었다. 그리고 또 똑같은 행동이 반복되고 있었다. 반복된 행동, 뜨거운 물 그리고 끝없이 흐르는 눈물. 진실은 조금씩 지쳐갔다. 기운 빠지는 몸을 지

탱하려고 벽을 짚고 서 있었다. 뜨거운 물을 받으며 고개 숙인 진실은 반복되는 화장실 바닥 무늬를 바라봤다. 수없이 반복된 무늬처럼 자신의 행위도 영원히 반복될 것 같았다. 반복된 타일을 바라보는 자신의 모습이 한없이 처량하게 느껴졌다. 끝없이 반복된 타일로 가득 찬 화장실에 영원히 갇힐 것 같은 기분이었다. 반복되는 행위가 의미 없는 행동이라는 걸 느끼는 순간 마음이 심한 동요를 일으켰다. 지울 수 없을 것 같았다. 자신에게 남은 주홍글씨를 안고 살아갈 많은 날들이 막막하게 다가왔다. 마음을 뒤흔드는 동요 탓인지, 아니면 오랜 시간 샤워기 앞에서 물을 맞았기 때문인지 조금씩 어지러웠다. 이번엔 완전히 정신을 잃을지도 몰랐다. 이렇게 쓰러지면 다시는 일어나지 못할 거라는 두려움이 진실을 옭아맸다.

진실은 수건으로 몸을 가리고 화장실을 나왔다. 막혔던 둑이 한순간 터지듯 화장실을 꽉 채우던 수증기가 진실을 밀치며 빠져나왔다. 급격히 차가운 공기를 마주한 진실은 몸을 움츠렸다. 보일러를 틀고 옷부터 입었다. 부드러운 감촉으로 몸을 감싸는 옷을 입으니 긴장이 조금 풀렸다. 그러나 식도를 타고 올라온 신물이 여전히 미세하게 남아 입안을 망쳐놓고 있었다. 물을 한가득 따라 벌컥벌컥 들이켰다. 시간은 4시가 다 되었다. 얼마나 화장실에 있었던가. 쭈글쭈글한 자신의 손과 발이 가늠할 수 없는 긴 시간을 말해주었다. 퉁퉁 부은 손으로 잡은 드라이기는 낯설었다. 온통 낯선 느낌뿐이었다. 그 낯선 느낌을 몸에 잔뜩 묻히고 드라이기로 머리를 말렸다. 거울을 보지 않고 말렸다.

클럽에서 마신 술기운이 이제야 올라오는 것인지 아니면 추운 겨울비를 맞고 오들오들 떨던 몸을 녹여준 따뜻한 물 덕인지. 진실은 갑자기 피곤을 느꼈다. 갑자기 몰려드는 피곤을 짊어지고 침대로 기어들어 가 전기장판을 켜고 이불을 뒤집어썼다. 온 집안을 차지한 어둠이 자신의 몰골을 가려주었다. 한 꺼풀 더 뒤집어쓴 이불이 신실을 더 가려주었고, 깊은 어둠에 안도하며 마른침을 삼켰다. 이불을 뒤집어쓴 채 옆으로 돌아누워 온몸을 웅크리고 깊은 숨을 내쉬었다. 조용히 귓가에 울리는 숨소리를 들으며 살며시 눈을 감았다. 그리고 다시 깊은 숨을 내쉬었다.

떠올랐다. 몇 시간 전 있었던 그 끔찍한 일이 떠올랐다. 진실은 숨이 막히는 걸 느껴 이불을 급히 걷으며 꽉 막힌 숨을 토해냈다. 열기가 오르지 않은 방에 입김이 번졌다. 안정됐다 싶었던 정신이 다시 그 생각으로 가득해졌다. 진실은 머리를 움켜쥐었다 풀고 다시 심호흡을 했다. 거칠어진 호흡을 가다듬어야 했다. 그러지 않으면 진정되지 않을 것 같았다. 천천히 들이마시고 내쉬며 숨 고르기를 반복했다. 조금 진정된 진실은 천천히 물을 마셨다. 입속을 다시 한번 깨끗이 한 진실은 다시 눈을 감고 이불을 뒤집어썼다. 아무 생각도 안 하려 노력했다. 좋아하는 노래를 떠올려봤다. 오히려 정신이 멀쩡해지는 느낌이었다. 양을 세어보았다. 한 마리, 두 마리, 세 마리……. 머릿속을 떠도는 양들의 수가 끊임없이 늘어났다. 이러다 못 잘 것 같았다. 어떻게 해서든 자야 했다. 그래야만 나쁜 기억을 이겨낼 수 있을 것 같았다. 그러나 어떻게 해야 잘 수 있을지 떠오르지 않았다.

감은 눈이 만들어낸 끝없이 펼쳐진 검은 공간 속으로, 오늘 아침이 떠올랐다. 특별히 나쁜 기운 없는 하루의 시작이었다. 기분 나쁜 꿈을 꾼 것 빼고는 모든 것이 정상이었다. 카페에서도 기억에 남을 만한 일은 없었다. 예쁜 아이도 봤고, 별 특별한 일은 없었다. 도대체 어디서부터 꼬인 걸까……. 왜 나에게 이런 시련이 닥친 걸까……. 알 수 없는 물음들이 떠나지 않았다. 그놈은 왜 그런 걸까……. 앞으로 나는 어떻게 해야 하나……. 카페직원들에게 뭐라고 얘기하지? 왜 먼저 갔냐고 물으면 어떡하지? 뭐라는 대답이 자연스러울까…… 그리고 앞으로 그 놈을 어떻게 대해야 하는 걸까…… 그놈이 다시 내 앞에 나타날까? 그놈도 인간이라면…….

급격히 머릿속을 가득 메우는 끝없는 질문들이 진실에게 대답을 요구하고 있었다. 어떻게 해야 하는가…… 정답 없는 삶 속에 더 정답을 찾기 어려운 질문들이 진실을 찾아와 시끄럽게 노크하고 끝없이 대답을 요구하고 있었다. 진실은 대답하지 못했다. 대답은 고사하고 생각조차 하기 싫었다. 그러나 이런 생각은 다시 돌아가 그 사건을 떠올리게 만들었다. 다시는 떠올리고 싶지 않은 생각이었다. 얼른 잠들어야 했다. 어떻게 해서든 잠들이아 했다. 이불을 끌어안고 눈을 감으려는 순간 소변이 마려웠다. 신물을 씻어내려 급격히 들이켠 물과 숨을 고르느라 또 마신 물이 말썽이었다. 화장실에 들어선 순간 몇 시간 전 변기에 신물을 토하던 순간이 스쳐 갔다. 얼른 이 화장실도 벗어나고 싶었다. 다시 신물이 올라오는 것 같은 착각도 들었다. 진실은 입을 손으로 막았다. 신물이 올라오는 더러운 이 기분이 마치 진짜처럼 느껴졌다. 볼일을 마치고 나오는 순간 언뜻 보인 거울 속 자신의 모습은 샤워 덕인지 어제저녁과 다르지 않았다. 다만 오늘은 자신만이 느낄 수 있는 몸속 가득한 수치심이 흐르고 있었다.

화장실에서 침대로 돌아오는 길은 어둡고 길었다. 수없이 걸었던 길목이 지금 이 순간처럼 낯설었던 적은 없었다. 자신이 누워있던 침대를 바라봤다. 매일 피곤한 몸을 이끌고 기절하듯 잠들었던 그 침대가 오늘은 진실을 재우지 않기로 작정했나 보다. 조용히 이불을 들고 다시 침대로 들어갔다. 처음처럼 옆으로 돌아누워 이불을 끌어당겨 안고 돌돌 감았다. 화장실 냉기를 안고 돌아온 몸은 이불을 더욱더 파고들며 웅크렸다.

조용히 눈을 감았다. 클럽에서 있었던 일이 다시 떠올랐다. 뇌리에 깊이 박힌 영화 속 장면처럼 말소리 하나하나, 동작 하나하나, 습하고 지린 냄새, 쿵쿵거리며 울리는 음악 소리들 모두가 어김없이 생생하게 떠올랐다 가라앉았다 반복했다. 그 순간마다 진실은 숨을 깊게 들이마시고 내뱉으며 마음을 가다듬었다. 다시금 떠오르는 생각을 잊으려 노력하진 않았다. 떠오르는 생각을 막는다는 일이 의지로 되지 않는다고 생각한 후 오히려 조금은 편해지고 있었다.

그렇게 생각이 떠오르고 숨 고르기를 반복하는 침대 속 진실의 눈꺼풀은 조금씩 가라앉았다. 긴장했던 마음과 몸이 기척도 없이 찾아온 봄기운에 얼음이 녹듯, 자연스럽게 잠들었다.

그러나 진실은 잠을 자면서 자신도 모르게 클럽에서 벌어진 일을 다시 겪는 듯 괴로운 신음을 스르륵 흘렸다. 마음속 깊이 새겨진 상처가 잠자는 순간까지도 진실을 괴롭히는 새벽이었다.

12

어둠이 눈 앞을 가득 채웠다. 겨울밤이 붙들고 있는 어둠을 몰아낼 따스한 해를 맞이하기엔 이른 시간이었다. 진실은 답답한 가슴을 안고 일어나 시간을 확인했다. 여섯시를 막 지나고 있었다. 자신도 모르게 스르륵 잠들었지만 얼마 자지도 못하고 깨어났다. 세 시간도 자지 못한 상태였지만 다시 잠들지 못하고 눈 뜬 채로 침대에 누워 턱까지 이불을 끌어당겨 천장을 멀뚱멀뚱 바라봤다. 천장에 그려지는 어젯밤 사건. 진실은 다시금 눈을 감았다. 다시 잠을 청해야만 잊을 수 있었다. 그러나 클럽에서 일어난 사건이 오롯이 떠올랐다. 눈을 감아도 계속 떠오르는 생각을 이겨내지 못하고 진실은 무거운 몸을 일으켰다. 침대 옆 작은 테이블에 놓인 스탠드 불을 켰다. 부엌에서 물 한 잔을 마시고 침대로 돌아와 앉아 방을 둘러봤다.

정리하지 못한 여러 물건들이 어지러이 흩어져 있었다. 올라오는 신물을 참지 못하고 들어선 새벽녘……. 샤워 후 정리하지 못하고 잠든 자신이 남긴 비참한 흔적들이었다. 물에 젖은 원피스와 속옷이 화장실 입구를 흥건히 적시고 있었다. 분명히 화장실에서 벗었는데 왜 저기에 널브러져 있는지 기억나지 않았다. 머릿속을 가득 채우고 있는 그 사건 외에 기억하는 건, 처절하게 반복된 샤워와 침대 속에서 힘겨워하며 잠을 청하던 시간뿐이었다. 다른 기억과 모든 시간들은 지워지고 없었다.

도대체 무슨 일을 저지른 거야. 왜 기억이 없냐고! 속으로 자신을 자책하는 말을 끊임없이 내뱉고 있었다.

원피스와 속옷 물기를 대충 짜서 세탁기에 집어넣고 수건으로 흥건한 바닥을 닦았다. 수건마저 세탁기에 집어넣고 돌아선 진실의 눈에 들어온 건 침대 밑에 덩그러니 놓인 검은 파우치였다. 파우치 속 물건들이 잘 있는지 또한 기억나지 않았다. 택시를 탔으니 요금을 냈을 텐데 어떻게 지불했는지 기억이 없었다. 카드였나? 현금이었나? 그런데 코트는 어디 있지?

진실은 다시 고개를 이리저리 돌려 코트를 찾아다녔다. 식탁 의자 등받이 부분에 대충 걸려있는 코트는 물기를 머금어 축 늘어져 겨우 들어온 자신을 대변하고 있었다. 코트는 언제 저기에 벗어놨을까……. 무의식적으로 화장실에 들어가기 전에 벗어났을까……. 어차피 비를 맞아 한껏 젖었을 텐데 왜 저기에 걸어뒀지……. 기억나지 않는 흔적이 너무 많은 방을 바라보는 진실은 혼란스러웠다. 알지 못하는 일들이 왜 이렇게 많은지, 왜 기억하려 해도 떠오르지 않는지 답답해 가슴을 쳤다. 기억 나야 할 일들은 새하얗게 잊어버렸고, 잊고 싶은 기억은 새까 맣고 진하게 떠올랐다.

진실은 코트를 들고 화장실로 터벅터벅 걸어갔다. 어제의 기 억이 잔뜩 묻어있는 코트를 털고 또 털었다. 주머니 속 한 공간 을 차지하던 장갑이 맥없이 날려 물기를 스치며 바닥에 떨어졌 다. 진실은 장갑을 멍하니 바라보다 주워 물기를 털어냈다. 코 트를 마저 털고 세탁기 꼭대기에 던져버렸다. 진실은 답답 한 마음을 달래려 물을 한 잔 마시고 파우치를 집어 들고 침대 에 걸터앉았다. 파우치도 비를 잔뜩 맞고 축축함을 드러냈다. 그나마 가죽이 아니라 면으로 된 파우치라 다행이라 생각했다. 파우치를 뒤집어 물건을 모두 쏟아냈다. 살짝 젖은 물건들을 윗옷으로 닦고, 잃어버린 물건이 없는지 확인했다. 다행히 지 갑은 파우치 속 물건들 틈에 끼어있었다. 지갑을 열어 하나하 나 확인했다. 카드는 다 있는지, 신분증은 잃어버리지 않았는 지, 그리고 현금도 확인했다. 만 원이 모자란 걸 보니 택시비는 현금으로 낸 것이 확실하다고 생각했다. 물건을 정리하면 할수록 잃어버린 기억이 하나하나 떠올랐다. 계속해서 클럽에서 일어난 사건의 기억을 끌고 들어오는 물건들을 바라보는 진실의 마음은 헝클어지고 어지러웠다.

휘이잉, 휘이잉. 창문을 두드리는 바람소리가 희미하게 울렸다. 암막 커튼을 걷고 창밖을 바라봤다. 뒤죽박죽 뒤집어진 마음을 달래려 바라본 창밖 풍경은 조용하고 스산해 보였다. 매서운 바람을 뚫고 지나가는 사람들은 모자를 뒤집어쓰고 한 걸음 한 걸음 내딛고 있었다. 세상을 살아가는 많은 사람들의 모습이었다.

그래. 다들 저렇게 살아가. 맞서야 하는 순간을 피하지 말자. 스스로 다짐하며 진실은 암막커튼을 대충 걷었다. 열린 암막커튼 사이로 가로등 불빛이 스며들었다.

진실은 물을 마시고 침대로 돌아와 파우치 속 물건을 다시 바라봤다. 조금은 진정된 마음이 다시금 헝클어질 조짐을 보였다. 힘든 마음을 위로받는다는 일이 참으로 어려워 보였다. 크나큰 고통을 쉽게 이겨낼 수 있다는 생각이 어리석어 보이는 순간이었다.

스마트폰은 배터리가 방전돼 꺼져 있었다. 진실은 충전기를 꽂고, 화장실에서 가볍게 물로만 세수를 했다. 어지러워진 정신을 조금은 잡을 필요가 있을 것 같아 미지근한 물로 얼굴을 가볍게 적셨다. 조심스럽게 고개를 들어 바라본 거울엔 눈자위가 꺼지고 바싹 마른 얼굴이 물에 젖은 채 스스로를 응시하고 있었다. 다시 고개를 숙였다. 몇 시간 만에 얼굴은 점점 생기를 잃어가고 있었다. 겨울비 맞는 어젯밤 모습이 떠올라 마음을 흔들어 놨다. 물기를 닦고 급하게 화장실을 나갔다. 스탠드 불빛이 홀로 빛을 내고 있는 방에 또 다른 불빛이 들어왔다. 스마트폰 전원을 켜니 작은 불빛이 방을 미약하게 비췄다. 스마트폰 켜짐과 동시에 진동이 울리고 또 울렸다. 진실은 갑작스레 마구 솟구치며 뛰는 가슴을 느끼며 마른침을 삼키고 심호흡을 했다.

혹시 그놈이 연락을 했을까? 문자를 남겼을까? 카톡을 남겼을까? 아니면 전화를 했었나? 쿵쾅거리며 뛰는 심장을 부여잡으며 스마트폰으로 손을 뻗었다. 떨리는 손끝을 바라보는 눈 또한 미세하게 요동치고 있었다. 잠금장치를 풀어 화면을 바라봤다. 카톡과 부재중 전화가 가득했다. 부재중 전화를 확인했다. 없었다. 인간이라면 전화 걸어 미안하다는 말을 할 수 있어야 했다. 그러나 그놈은 전화하지 않았다. 손끝은 더욱더 떨렸다. 카톡을 누르고 질끈 눈을 감았다. 부재중 전화를 확인한 후. 생각지도 못한 충격으로 카톡을 바라볼 자신이 없어졌다.

망설이다 천천히 눈을 떠 카톡을 확인했다. 거기에도 그놈의 연락은 없었다. 온통 직원들 연락뿐이었다. 갑자기 없어진 진실을 찾느라 전화했을 것이다. 카톡 내용도 아마 갑자기 없어진 진실을 찾는 내용일 것이라 생각했다. 처음 눈에 들어온 카톡단체방 내용은 역시 진실이 어디 갔는지 묻는 내용이었다. 그리고 걱정하는 내용이 이어졌다. 그렇게 이어지던 대화는 이상한 방향으로 흘러 갔다. 이민준도 없어졌다는 내용이었다. 그 자리에 있어야 할 이민준의 행방도 묘연했다.

진실은 카톡단체방 내용을 끝까지 읽었다. 분명했다. 진실뿐만 아니라 이민준도 사라져버렸다. 언제 사라졌는지 모르지만 분명히 이민준도 그 자리를 떠났다. 진실은 혼란스러웠다. 그놈은 왜 떠났을까……. 자신의 잘못이 드러날까 두려웠을까? 사람이라면 당연히 그래야지. 자신의 잘못을 내가 폭로할까 봐 두려워 떠났을 것이다. 그래 그놈도 양심의 가책을 느꼈을 것이다. 진실은 카톡단체방 내용을 한 자. 한 자 읽으며 생각했다.

그러다 또 다른 카톡이 눈에 들어왔다. 이석류가 보낸 카톡이었다. 이석류가 보낸 대화는 단체방에서 초반에 건넨 말을 제외하면 진실의 기억엔 전혀 없었다. 개인적으로 보낸 마지막 대화 내용은 눈물을 의미하는 이모티콘이 전부여서 20개가 넘는 카톡 내용을 도저히 짐작할 수 없었다. 왠지 모르게 걱정이 앞섰다. 이민준도 없어졌다는 사실과 단체방에서 말이 거의 없었던 이석류의 모습이 겹쳐지며 알 수 없는 불안이 밀려왔다.

'사장님 어디세요?' '별일 없죠?' '민준이도 없어졌어요.' '민준이 가방도 없어요.' '혹시 민준이랑 같이 있어요?' '둘이 같이 있죠?' '둘이서 뭐 하는 거예요!' '순진한 우리 민준이 꼬드겨 어디로 데려간 거야!' '당신 민준이 건들면 가만 안 둘 거야.' 그리고 눈물을 의미하는 'ㅠㅠ'가 마지막이었다. 이석류는 이민준과 진실이 같이 있다고 생각하는 모양이었다. 어떻게 설명해야 할지 도무지 떠오르지 않았다. 이민준에게 성폭행당했다고 사실대로 얘기할 수 없었다. 자신이 좋아하는 사람이 끔찍한 성범죄자라는 사실을 받아들이지 않을 것이 분명했다. 어떻게 해서든 이민준과 같이 있지 않다는 사실을 설명해야 했다. 카톡 내용을 봤을 때, 이석류는 진실이 사라진 후 이민준도 따라 나갔다고 오해하고 있었다. 어떻게 설명해야 할지 난감해졌다. 진실은 사실대로 얘기할 용기가 없었다. 성폭행당한 자신의 수치심을 이석류가 이해하지 못할뿐더러 믿지 않을 것이란 생각이 들었다. 오피스텔을 빙빙 맴돌며 생각을 거듭한 진실은 답장을 했다.

'나 급한 일이 생겨서 먼저 갔어. 연락 못 남긴 건 미안해. 어떻게 하다 보니 그렇게 됐어. 민준이는 나도 모르겠어. 그리고 무슨 오해를 했는지 모르겠는데 그렇게 반말하는 거 아니다. 네가 민준이 좋아하는 건 알겠는데. 그렇다고 반말하는 건 아닌 거 같다.'

전송 버튼을 누르고 답답한 마음을 담아 크게 한숨을 내쉬었다. 다른 직원들도 혹시 이민준이랑 같이 있는지 물었지만 노골적인 물음은 아니었다. 조심스럽게 물어보는 말들이었다. 그러나 이석류는 드러내놓은 반말이었다. 진실은 당황하지 않을 수 없었다. 아끼는 직원이 반말로 지껄이고 빈정대는 상황을 어떻게 받아들여야 할지 몰라 멍하니 스마트폰만 바라보며 앉아있었다.

정리되지 않는 머릿속을 닫아버리듯 스마트폰을 무음으로 바꿔 화면을 닫아버렸다. 누구에게도 연락을 받고 싶지 않았다. 다행히 월요일이라 쉴 수 있었다. 진실은 누구에게도 방해받지 않고 생각을 정리하고 싶었다. 앞으로 어떻게 대처하며 어떻게 행동해야 하는지 아무것도 정리된 것이 없었다. 복잡

한 생각을 정리하지 않으면 아무것도 할 수 없을 것 같았다. 열기가 서서히 오른 방을 천천히 돌며 생각했다. 제일 걱정인 게 직원들이 퍼부을 질문이었다. 단체방에 남긴 말로 정리되지 않을 게 뻔했다.

'나 급한 일이 생겨서 인사도 못 하고 나왔는데. 배터리 확인 못 하고 전화 꺼져버렸어. 민준이는 연락됐어? 다들 잘 놀다 들어갔지? 난 잘 들어왔어. 다들 자고 있을 텐데 푹 자고 카페서 보자.' 이런 답장이 그들의 의문을 풀 수 있는 마법의 문장은 아니었다. 분명히 궁금한 것들이 넘쳐날 것이다. 직원들의 궁금증을 어떻게 풀어줘야 할지, 그 방법이 떠오르지 않아 머리가 아플 지경이었다.

조심히 내딛는 발소리를 제외하면 모든 소리가 지워진 듯 너무 조용했다. 방을 가득 채운 적막이 싫어 음악을 틀었다. 조용한 캐럴이 잔잔히 흘러나왔다. 가장 좋아하는 재즈 캐럴이었다. 방을 거닐던 진실은 침대에 걸터앉아 몸을 뉘었다. 천장을 바라보다 눈을 감고 음악을 감상하며 아무 생각하지 않으려 애썼다. 애쓸수록 머릿속은 정리되지 않은 생각들로 가득 차기 시작했다. 진실은 다시 일어나 음악을 바꿨다. 신나는 댄스 음악이 흘러 나왔다. 쿵쿵쿵 스피커를 두드리며 흘러나오는 음악은 어지러운 생각을 지우기에 안성맞춤이었다. 하지만 눈을 감고 음악을 듣던 진실은 섬뜩한 기분에 휩싸였다. 감고 있던 눈을 부릅뜨고 스피커로 달려가 전원을 모두 뽑아버렸다. 클럽에서 들었던 음악과 비슷한 음악이 흘러나왔던 스피커는 입을 꾹다물고 아무 소리도 내지 않고 널브러졌다.

진실은 사시나무 떨듯 온몸을 떨며 스피커 앞에 주저앉았다. 다시 클럽으로 돌아간 사람처럼 아무 소리도 지르지 못하고 굳어버린 자세로 덜덜덜 떨고 있었다. 끔찍할 정도로 생생하게 떠오르는 그 장면을 온몸으로 받아내며 진실은 또다시 쓰러졌다. 끝없이 터져 나오는 속울음을 입술 가득 물고 소리치고 싶었다. 마음껏 비명을 지르고 싶었다. 그렇게라도 해야 머릿속을 휘젓는 더러운 기억을 지워버릴 수 있을 것 같았다. 그러나 자신의 집 한가운데서도 소리 지르지 못하고 굳어버렸다. 무기력한 자신이 점점 싫어지는 순간이었다.

터져 나오지 못한 비명을 가득 안고 굳어버린 시간이 얼마나 흘렀을까……. 추운 바람을 조금이나마 막아주던 암막커튼을 비집고 따뜻한 빛이 들어왔다. 감고 있던 눈을 비추는 햇빛은 조금씩 번져 온몸을 감싸 안았다. 따스한 기운을 받은 진실은 용기를 내 조심스럽게 눈을 떴다. 방 안이었다. 머릿속을 가득 채운 성폭행은 따사로운 햇볕에 녹아 사라졌다. 한껏 웅크리고 있던 몸을 뒤덮은 억눌린 힘이 스르륵 풀리고, 한낮을 알리는 따뜻한 햇볕을 온몸으로 받으니 긴장이 풀려 정신이 아득해져갔다. 저린 다리를 끌며 식탁으로 가, 마른 입술을 적시며 물을 마시고 스탠드 불을 끄고 침대로 향했다. 여전히 따뜻하게 진실을 맞아주는 이불을 끌어안고 눈을 감았다. 점점 옅어지는 의식 뒤로 슬프게 우는 까마귀 소리가 아스라이 들려오고 있었다.

13

눈을 떴다. 겨울날 새벽에 맞이하던 짙은 어둠은 사라지고 없었다. 눈 앞을 가득 채우는 건 빛이었다. 불을 켜놓고 잠이 들었나? 진실은 멍한 눈을 깜빡이며 생각했다. 아니었다. 분명히 침대에 눕기 전에 스탠드 불을 껐던 기억이 있었다. 진실은 가만히 눈을 이리저리 굴렸다. 아. 잠든 지 얼마 안 됐구나. 대낮에 잠들었으니. 얼마나 잔 거지? 1시간 잤나? 개운한 거 보니까 깊게 잤나 보네. 이런 생각을 하며 이불 속을 뒤척이다 물을 마시고 화장실을 다녀왔다. 얼마 자지 않았는데 화장실에 오래 앉아있을 정도로 긴 소변을 봤다. 이상한 기분이 온몸을 스치며 지나갔다. 설마……. 에이, 아닐 거야. 입속을 맴도는 말을 무시하고 스마트폰을 찾았다. 초록 불빛을 내는 걸 보니 충전이 다 돼 있었다. 아침에 충전기에 연결하고 낮에 잠들었으니 충전이 다 된 게 맞겠지? 머뭇머뭇 손을 뻗어 집어 든 스마트폰은 9시 40분이었다. 9시 40분. 저녁 9시 40분이면 이렇게 밝을 리 없었다. 아침 9시 40분이었다.

진실은 스마트폰을 던지듯 내려놓고 화장실로 뛰어가 샤워를 했다.

"미쳤어. 미쳤어. 어떻게 9시 40분까지 잘 수 있어. 이러다 가게 문 제시간에 못 열겠네."

혼잣말을 중얼거리며 진실은 대충 물을 끼얹듯 샤워를 마쳤다. 머리를 말리고 대충 옷을 차려입었다. 화장 따위는 안중에도 없었다. 대충 로션만 바르고 패딩을 집어 들고 뛰쳐나갔다. 10시 넘어 집을 나서다니 미쳤구나. 미쳤어. 속으로 자신에게 외치며 엘리베이터를 기다리는 진실의 마음은 초조해져갔다. 손님들이 왔다 갔으면 어쩌지? 아, 미치겠네. 한 번도 이런 적 없었는데…….

늦잠 잔다는 건 상상도 할 수 없는 일이었다. 카페 오픈 이

후 매일 같은 시간. 6시 50분이면 알람이 울리기 전에 일어난 진실이었다. 그런 진실이 늦잠 자고 카페 문까지 제시간에 열지 못하는 하루가 시작됐다. 겪어보지 않은 상황을 맞이한 진실은 초조하고 당황하며 엘리베이터에 올랐다. 경쾌하게 울리는 땡 소리와 함께 열린 엘리베이터 문을 뒤로하고 있는 힘껏 뛰었다. 혹여나 손님들이 카페 앞에 있을까. 걱정을 가득 안고 뛰고 또 뛰었다.

"오늘따라 오르막길이 왜 이렇게 멀어 보이냐."

카페가 있는 오르막길을 힘겹게 오르며 중얼거렸다. 겨우겨우 카페 앞에 도착한 진실은 안도의 한숨을 내쉬었다. 손님들이 왔다 간 긴지, 아님 아직 아무도 찾지 않은 건지. 카페는 조용히 그 자리에서 진실을 기다리고 있었다.

카페 문을 열고 창문도 활짝 열어 환기부터 했다. 그리고 의자를 모두 뒤집어 테이블에 올리고 바닥청소를 했다. 분무기로 물을 뿌리고 바닥을 물걸레로 닦았다. 테이블과 창틀을 닦고 청소를 마무리했다. 진실은 음악을 트는 것도 잊은 채 청소에 매진했다. 청소를 끝내니 11시였다. 이제 손님들이 몰려올 시간이어서 얼른 음악을 틀었다. 오늘도 음악은 따뜻한 분위기를 가득 담은 재즈캐럴이었다. 히터를 틀고 창문을 모두 닫았다. 히터가 힘을 내 얼른 카페 공기를 따뜻하게 바꿔주길 바랐다. 겨우 한숨을 돌리고 물을 들이켰다. 아침에 일어나 아무 생각 없이 마신 물이 전부여서 목은 여전히 메말라 있었다. 연거푸 물을 들이켜고 카페를 둘러봤다. 늘 같은 모습이었다. 늦었지만 빠르게 손님맞이를 끝낸 진실은 그때야 오랫동안 공복인 걸 알았다. 감미로운 재즈캐럴을 비집고 꼬르륵 소리가 귓가에 울렸다.

손님이 언제 몰릴지 모르는 상황에 가게를 비울 수는 없었다. 어쩔 수 없이 진실은 머그잔 한가득 우유를 따라 마셨다. 그리고 텅 빈 베이커리 테이블을 바라봤다. 어제 베이커리를 준비해놨어야 했는데 하지 못해 휑하니 빈 채 제자리를 지키고 있었다. 오늘 베이커리 주문은 망쳤구나. 계산대를 바라보며 자연스레 떠오르는 생각이었다.

잠시 후 여자 손님 두 명이 들어와 아메리카노와 카페라테를 주문했다. 분주한 손길로 음료를 만들고 손님에게 가져갔다.

"맛있게 드세요."

진실은 인사를 하고 카운터로 돌아왔다.

"재성아 오늘 조금만 빨리 와라."

12시에 출근하는 허재성이 이토록 기다려지는 날은 처음이었다. 베이커리도 준비 안 된 마당에 허겁지겁 카페 문을 연 진실은 허재성의 도움이 절실하게 필요했다. 그리고 또 다른 손님이 들어서며 아메리카노랑 홍차라테를 주문했다. 음료를 테이블에 갖다 주고 돌아오는 진실은 카페를 들어서는 또 다른 손님을 맞이했다. 그렇게 카페를 찾는 손님들이 늘어갔다. 분주한 손길로 혼자 주문받고, 음료 만들고, 테이블에 갖다 주고…… 혼자 이리저리 뛰어다닌 진실은 카페 문이 열리는 소리를 듣고 인사말을 건네며 고개를 돌렸다.

카페 입구엔 허재성이 서 있었다. 밀려드는 주문에 치여 혼자 바쁘게 일을 하다 보니 벌써 12시였다.

"재성아."

진실은 반가운 마음에 자신도 모르게 허재성을 반갑게 불렀다.

"사장님. 왜 이렇게 반갑게 부르세요. 별일이네요."

허재성은 빙그레 웃어 보이며 진실에게로 다가왔다.

"나 혼자 바빠 죽는 줄 알았어."

"손님이 평소보다 몇 테이블 많긴 한데…… 손님들이 한꺼번에 몰려왔어요?"

카페 안을 둘러본 허재성이 왜 이렇게 호들갑이냐는 투로 물었다.

"아니. 사실은 내가 늦잠을 자서 카페 오픈을 늦게 했거든. 그
래서 환기하고 급하게 청소한다고 정신이 없었어. 저기 봐. 베
이커리도 텅텅 비었어."

진실은 텅 비어있는 베이커리 진열 칸을 가리키며 허재성에
게 하소연했다.

"사장님이 늦잠 잤다고요? 말도 안 돼. 한 번도 늦게 오픈한
적 없잖아요."

"그러니까 말이다. 정신을 어디다 놓고 다니는지."

"세상 오래 살고 봐야겠네요. 사장님이 지각을 다 하시고."

키득키득 웃으며 휴게실로 들어가는 허재성의 뒷모습이 들
썩이고 있었다. 허재성은 롱패딩을 벗고 앞치마를 두르며 밖
으로 나왔다.

"저 남자 화장실 둘러보고 올게요."

손 씻고 나온 허재성은 카페를 한 바퀴 둘러보고 카운터로
향했다.

"아. 사장님. 우리 그날 한참 찾았어요."

"그날?"

"예. 우리 2주년 파티 한 날이요."

"2주년 파티……."

말끝이 희미하게 흐려졌다.

"언제 클럽에서 나갔어요?"

클럽! 이 두 글자가 진실의 귀를 힘껏 끌어당기며 끈적하게 매달렸다. 오늘은 늦잠자서 아침부터 허둥대며 정신없는 시간을 보냈다. 덕분에 오직 카페 오픈을 빨리해야 한다는 생각만으로 서둘러 움직였다. 카페 문을 열고 점점 밀려드는 손님들을 맞이하는 사이 2주년 파티는 머릿속에서 하얗게 지워졌다. 무방비 상태로 기습을 받은 듯 심장은 급격히 두근대며 방망이질 쳤다.

"춤추고 돌아왔는데도 사장님 없어서 한참 기다렸어요. 혹시나 춤추고 있는지 몰라서 클럽을 몇 번이나 뒤졌다고요."

진실은 마른침을 삼키며 멀어져가는 정신을 잡으려 노력했지만 뜻대로 되질 않았다. 점점 멀어지는 정신 너머로 허재성의 목소리가 아스라이 들려왔다. 아득히 멀어지는 정신은 뒤돌아서 갑자기 진실에게로 빠르게 달려왔다. 기괴한 얼굴로 머리카락을 사정없이 휘날리며 미친 듯이 달려드는 거뭇거뭇하고 더러운 기억은 거침없이 수치심과 역겨움을 뿌려댔다. 방망이질 치듯 마구 뛰는 심장이 입 밖으로 튀어나올 것 같아 진실은 입을 급하게 막았다. 황급하게 입을 막는 행동은 또 다른 기억을 불러들였다. 신물이었다. 부글부글 끓어오르는 신물을 막기 위해 두 손으로 입을 꾹 누른 자신의 모습이 떠올랐다. 기분 탓인지, 진실은 신물이 한가득 목구멍을 타고 올라오는 것 같았다. 허재성을 밀치고 화장실로 뛰었다.

"오웩."

"사장님, 괜찮으세요?"

"오웩."

"사장님, 사장님."

허재성은 걱정이 됐는지 급히 뒤따라왔지만 여자 화장실로 들어갈 순 없어서 발을 동동 굴리며 진실을 부르고 있었다.

"미치겠네. 어디 아프신가."

진실은 올라오는 신물을 쏟아냈다. 미칠 듯이 잊고 싶었던 기억은 기어코 신물을 끓어 올렸다. 진실은 변기 옆에 힘없이 쓰러지듯 주저앉았다. 어떻게 해야 할지 몰랐다. 또다시 눈물이 번지고 있었다. 소매로 눈을 막고 정신을 차리려 심호흡을 했다.

"사장님, 괜찮으신 거죠? 손님이 와서 저 일단 카운터에서 주문받고 일하고 있을게요."

조용히 멀어지는 허재성의 말소리가 자신이 어디 있는지 다시 한번 알려왔다. 여기는 카페였다. 자신이 운영하는 카페였고, 그 카페 화장실에 널브러져 있었다. 진실은 정신을 차리려 했다. 변기를 잡고 일어나 세면대로 갔다. 몇 번이고 입을 헹궜다. 신물이 입에 남지 않게 헹구고 또 헹궜다.

　진실은 거울을 바라봤다. 어김없이 벌겋게 달아오른 거울 속 얼굴이 자신을 멍하니 바라보고 있었다. 비를 잔뜩 맞고 택시 타고 집으로 돌아온 그 날, 화장실에서 토했던 기억이 되살아났다. 진실은 입속을 다시 헹구고 찬물을 얼굴에 끼얹었다. 얼음처럼 날카로운 물이 흩어지며 얼굴을 지배하던 열을 조금씩 빌어냈다.

　진실은 앞치마 속 휴지로 얼굴을 닦고 머리를 대충 정리하고 화장실을 나섰다. 조심스럽게 발길을 옮긴 진실은 바쁘게 움직이는 허재성을 바라봤다.

　뭐라고 얘기해야 할까……. 떠오르지 않는 대답을 찾으려 허우적거리는 마음을 안고 카운터로 향했다.

　"괜찮으세요?"

　"어. 어. 괜찮아."

　"어디 아프세요? 일찍 들어가 봐야 하는 거 아녜요?"

"아냐. 괜찮아. 아침을 허둥지둥 급하게 먹어서 체했나 봐."

"얼마나 심하게 체했으면. 그럴 땐 바늘로 손끝 따는 게 최 곤데."

"화장실 다녀왔으니 괜찮아지겠지. 뭐."

"아니. 아침을 왜 그렇게 급하게 먹었어요. 약이라도 사 올 까요?"

아픈 진실이 안쓰러웠는지 허재성의 말투에 짜증이 살짝 배 어 있었다.

"그러게 말이다. 나도 이렇게 체했는지 몰랐네. 혼자 일한다 고 몰랐는데 너와서 긴장이 풀렸나 봐."

"곧 석류 오니까 일찍 들어가세요. 손님들께 잘 설명하면 돼 요. 오늘 음료 조금 천천히 나갈 거라고."

"됐어. 괜찮아."

"어우. 제 말 좀 들으세요. 사장님 제대로 쉰 적도 없잖아요. 기어코 탈 난 거라고요."

허재성은 진실의 등을 밀며 휴게실로 이끌었다. 캐비닛에서 패딩을 꺼내 입히고 다시 카페 밖으로 이끌었다.

"저 오래 일했잖아요. 조금 바쁘겠지만 충분히 할 수 있어요. 자주 오는 손님들께 설명하면 대부분 이해할 거에요. 그러니까 걱정 말고 오늘 하루 푹 쉬어요."

허재성은 막무가내로 진실을 보내려 했다.

"나 진짜 괜찮은데……"

"저기 택시 내려온다."

"택시는 무슨. 집이 코앞인데."

"그럼 걸어가실 거예요?"

"그냥 걸어가도 돼. 괜히 나 때문에 네가 고생이다."

진실은 미안함에 고개를 푹 숙이며 말했다.

"괜찮아요. 괜찮아. 카페 걱정 말고 푹 쉬세요. 대신 내일은
다 나아서 와요."

진실은 걱정해주는 허재성이 고맙고 미안했다. 자신이 조금
만 더 고생하면 된다며 진실을 집으로 보내는 마음이 한없이
고마웠다. 그러나 허재성에게 그날 밤 있었던 성폭행 사건을
얘기할 순 없었다.

"그러면 너 믿고 오늘은 부탁할게."

"네, 들어가세요. 손님들 있으니 전 들어갈게요."

"고마워. 재성아."

고마워 라는 말이 쑥스럽고 어색한지 재성은 괜찮다는 말을
싱겁게 내뱉었다.

진실은 추운 바람을 막으려 지퍼를 목 끝까지 채우고, 패딩에 달린 모자도 뒤집어썼다. 집으로 걸어가는 진실의 발걸음은 무겁기도 하고 조금은 가볍기도 했다. 사장이 카페를 내버려 두고 집에 간다는 마음과 허재성의 마음 씀씀이가 발걸음에 무겁게 매달려 있었다. 그러나 새하얗게 잊고 있던 성폭행의 아픔을 떠올리며 카페 일을 해야 한다는 압박감을 벗어난 자신의 처지가 조금이나마 발걸음을 가볍게 만들었다.

집에 도착한 진실은 옷을 갈아입고 양치를 했다. 입속에 남아 있을 조금의 신물이라도 씻어내기 위해 노력했다. 전기장판을 켜고 침대 위로 벌러덩 누웠다. 마음이 조금은 안정돼서 그런지 허기가 밀려왔다. 진실은 냉장고를 열었지만 마땅히 먹을 만한 음식은 없었다.

"냉장고에 먹을 만한 게 아무것도 없네. 그냥 라면이나 끓여 먹자."

냉동실에 있는 만두도 넣어 라면을 끓였다.

"김치도 없으면 안 되겠지."

김치를 가지런히 담아 라면과 함께 먹었다.

클럽에서 일어난 성폭행 사건을 잊은 듯 평화로운 첫 식사였다. 설거지까지 마친 진실은 창밖을 바라봤다. 추운 겨울바람을 피해 사람들은 잔뜩 웅크린 채 종종 걷고 있었다. 하늘은 맑았지만 심술 가득한 바람이 사람들을 몰아치고 있었다.

진실은 무료한 시간을 보내려 리모컨을 들어 TV를 켰다. 눈에 들어오지 않는 화면을 이리저리 돌리고 돌렸다. 어쩌면 자신밖에 없는 조용한 집이 싫었을지 모르겠다. 조금씩 TV 소리를 높였다. 그럴수록 집안을 가득 메운 고독한 침묵이 점점 커졌다. 소리 높이는 손길을 멈추고 다시 소리를 낮췄다. 적당히 들릴 정도로 맞춰놓고 침대에 쓰러지듯 누웠다.

"이렇게 화요일 대낮에 쉬는 게 참 어색하고 이상하구나."

누군가가 듣고 있기라도 한 듯 진실은 혼자서 중얼거렸다.

"진기장판 따뜻하니 참 좋다 좋아."

라면 먹고 누우니 불편하기는커녕 오히려 졸음이 솔솔 쏟아졌다. 끈적이도록 따뜻한 전기장판이 진실을 더욱더 감싸 안았다. 이불 속으로 들어간 진실은 천천히 눈을 감았다. 졸음이 몰려왔다. 자야겠다. 이렇게 모든 걸 잊고 잘 수 있을 때 자야겠다. 자야겠다는 주문 속으로 서서히 빨려 들어간 눈꺼풀은 스르륵 감겼다.

따사로운 햇살 속 매섭게 불어오는 칼바람이 한겨울임을 알리고 있었다. 온몸을 잔뜩 웅크리고 한 여자가 주춤주춤 카페 안으로 들어섰다. 뒤집어쓴 롱패딩 모자를 뒤로 젖히자 이석 류 얼굴이 드러났다.

"왔어? 밖에 진짜 춥지?"

"응. 오늘 많이 춥네."

카페 입구에 우두커니 선 이석류는 이리저리 두리번거렸다.

"사장님은?"

이석류는 무거운 입술을 열어 망설이듯 천천히 물었다.

"사장님 몸이 안 좋으신가 봐. 아침에 토까지 하셨다니까."

"토를?"

"응. 난리도 아니었어. 그래서 그냥 쉬시라고 떠밀고 떠밀어 서 지금 집에 계실 거야."

"많이 아파 보였어?"

"얼굴이 벌겋게 돼가지고 갑자기 마구 토하는데. 힘들어 보 이더라. 괜찮다고 하시는데 어떻게 그냥 내버려 두냐. 심하게 체한 거 같아."

"그랬구나……"

이석류의 말소리가 점점 약해졌다. 2주년 파티와 자신이 진 실에게 보낸 문자가 떠올랐다. 이석류는 오랜만에 이민준을 만나고. 카페식구들과 2주년 파티까지 즐거서 신났는지 그날따라 술을 조금 많이 마셨다. 한 잔이 두 잔이 되고 두 잔이 세 잔이 되는. 술이 술을 부르는 날이었다.

취기가 조금 오르고 클럽을 가득 메우는 강렬한 비트에 몸을 맡겨 정신없이 춤을 추던 그 날 밤. 켜켜이 쌓인 스트레스가 풀리도록 몸을 흔들고 돌아온 클럽 룸엔 이민준은 없었다. 이석류는 클럽 안을 두리번거렸다. 휘황찬란하게 돌아가는 조명 아래 사람들 얼굴은 구분하기 어려웠다. 이석류는 클럽 안 구석구석 돌아다니며 이민준을 찾아다녔다. 혹시나 다른 여자가 이민준을 꼬시려고 수작 부리는 건 아닌지 걱정됐다. 순진한 이민준이 야하게 차려입은 여사 손에 끌려 밖으로 나간 건 아닌지⋯⋯. 오만가지 생각이 이석류를 불안하게 만들었다.

클럽 안을 샅샅이 뒤지다 안 되겠다 싶었는지 화장실로 뛰어갔다. 화장실 입구로 들어서 양쪽으로 갈라져 보이는 길목 끝에 섰다. 남자 화장실과 여자 화장실이 길목 끝에서 갈라져 있었다. 이석류는 큰 소리로 이민준을 불렀다. 몇 번이나 불렀지만 화장실을 나오는 사람 중엔 이민준은 없었다. 나오는 남자를 잡고 화장실에 쓰러져 있는 남자는 없는지 물었다. 없다는 대답이 돌아왔다.

자신이 클럽을 샅샅이 찾는 동안 혹시나 돌아오지는 않았을까 싶어 다시 룸으로 돌아갔다. 혹시나 하는 생각은 역시나로 돌아왔다. 오랜만에 이민준과 술도 마시고 재밌는 시간을 보낼 수 있다고 생각하며 들떴던 기분이 순식간에 가라앉았다. 가라앉은 마음만큼 시무룩해진 눈동자도 점점 아래로 떨어졌다. 가라앉는 시선은 뭔가 이상한 걸 느꼈다. 소파 구석에 있어야 할 이민준의 가방이 보이지 않았다. 이민준과 함께 가방도 사라진 사실을 알게 된 이석류는 룸을 뛰쳐나가 클럽 입구로 내달렸다.

여기저기 부딪히는 사람들을 헤치며 달려가 클럽 주변을 두리번거리며 이민준을 찾았다. 역시나 없었다. 고개를 숙이고 다시 돌아오는 클럽 입구엔 예약을 부탁했던 지인이 서 있었다. 지인의 존재를 알아차리지 못할 만큼 다급한 마음으로 이민준을 찾는 이석류였다. 혹시 자신과 같이 온 잘생긴 남자 못 봤는지 물었다. 카페 사장으로 보이는 풍뚱한 여자가 나가고 얼마 후에 이석류가 찾는 듯 보이는 남자도 나갔다는 대답이 돌아왔다. 마음은 무거운 납을 매단 듯이 아래로 떨어졌다.

"왜 말도 없이 그렇게 나갔을까…… 무슨 급한 일이 생겼나…… 오랜만에 같이 즐거운 시간을 보내는데 얘기라도 해주지······."

아무런 말도 없이 떠나버린 이민준이 야속했는지 서운한 감
정을 담아 혼자 중얼거렸다. 맥 빠진 발걸음으로 클럽 입구를
들어서던 이석류는 무슨 생각이 갑자기 떠오른 듯 지인에게 돌
아서며 다시 물었다.

"누구랑 나갔다고?"

"뚱뚱한 그 여자 너희 사장 아냐?"

이석류는 넘어질 듯 빠른 걸음으로 룸으로 돌아갔다. 술 마
시고 있던 직원들을 밀치며 소파 여기저기를 뒤졌다. 그렇게
찾던 파우치는 없었고 진실도 보이지 않았다. 다른 직원들에게
물어도 진실의 행방을 몰랐다. 아무도 궁금해 하지 않는 진실
의 행방이었다. 진실의 파우치도 보이지 않는다는 사실이 이석
류의 머릿속을 가득 채우며 시끄러운 소리를 내고 있었다. 왜
사장도 보이지 않을까? 왜 두 사람 다 보이지 않을까? 두 사람
은 왜 동시에 나갔을까? 우리에게 말도 하지 않고 몰래 빠져나
간 이유는 뭘까? 우리 몰래 어디로 갔을까? 꼬리에 꼬리를 무
는 질문들이 쏟아져 나와 마음을 사정없이 때려댔다.

이석류는 이민준에게 전화를 했다. 받지 않았다. 이번엔 진
실에게 전화했다. 역시나 받지 않았다. 다시 이민준에게 전화

했다. 또 받지 않았다. 진실도 마찬가지였다. 이민준에게 카톡을 보냈다. 어디에 있는지, 왜 먼저 갔는지, 연락을 달라고 보냈다. 초조하게 답장을 기다리다 지쳐 이번엔 진실에게 카톡을 보냈다. 어디에 있는지, 민준이도 없어졌다고, 둘이 같이 있는지도 물었다. 기다리던 답장이 둘에게서 오지 않자 이석류는 손톱을 물어뜯을 정도로 초조해졌다. 급기야 둘이서 있을지도 모른다는 기분 나쁜 생각을 사실로 받아들이고 둘이서 뭐하는 거냐고, 순진한 우리 민준이 꼬드겨 어디로 갔냐고, 민준이 건들면 가만 안 둔다는 협박 섞인 문자를 진실에게 보냈다.

아무 소식도 듣지 못하고 무너지는 마음을 안고 이석류는 술을 연거푸 마셨다. 옆에서 들리는 직원들 웃음소리와 다르게 이석류만이 심각하게 허물어져갔다. 연이어 들이켠 술을 이기지 못하고 쓰러진 이석류는 깨어나 보니 집이었다. 숙취의 고통으로 머리를 움켜쥐고 한숨을 내쉬었다. 바짝 마른 입속은 기분 나쁜 냄새를 뿜어냈다.

이석류는 정신 차리고 스마트폰을 확인했다. 진실에게서 답장이 와 있었다. 급한 일이 생겨서 먼저 갔다. 민준이는 자신도 모르겠다. 그리고 반말에 대해 기분 나쁘다. 이민준의 행방을 풀 수 없는 글자만 가득했다. 믿을 수 없었다. 분명 둘이 같이 나간 게 확실하다고 생각했다. 진실의 답장을 무시하고 다시 이민준에게 전화를 걸었지만 받질 않았다. '무슨 일 있는 건 아니지? 걱정 돼'라는 카톡을 보내고 숙취 가득한 얼굴을 한 채 씻으러 갔다.

한참을 씻고 돌아온 스마트폰엔 이민준의 답장이 와 있었다. 먼저 가서 미안해. 너무 시끄럽고 적응도 안 되고 봐야 할 책도 있어서 어쩔 수 없었어. 연락 늦게 해서 미안해. 답장 확인하고 바로 전화를 걸었지만 받지 않았다. 바로 답장이 왔다. 선배들과 모임 하고 있어서 받기 힘들어. 이따 얘기하자. 이석류는 그제야 안심했다. 마음이 편해져서인지 해장해야겠단 생각까지 들었다. 콩나물해장국을 사먹고 들어온 이석류는 침대에 널브러졌다.

이민준에게 카톡을 보내려고 스마트폰을 바라본 순간, 자신이 진실에게 보낸 카톡이 생각났다. 한숨을 내쉬고 자신의 머리를 쥐어박으며 눈을 감아버렸다. 이민준을 걱정하는 마음에 말도 안 되는 억지를 부려 반말을 찍찍해댄 일이 생각났다. 고민하고 고민하다 술도 취하고 사장님도 없어지고 민준이도 없어졌다는 사실이 뒤죽박죽 엉켜서 자신이 소설을 썼다고 정말 죄송하다는 얘기를 구구절절하게 적어 보냈다. 자책하며 진실의 연락을 기다렸지만 답장은 없었다.

자신의 막무가내 행실과 진실이 토할 정도로 아프다는 사실이 만나면서 이석류는 시무룩해졌다. 자신을 예뻐하던 진실을 몹쓸 여자로 몰아붙인 행동이 한없이 부끄러웠다. 오히려 이민준을 만날 수 있도록 카페로 불러주는 사람이 진실이었다. 도와주는 마음을 생각지도 못하고 그렇게 반말을 무차별적으로 쏴댔으니. 미안하고 또 미안한 마음은 커져갔다. 자신에게 실망해서 답변조차 하지 않는다고 느꼈다.

이석류는 오늘 하루 정말 열심히 일해야겠다고 생각했다. 지금으로선 그것만이 자신이 할 수 있는 유일한 행동이었다. 허재성과 둘이서 오늘 하루 매상도 잘 올리고 빈틈없이 마무리하겠다고 다짐하며 휴게실로 들어갔다.

14

고개를 부르르 떨고 헉헉거리며 답답한 숨을 내쉬었다. 겁을 잔뜩 집어먹은 눈동자가 정면을 바라보다 이리저리 움직였다. 속은 부글부글 끓었다. 무서운 꿈을 꿨는지 비 오듯 땀을 뻘뻘 흘리는 진실은 다급히 입을 막으며 이불을 걷고 뛰었다.

벌컥 열리며 벽에 쾅 부딪히는 화장실 문을 뒤로 한 채 허둥거리며 변기를 부여잡았다. 낮에 진실을 괴롭혔던 신물이 다시 올라왔다.

"오웩."

입가에 찐득하게 들러붙은 침을 손으로 닦으며 무거운 한숨을 내쉬었다. 그리고 신물이 다시 역류했다.

"오웩, 오웩."

기침하며 신물을 쏟아낸 얼굴은 피가 쏠린 듯 시뻘게졌고 속은 엉망진창 뒤집어졌다. 세면대를 잡고 일어나 입속을 헹궜다. 10번을 헹궈도 신물이 가시지 않는 느낌이었다. 또다시 헹궜다. 10번을 더 헹구고 나서야 신물은 사라졌다. 자신의 얼굴이 어떨지 이미 겪어봤기 때문에 거울은 바라보지 않았다. 찬물을 연거푸 끼얹었다. 얼굴에만 열병이 걸린 사람처럼 여전히 뜨거웠다. 안 되겠다 싶어 찬물을 틀어 세면대를 가득 채우고 얼굴을 담갔다. 5초. 10초. 진실은 30초를 참고 거친 숨을 내쉬며 얼굴을 들어 올렸다. 다시 한번 얼굴을 담갔다. 30초를 참고 다시 올라왔다. 조금 진정 되었다. 얼굴을 닦고 입속이 괜히 찝찝해 다시 양치했다.

진실은 바닥에 앉아 꿈을 떠올리며 양 무릎을 두 팔로 끌어

안았다. 온몸이 부들부들 떨렸다. 편안히 잠든 꿈속을 지배한 건 이민준이었다. 또다시 꿈속에서 이민준에게 성폭행당하고 있었다. 똑같았다. 그날 밤에 있었던 상황과 똑같았다. 진실은 메마른 얼굴을 한 채 고개를 푹 숙이고 떨리는 눈꺼풀을 느꼈다. 아래턱도 조금씩 떨려왔다. 아무것도 보고 싶지 않고 느끼고 싶지 않아 고개를 더 깊숙이 숙이며 눈을 질끈 감았다. 두 눈은 삽시간에 울음으로 번졌다. 주체할 수 없이 흐르는 눈물은 눈꺼풀을 넘어 아래로 뚝뚝 떨어지며 바지에 스며들었다.

그렇게 한동안 무기력하게 울고 있던 진실은 벌떡 일어나 화장실로 발을 내디뎠다. 입고 있던 옷을 모두 벗고 샤워기를 틀었다. 찬물이 흘러나왔다. 아랑곳하지 않고 진실은 물을 뒤집어썼다. 비를 맞던 기억이 떠올랐지만 바로 따뜻한 물이 쏟아졌다. 진실은 그날처럼 씻어내려 했다. 이번엔 기필코 그날의 흔적과 기억을 씻어내야만 했다. 그렇지 않으면 잠을 잘 수 없을 것 같았다. 꿈속을 가득 채우던 이민준 목소리와 헐떡이는 숨결을 다시 마주치는 건 죽기보다 싫었다. 지워야 한다. 끔찍한 흔적과 기억을 반드시 지워야 한다. 이렇게 혼자 중얼거리며 따뜻한 물을 한없이 뒤집어썼다.

비누를 집어 거품을 내고 그날처럼 중요 부위를 씻었다. 힘을 주고 더 빡빡 씻었다. 시간이 얼마나 흘렀는지 모를 정도로 오랫동안 문지르고 물을 흘렸다. 따뜻한 물이 머리부터 흐르며 온몸을 적셨다. 진실은 다시 비누거품을 만들어 그곳을 씻었다. 힘이 잔뜩 들어간 손가락을 부들부들 떨며 열심히 문질렀다. 이렇게 해야만 고통과 수치심도 같이 떠내려갈 것 같았다. 물로 거품을 씻어내고 입속도 헹궜다. 아직 부족했다. 살갗 깊숙이 박혀있는 가시처럼 한 번에 제거하기 힘든 흔적과 고통이었다. 또 한 번 비누를 집어 들었다. 진실은 자신도 모르게 숨을 참고 있었다. 손톱이 날카롭게 스쳐갔다. 빨갛게 부어오르는지도 모르게 빡빡 씻었다.

꽉 막혀있던 눈물샘이 갑자기 디지며 울분을 토해냈다. 주체할 수 없이 주르륵 주르륵 눈물이 흘렀다. 쏟아지는 따뜻한 물보다 더 뜨거운 눈물이 흘러내렸다. 크게 소리를 지르지도 못하고 입술을 깨물고 연신 눈물을 쏟았다.

무거운 바윗덩이를 얹은 답답한 가슴을 주먹으로 힘없이 쳤다. 너무나 답답했다. 무거운 바윗덩이가 숨 막히도록 가슴을 짓눌렀다. 답답해서 숨을 쉴 수 없었다. 진실은 답답한 가슴을 어떻게 해서든 풀어내려 가슴을 또 한 번 쳤다. 더 답답했다. 주먹을 쥐고 또 쳤다. 다시 쳤다. 더 쳤다. 아픈지도 모르고 연이어 왼쪽 가슴을 사정없이 쳤다.

진실은 다시 무너졌다. 덜덜덜 떨리는 다리를 이겨내지 못하고 답답한 가슴을 안은 채 화장실 바닥에 주저앉았다. 바닥이 내뿜는 차가운 기운이 온몸을 덮쳤다. 다시 온몸이 차가워졌다. 따뜻한 물은 머리 위를 지나 벽에 부딪히며 하염없이 부서졌다. 머릿속을 가득 맴돌며 자신을 괴롭히는 기억을 지우려 애썼다. 아무리 잊으려 지우려 노력해도 그날의 기억은 계속해서 진실을 괴롭혔다. 가느다란 바늘로 찌르다 더 뾰족한 송곳으로 바뀌고 결국엔 섬뜩한 칼이 되어 진실의 마음을 난도질했다. 지워야 했다. 지워야만 진실은 살 수 있었다. 보이지 않는 칼날이 그어놓은 상처는 찢기고 터지고 피 흘리며 곪아갔다. 진실의 마음은 그렇게 허물어져갔다.

시간이 얼마나 흘렀을까…… 벽에 부딪혀 힘없이 부서진 물이 손발을 흥건히 적셨다. 이번에도 손과 발은 퉁퉁 부어있었다. 팅팅 부은 눈은 멍한 시선을 한 채 허공을 헤매고 있었다. 추운 바닥에 얼마나 오랫동안 엎드려 있었는지 온몸이 냉기 가득했다. 탁탁탁 치아가 서로 부딪히는 소리를 내며 아래턱이 덜덜덜 떨고 있었다. 진실은 세면대를 부여잡고 몸을 일으키려 애썼다. 오랫동안 한 자세로 엎드려 있던 탓인지 제대로 힘을 쓰지 못했다. 눈을 질끈 감고 마른침을 삼키고 다시 팔다리에 힘을 주고 비틀거리며 겨우 일어났다. 다시 따뜻한 물로 머리부터 적시며 온몸을 휘감고 있던 냉기를 몰아냈다.

한동안 따뜻한 물로 온몸을 적시니 덜덜 떨리던 치아도, 후들후들 비틀대던 다리도 서서히 안정을 찾았다. 그렇게 한동안 가만히 서서 따뜻한 물로 온몸을 적시고 밖으로 나왔다. 퉁퉁 부은 손을 보며 생각했다. 언제까지 이렇게 지내야 끔찍한 악몽 같은 기억을 지울 수 있을까…….

당장이라도 지우고 싶은 기억이지만 쉽지 않을 것이란 생각이 스쳐갔다. 그래도 지워야 해. 그놈과 진실밖에 모르지만 그놈 입으로 성폭행 경력을 떠벌리지 않을 것이 분명했기에 자신만 지우면 된다고 생각했다.

"그래 잊자. 얼른 잊고 다시 시작하자. 그놈을 다시 볼 일은 없을 테니 나만 잘 견뎌내면 어떤 문제도 없을 거야."

진실은 혼자 중얼대며 머리를 말렸다.

시간을 확인하니 오후 6시였다. 창밖은 이미 어둠이 짙게 깔려있었다. 물을 오랫동안 맞고 있어서 그런지 쉽게 허기졌다. 낮에 확인한 냉장고엔 제대로 먹을 것이 없었다. 진실은 어떻게 할까 고민하다 잠시 밖에 나갔다 오기로 했다. 롱패딩을 걸

214

치고 지갑을 챙겨 밖으로 나섰다. 힘겨운 마음을 달래려 자신이 좋아하는 빵집으로 걸어갔다. 저녁 시간이라 그런지 창밖에서 바라본 빵집엔 손님들이 꽤 있었다.

"안녕하세요."

늘 하듯이 먼저 인사를 건네며 빵집으로 들어갔다.

"어서 오세요."

점원이 웃으며 진실의 인사를 받았다. 진실은 쟁반과 집게를 들고 빵을 이리저리 살폈다.

"뭐가 좋을까……."

코끝을 간질이는 향긋한 빵 냄새를 맡으니 식욕이 돌았다.

"식빵도 괜찮고 샌드위치도 좋고 음……. 또……."

눈 앞을 가득 채운 빵들이 자신을 집어가라고 손짓을 보냈다. 진열된 빵을 두 번 정도 돌아본 진실은 집게를 뻗어 빵을 집었다.

"크루아상 샌드위치. 레몬마들렌. 진저마들렌. 올리브 치아바타. 무화과 바게트 이렇게만 사자."

진실은 좋아하는 빵을 맘껏 골라 담았다.

"가면서 우유도 큰 거 하나 사야겠다."

아쉬운 마음에 다른 빵들을 한 번 더 휘익 둘러보고 계산하고 나왔다.

"빵값 참 비싸구나. 무슨 5개밖에 안 샀는데 만 팔천 원이나 해. 맛있으니까 내가 참는다."

무섭게 비싸다고 생각한 빵 가격 영수증을 보며 진실은 투덜 거리며 우유를 사러 갔다. 흰 우유 1리터를 빵 봉지에 같이 넣 어 집으로 돌아왔다. 평소 같으면 카페에서 만든 아메리카노 아니면 카페라테와 함께 먹겠지만 지겹게 마신 커피보다는 속 도 든든히 채울 흰 우유가 낫다고 생각했다. 머그잔에 담은 흰 우유를 전자레인지에 돌려 따뜻하게 데웠다. 진실은 입맛을 짭 짭 다시며 무슨 빵부터 먹을지 고민했다.

"먹자. 스트레스엔 역시 먹는 게 최고야. 먹는 순간만큼은 스 트레스 받지 말고 신나게 먹자."

얼른 빵을 집어 먹으라는 '꼬르륵' 소리와 함께 크루아상 샌 드위치를 두 손으로 들고 먹기 시작했다.

"크루아상 샌드위치는 늘 애매해. 양이 많은 것도 아니고 그 렇다고 적은 것도 아니고."

순식간에 크루아상 샌드위치를 해치운 자신의 먹성이 멋쩍 었는지 진실은 혼잣말을 툭툭 내뱉었다. 그리고 아쉬운 마음 에 떨어진 빵 부스러기를 손가락으로 끝으로 꾹꾹 눌러 집어

먹었다.

"대충 허기는 해결했으니 이제 본격적으로 먹어볼까."

좋아하는 빵을 펼쳐놓고 바라보는 진실의 얼굴엔 평소와 다름없는 해맑음이 가득했다.

"일단 내가 제일 좋아하는 무화과 바게트로 스타트."

진실은 무화과가 가득 들어간 바게트를 유독 좋아했다. 한입 물었을 때 느껴지는 바삭함과 은은하게 퍼지는 달콤함. 이 맛에 풍덩 빠져, 무화과 바게트를 순식간에 먹어버렸다.

"음. 역시 맛있어."

좋아하는 빵을 먹으니 콧소리가 저절로 흘러나왔다. 좋아하는 빵을 먹으며 편안한 마음으로 쉬는 시간을 진심으로 즐겼다. 진실은 이 단순한 기쁨을 누리며 웃고 있었다.

올리브 치아바타를 먹고 우유를 다시 한 컵 부어 전자레인지에 또 데웠다. 데운 우유를 가지고 돌아오며 남은 마들렌 2개를 바라봤다.

"마들렌만 남았구나. 역시 빵은 먹고 또 먹어도 안 질려."

2개밖에 남지 않은 빵을 바라보는 얼굴엔 아쉬움이 짙게 묻어났다. 따뜻하게 데운 우유와 마지막 마들렌을 먹고 진실은 기지개를 켰다.

"으으으으. 잘 먹었습니다."

포만감 가득한 배를 두드리며 스스로에게 하는 말이었다. 입을 한 번 헹구고 바로 양치를 했다. 잠들기엔 시간이 일러 TV를 틀었다. 여기저기 채널을 돌리고 또 돌렸다.

"아! 오늘은 알람을 맞춰놔야겠다. 혹시 모르니까."

늦잠 잔 오늘 아침이 큰 충격이었는지 진실은 평소에 맞춰놓지 않는 알람을 2개나 설정해뒀다.

"6시 50분."

스마트폰으로 알람을 맞추고 평소에 눈길도 잘 주지 않는 탁상시계도 맞춰 놨다.

"이 정도면 안 일어나려 해도 안 일어날 수 없겠지?"

진실은 또 끔찍한 기억이 살아날까 두려워 예능프로그램을 찾아 채널을 다시 돌렸다. 오랜만에 쉬는 날인데 마음껏 웃고 싶었다. 예능프로그램만 나오는 채널로 맞추고 침대로 가 누웠다.

"역시 TV는 누워서 봐야 해."

진실은 옆으로 누워 예능프로그램을 보고 웃으며 하루를 마무리하고 있었다. 따뜻한 전기장판에 누워 TV를 보던 진실은 함박웃음을 터트리는 횟수가 점점 줄어들었다. 자신도 모르게 꾸벅꾸벅 졸면서 TV를 보고 있었다. 무거운 눈꺼풀이 편안히 내려앉았다. 따뜻한 이불 속 노곤해진 몸이 마음을 스르륵 녹여 언제 잠들었는지 모를 정도로 깊게 잠들었다. 그렇게 누구보다 힘들고 길었던 하루가 또 지나갔다.

곤히 잠든 진실은 조금은 상쾌한 기분으로 침대를 벗어났다. 샤워를 하고 출근을 하며 평소처럼 김밥 한 줄을 사서 카페에서 얼른 먹고 청소를 했다. 손님들은 추운 겨울바람을 피하며 카페로 들어왔고 나름의 즐거운 시간을 보내고 돌아갔다. 12시엔 허재성이 출근을 했고 아팠던 진실을 걱정하는 말들을 건네며 안부를 물었다. 진실이 없는 하루가 바쁘기는 했지만 이석류와 다행히 잘 해냈다며 자랑스레 말하는 허재성의 모습이 평소와 다르게 조금은 믿음직스러웠다. 그리고 2시에는 이석류가 쭈뼛대며 출근했다. 자신이 내뱉은 예의 없는 말을 의식해서인지 진실을 제대로 바라보지 못하고 들어섰다. 진실에게 진심으로 사과를 하고 깊이 고개를 숙였다. 진실은 이민준 얘기가 나오기 전에 이해한다는 말로 얼른 대화를 마무리 지었다. 이석류는 연거푸 미안하다고 사과했다. 진실은 이석류 등을 토닥이며 안심시켰다. 그러나 드문드문 수치스런 그날의 기억이 떠오르기도 했다. 힘겨운 시간을 화장실에서 보내며 견디고 견

녀냈다. 평소와 똑같은 모습을 보이기 위해 노력한 진실은 지
치고 쓸쓸하게 하루를 마무리했다.

그리고 평안한 잠을 잘 수 있길 바라고 또 바랐다…….

15

클럽에서 성폭행당한 이후 진실의 하루하루는 극과 극을 달
렸다. 끔찍한 그 날의 순간을 떠올리는 꿈이라도 꾼 날이면 아
침부터 엉망이었다. 진한 신물이 넘실거리며 올라왔고 화장실
로 달려가 얼굴이 터지도록 토하기를 반복했다. 어김없이 새까
맣게 탄 가슴을 인고 좌절하며 쓰러졌다. 저절하게 망가진 자
신의 인격을 돌이킬 방법을 찾을 수 없었다. 하루하루가 우울
했고 서글픈 감정이 온몸을 휘감았다.

그런가 하면 평범하게 지내는 순간도 많았다. 평소처럼 식사
하고 음악 듣고 손님들을 친절하게 맞이했다. 끔찍했던 그 날
의 기억을 감추고 생활할 수 있도록 마음이 온 힘으로 애쓰고
있었다. 그러다 직원들과 나누는 대화에 문득문득 이민준이 등
장하면, 온몸이 전기에 감전된 것처럼 꼼짝하지 못하는 순간도
자주 찾아왔다. 그러면 슬금슬금 뒷걸음질 치며 도망치듯 화장

실로 달려갔다. 어김없이 올라오는 신물을 겨우 참으며 달려
간 화장실에서 속이 뒤집힐 듯 토하고 입을 헹구는 행동을 반
복했다. 이런 일상이 반복되면 될수록 진실은 화장실에서 숨죽
여 울었다. 카페 문을 닫을 수 없었기에. 터져오는 울음을 화장
실에 숨어 몰래 삭였다. 그때마다 더 비참해지는 자신의 모습
이 가슴을 갈기갈기 찢고 때리고 또 할퀴었다. 더욱더 깊어지
는 한숨과 깜짝깜짝 놀라는 시간이 늘어날수록 숨 막히는 답답
함과 꽉 막힌 갑갑함을 가슴 가득 안고 지내는 날도 덩달아 늘
어났다. 정신은 점점 피폐해지고 마음은 다 타고 버려진 숯처
럼 새까맣게 변해갔다.

성폭행당한 날 이후 매일이 이랬다. 기분은 오락가락 롤러
코스터를 탔지만 표출할 수 없었다. 본인만 입을 꾹 다물고 있
으면 자신이 당한 괴롭고 수치스러운 사건을 아무도 알지 못
할 터였다. 절망이 진실을 덮치려 했지만 어금니를 악물고 버
티고 버텼다.

시간이 흐르면 흐를수록 얼굴을 초췌해지고 눈자위도 움푹
꺼져갔다. 다크서클은 한없이 밑으로 쳐졌고 웃음은 점점 줄어
들어 침통한 얼굴로 지내는 날이 늘어났다. 근심 가득한 얼굴
은 핏기를 점점 잃어갔고 서글픔이 그 자리를 차지했다.

마음도 점점 썩어 문드러졌다. 고민 터놓을 사람도 없었지만, 알려지면 더욱더 안 된다는 생각이 머릿속을 한없이 맴돌았다. 혼자 끙끙 앓으며 지내는 하루하루는 지옥이나 다름없었다. 혼자서 감당하기에는 너무 벅차고 힘겨운 하루였다. 무겁고 큰 바윗덩어리를 하루 종일 등허리에 짊어지는 심정이었다. 예고 없이 찾아오는 그 날 밤의 기억은 마음을 마구 갉아먹으며 안으로 파고드는 섬뜩한 쥐새끼 같았다. 짙고 탁한 회색을 떠도는 빨간 눈이 날카로운 이빨을 드러내고 사정없이 달려드는 형국이었다. 썩어 곪은 마음엔 어둠이 차츰 번졌다. 새하얀 휴지가 검은 기름을 빨아들이듯 한 줌의 빛도 들어오지 못할 만큼 끈적한 어둠이 마음을 지배해갔다.

먹구름 가득 끼고 천둥번개가 수없이 치는 하루하루가 언제쯤 햇살 가득하고 따뜻한 나날로 바뀔지 알 수 없었다. 오히려 점점 더 헤어날 수 없는 깊은 늪으로 빨려 들어가는 기분이었다. 이런 기분으로 깨어난 진실은 이뿌리가 흔들릴 정도로 맞물며 스마트폰 알람을 껐다. 시간은 겨우겨우 흘러 금요일이 됐고 진실은 물 한 잔 마시고 출근 준비를 했다. 며칠만 참자. 그러면 또 쉬는 날이다. 며칠만 더 버티고 푹 쉬면 괜찮아질 거야. 샤워하며 속으로 몇 번이고 자신에게 말을 건넸다.

입맛이 없어서 늘 들르던 김밥집도 오늘은 그냥 지나쳤다. 한 번씩 확인하던 근처 카페들도 눈에 들어오지 않았다. 괜히 으슬으슬 춥고 머리도 띵 하니 아픈 느낌을 안고 카페로 들어섰다. 하얀 입김이 나올 정도로 추운 카페가 진실을 기다리고 있었다. 오늘 하루도 힘겹게 버틸 생각에 저절로 깊은 한숨이 터져 나왔다. 히터를 강하게 틀고 청소를 얼른 끝냈다. 평소처럼 재즈캐럴을 틀고 신경안정과 두통에 좋은 라벤더 차를 머그잔에 탔다. 조용히 눈을 감고 심호흡을 했다. 괜찮다. 괜찮다. 괜찮다…… 본인에게 최면을 걸듯 몇 번씩 되뇌었다.

시간이 지나고 평소처럼 한 명, 두 명 카페를 찾아왔고 조금씩 분주해지기 시작했다. 12시가 되자 허재성이 출근했고 어제 여자친구와 싸웠다며 자신의 얘기를 잔뜩 풀어놓기 시작했다. 몰려드는 손님 덕분에 여자친구와 싸운 얘기에 해방될 수 있었다. 진실은 오히려 바쁜 게 낫다는 생각을 하며 손님들을 맞이했다. 몸이 바쁘니 괴로운 생각이 덜 떠올랐다. 바쁜 점심시간을 보내는 와중에 이석류가 출근을 했다. 벌써 2시였다. 추운 날씨임에도 롱코트와 하이힐을 신고 출근하는 이석류는 한껏 꾸민 모습이었다.

"저 왔습니다."

"어, 왔어? 춥지?"

"오, 무슨 날이야? 오늘 멋쟁인데."

들어서는 이석류를 위아래로 훑으며 허재성이 능글맞게 말을 건넸다.

"어휴, 훑어보는 버릇 언제 고칠래?"

이석류는 혀를 쯧쯧 차며 눈총을 쐈다.

"준비하고 나와. 아메리카노 마실 거지?"

"아뇨, 아뇨. 괜찮아요. 점심 먹고 마셨어요."

휴게실로 들어가는 이석류 뒷모습을 바라보며 허재성이 혼잣말을 했다.

"웬일로 커피 마시고 왔데. 매번 카페에서 마시는데. 예쁘게 꾸민 거 보니까 누구 만났나?"

허재성 말을 듣고 생각해보니 평소보다 차려입은 이석류였다. 진실은 약속 있었나 보다 생각하고 카페라테 만드는 일을 계속했다.

"석류야. 라테 저기 창가 손님에게 가져다드려."

진실은 입구 쪽에 혼자 앉아 책보고 있는 남자 손님을 가리키며 쟁반을 건넸다. 이석류는 쟁반에 티슈 몇 장을 올리고 사뿐사뿐 걸어갔다.

"분명해. 쟤 누구 만나고 왔어. 이석류 쟤 오늘 이상하지 않아요? 걷는 것도 평소보다 발랄하고 가벼운 게."

"그런가? 난 잘 모르겠는데?"

"이렇게 둔하셔서 어떡해요. 분명해요. 쟤 오늘 기분 좋은 일 있어요."

"됐고요. 남의 일 신경 끄세요. 이거나 저기 혼자 오신 여성분께 갖다 드려."

허재성을 보내고 돌아오는 이석류를 곁눈으로 슬쩍 바라봤다. 허재성 말처럼 얼굴에 생기가 돌고 웃음꽃이 옅게 피어있었다.

"무슨. 좋은 일 있니?"

"네?"

"아니. 너 오늘 얼굴이 좋아 보여서."

"그래. 너 오늘 되게 얼굴 좋아 보여. 평소랑 다르게 한껏 꾸미기도 하고."

"아, 사실은……."

이석류는 머리를 긁적이며 카페 손님들을 힐끔힐끔 둘러봤다.

"그게 어떻게 된 거냐 하면……."

"빨리 좀 얘기해. 너 뭐 있지?"

허재성은 대답을 재촉하며 몹시 궁금한 얼굴빛을 띠었다.

"그래 뭔데. 무슨 좋은 일이길래. 이렇게 뜸을 들여?"

"궁금하죠?"

이석류는 둘을 바라보고 쿡쿡거리며 함박웃음을 지었다.

"야! 얼른 대답 안 해!"

허재성이 또다시 대답을 재촉했다.

"사실은 말이야. 어제 전화가 왔었어. 오늘 점심 먹자고……."

"누구한테?"

"민준이가……. 처음으로 먼저 연락이 왔단 말이야."

이석류는 그 순간이 떠오르는지 얼굴을 붉히고 수줍게 웃이 보였다.

"진짜? 대박. 이석류 드디어 성공했네. 성공했어. 결국엔 이민준이 먼저 연락해 왔네. 어이구. 저 싱글벙글한 거 봐라."

"휴대폰에 민준이 이름이 딱 뜨는데 얼마나 떨었는지 몰라."

이석류는 홍조 띤 얼굴을 가리듯 두 손으로 얼굴을 감싸며 말을 받았다.

"그렇게 좋니? 먼저 연락 온 게?"

"처음이란 말이야. 먼저 연락 오고 밥도 사주고."

이석류와 허재성은 재잘재잘 대화를 주고받았다.

그러나 진실의 웃음 띠던 얼굴은 바싹 마른 꽃잎처럼 부서질 듯이 급격히 굳어갔다. 이민준이라는 세 글자가 귀를 스치자 자신도 모르게 바짝 얼어버렸다. 급격히 떨리는 손을 감추려 허리 뒤로 숨겼고 눈은 점점 시려오며 손보다 더 흔들리며 동요했다.

"그리고 있지……. 일요일 저녁에 심야영화 보기로 했어."

이석류는 너무나 기쁜 듯 살짝살짝 뛰며 얘기했다.

그때 진실은 뒤돌아 화장실로 뛰어갔다. 또다시 역겨운 신물이 속을 뒤집어놓으려 빠른 속도로 올라왔다. 어금니를 악물고 오른손으로 입을 힘껏 막아 고개를 푹 숙이며 뛰었다. 사정없이 열리는 화장실 문에 손님은 화들짝 놀라며 진실을 피해 섰다. 손님을 지나쳐 좌변기 있는 곳으로 들어가, 먹은 것도 없는 빈속을 뒤집으며 신물을 뱉어냈다.

"오웩. 오웩."

괴로운 신음과 함께 쓰디쓴 신물이 사정없이 입속을 돌며 떠나갔다. 몇 번을 그렇게 신물을 뱉어내고 허둥거리는 손으로 변기 물을 내렸다. 진실은 화장실 벽에 무너지며 기대앉았다. 무릎을 안고 좁은 공간 속에 쓰러져 있는 자신의 모습이 암담하고 비참하게 다가왔다. 뜨겁고 서러운 눈물이 얼굴을 물들이며 번져갔다.

밖에 있을지 모를 손님을 피해 숨죽여 울음을 삼켰다. 그러나 마음속으로 통곡하며 서럽고 고통스럽게 울어댔다. 어떻게 그놈은 그렇게 편안하게 지낼 수 있는가. 나는 그놈 이름만 들어도 이렇게 힘든데 아무렇지 않게 살아갈 수 있단 말인가. 왜 내가 이렇게 괴로워야 하는가. 고통은 온통 내 몫이란 말인가. 이런 생각이 끝없이 떠오르며 진실의 가슴을 마구 후벼 팠다. 그럴수록 자신의 가슴을 때리고 때리는 진실의 모습은 가엾기 짝이 없었다.

찬 화장실 바닥에 웅크리고 있던 진실은 화장지로 입술부터 닦고 눈물도 지워냈다. 무너신 마음을 이겨내지 못하고 한없이 화장실에 숨어있을 수는 없는 노릇이었다. 직원들이 있고 손님들이 있는데 언제까지고 이렇게 쭈그리고 앉아 울기만 할 수 없었다. 생계에 매달려, 사정없이 마음을 파고드는 아픔을 견뎌내야 하는 자신의 모습을 생각하니 더 비참해졌다. 자신도 위로받고 싶고 누군가의 보살핌이 필요했다. 스스로 이 고통을 이겨내야 하는 삶이 유독 슬프게 느껴졌다.

아무 소리도 들리지 않는 것을 확인하고 조용히 문을 열고 세면대로 갔다. 아직 신물이 희미하게 묻어났다. 입속을 가득 채

228

운 미지근한 물이 말끔히 신물을 지워내길 바라며 여러 번 헹궈냈다. 헹구고 또 헹궜다. 화장실엔 가글 소리와 물 뱉는 소리만이 조용히 울렸다. 진실은 거울 속 절망 가득한 자신의 얼굴을 보고 중얼거렸다.

"신고해버릴 거야. 그 새끼 가만 안 둘 거야. 콩밥 먹게 해줄 거야. 내가."

몇 번이나 중얼거린 후 눈물 자국을 지우고 머리와 옷매무새를 단정히 하고 조심스럽게 화장실 문을 열었다.

다행히 손님들은 평화롭고 조용한 시간을 보내는 듯 보였다. 이석류는 화장실 옆 테이블을 정리하고 있었고 허재성은 주문받고 음료 만들며 바쁘게 움직이고 있었다. 화장실에서 힘든 시간을 보낸 진실을 모르는지 아니면 모른 척하는 건지……. 진실은 물 한잔으로 속을 달래고 다시 카운터로 갔다.

"사장님 그 뭐냐. 바닐라라테 만들어주세요. 주문 조금 밀렸어요."

"응 응. 알겠어."

마치 아무 일 없었다는 듯 원두를 갈았다. 그리고 마른침을 삼키며 테이블 정리하는 이석류를 슬쩍 바라봤다. 자신과 다르게 생글생글 웃는 얼굴이었다. 진실은 눈을 질끈 감고 돌아서

서 바닐라라테를 만들기 시작했다.

그렇게 손님들은 잔잔히 흐르는 음악을 들으며 오후 시간을 보내고 있었다. 누군가는 가만히 책만 보며 혼자만의 시간을 가졌고 또 다른 누군가는 인터넷강의를 듣고 있었다. 연세 지긋한 노부부가 손을 꼭 잡고 들어와 마주 보고 앉았으며 친구들과 스터디 모임 하는 대학생들도 한자리를 차지했다. 그리고 막 시작한 커플처럼 서로만을 바라보며 달달한 시간을 보내는 사람들도 있었다. 이 사회를 구성하는 다양한 사람들이 카페를 찾아 시간을 보내고 추억을 켜켜이 쌓고 있었다.

각자의 생활을 나름대로 즐기며 살아가는 사람들의 얼굴엔 어둠보난 밝음이 더 깃들어있었다. 카페를 운영하며 여러 사람들을 봐왔지만 큰 시련을 만난 사람처럼 보이는 이들은 많이 없었다. 오히려 술집에 가면 흥이 잔뜩 오른 사람도 있겠지만 큰 시련을 안고 한잔 술에 의지하는 사람들이 여럿 있었다.

나름대로 만족하며 살아가는 사람들 틈바구니에 덩그러니 놓여있는 어색한 존재가 바로 자신이라고 진실은 생각했다. 사람들과 다른 모습이 눈에 띄는 순간이 점점 많아졌다. 특히나 사람들 표정이 자신과 다르다는 것을 가슴 깊이 느끼는 시간이 많았다. 오늘만 해도 이석류는 잔뜩 설레는 얼굴로 카페를 들어섰다.

진실은 이렇게 절망적인 하루를 보내고 있는데 이석류는 저렇게 싱글벙글 웃으며 하루를 보내고 있었다. 진실은 점점 자신의 하루가 볼품없어지고 있다는 느낌을 받았다.

"야, 그럼 심야영화만 보고 헤어져?"

"아니, 맥주 한잔하기로 했지."

"그렇게 눈길도 안 주던 이민준이 웬일이래. 진도 쭉 빼는 거 아냐?"

허재성이 능글능글하고 엉큼한 얼굴로 이석류를 바라봤다.

진실은 그놈 이름이 나오자 둘의 대화를 안 들으려고 괜히 카페 밖으로 나가 하늘을 올려다봤다. 쌀쌀한 날씨였지만 둥글둥글 폭신해 보이는 구름이 떠다니는 맑은 하늘이었다. 하늘을 바라보며 깊게 숨을 들이마시고 내쉬었다. 머리가 조금은 맑아지는 기분이었다. 그렇게 몇 번을 더 심호흡하니, 몸은 시원해지고 마음은 차차 안정됐다. 뒤에서 들리는 문소리와 함께 손님들이 걸어 나왔다.

"안녕히 가세요. 또 오세요."

인사를 하고 멀어져가는 노부부 손님의 뒷모습을 바라봤다. 참으로 다정하고 따뜻한 느낌이었다. 한참 동안 그들을 바라보다 카페로 걸어오는 손님을 발견하고 후다닥 들어갔다.

진실이 들어오고 잠시 후에 여자 손님이 들어왔다. 그 손님
은 창가에 자리 잡고 라벤더 차를 주문했다. 진실은 그 여자 손
님의 뒷모습을 바라봤다. 손님도 힘든 일 있나요? 부디 아니
길 바라요. 이렇게 속으로 위로하고 손님에게 라벤더 차를 건
네고 돌아왔다.

저녁이 되고 손님들로 카페는 다시 북적였다. 커피머신은 향
기로운 커피원두를 쉴 새 없이 갈았고, 손님들은 씁쓸하고 약
간은 시큼한 커피를 즐기며 자신들만의 시간을 보내고 있었다.
바쁘지만 평화로운 시간이 흐르고 카페 문 닫을 시간이 어느새
찾아왔다. 진실은 얼른 분리수거 할 테이크아웃 커피잔을 물
로 씻었고 허재성과 이석류는 각각 남녀 화장실 청소를 했다.
쓰레기를 버리고 영업을 마무리했다. 내일 보자는 인사와 함께
각자 집으로 가는 길로 헤어졌다.

카페 불 끄기 전. 이석류가 며칠 전 반말이 아직 기분 나쁜지
물어봤다. 아니라는 대답에 돌아온 말은 오늘 이석류와 진실
이 나눈 대화가 거의 없다는 얘기였다. 진실은 돌이켜 생각해
보니 이석류와 나눈 말이 거의 없다는 걸 그때서야 알았다. 그
놈 이름이 흘러나올까 봐 자신도 모르게 이석류와 얘기 나누는

걸 피해버렸다. 하지만 속마음을 숨기고 내일 얘기 많이 하자는 말로 적당히 둘러대고 퇴근했다.

집으로 걸어가는 길에 내일 무슨 말을 해야 할지 생각했다. 이석류를 위해 이민준을 불러내는 역할을 맡은 사람은 진실 자신이었다. 그래서 둘 사이 대화 내용은 어김없이 이민준 이야기가 중심이 되는 날이 많았다. 그놈 얘기 말고 어떤 얘기를 해야 하는지 생각하고 또 생각하며 걸었다. 유행하는 옷이나 화장품에 대해 물으면 적당히 얘기 나눌 수 있을 것이라고 머릿속으로 정리하고 씻으러 화장실에 들어갔다.

이석류와 나눌 대화 내용 생각을 하다 들어와서 그런지 자연스레 그놈의 얼굴이 떠올랐다. 진실은 비누를 집어 거품을 내 중요 부위를 제일 먼저 씻었다. 몇 분간이나 문지르고 비볐다. 한숨을 내쉬고 머리도 감고 세수도 했다. 샤워 마무리하기 전 다시 한번 비누로 중요 부위를 씻었다. 이번에도 몇 분이나 씻었다. 겨우 마음을 진정하고 밖으로 나와 머리를 말리고 거울을 바라봤다. 지치고 건조해진 마음이 얼굴에 그대로 드러났다. 한참을 멍한 눈길로 거울을 바라보다 침대로 갔다.

그렇게 파삭 말라버린 얼굴과 감정이 뒤범벅된 진실은 부디 잠이라도 편히 자길 바라며 눈을 감았다.

16

　겨우겨우 시간이 흘러 토요일이었다. 미리 출근해 청소를 끝내고 캐모마일 차를 마시고 있으니 김민성이 출근했다. 카페 오픈시간이 조금 지나자 여자 손님 3명이 들어와 아메리카노, 카푸치노, 카라멜 마끼아또 그리고 샌드위치 2개를 주문했다. 진실은 커피 3잔을 만들고 김민성이 손님들에게 가져갔다. 허재성이 출근하는 걸 보니 벌써 11시였다. 별로 한 일도 없는데 시간은 잘 흘렀고 카페는 손님들로 점점 차고 있었다. 셋이서 간단히 김밥으로 점심을 먹고 조금 지나니 이석류가 출근을 했다. 그렇게 어김없이 12시가 찾아왔고 손님들이 점점 몰리기 시작했다. 혼자 온 손님들은 출입구 옆 긴 테이블에 각자 자리를 잡고 시간을 보냈다. 커플 손님도 있었지만 여자들끼리 온 손님들이 대부분이었다. 어김없이 허재성은 예쁜 손님들이 앉아 있는 테이블에 음료를 가져갔고 돌아오며 외모평가를 조용히 풀어놨다. 김민성은 조용히 듣는 척하지만 속으로는 주의 깊게 들었고 이석류는 여자친구 얘기를 들먹이고 있었다.

　그렇게 몰리는 점심시간을 보내고 나눠어 휴게실에서 쉬었다. 진실은 이석류와 쉬면서 어제 퇴근길에 생각한 옷에 대해 이것저것 물었다. 요즘 유행하는 스타일은 무엇인지, 나이 들어 보이지 않게 입으려면 어떻게 해야 하는지, 남자들은 어떤 옷 스타일을 좋아하는지, 등등 이석류가 좋아하고 잘 아는 얘기를 먼저 꺼냈다. 이석류는 술술 막힘없이 대답을 했고 함께 쇼핑하자는 얘기도 나왔다. 진실은 다음에 시간 날 때 가자는 말로 대답을 대신하며 두루뭉술하게 넘어갔다. 그렇게 첫 쉬는 시간은 이민준 얘기를 하지 않고 잘 넘어갔다.

다시 저녁 시간쯤 되니 손님들은 짠 듯이 비슷한 시간에 카페로 들어왔다. 정신없이 쏟아지는 주문에 진실과 이석류는 오랜 호흡을 자랑하듯 척척 음료를 만들었고 허재성과 김민성은 음료를 나르고 깨끗하게 테이블 뒷정리하며 꽤 괜찮은 팀워크를 선보였다.

썰물처럼 한꺼번에 손님이 빠져나가면 남자직원들은 테이블 정리일로 꽤 바빠졌다. 한 명은 손님들이 남기고 간 컵, 그릇 그리고 각종 쓰레기들을 쟁반에 모조리 담아 조심조심 정리했고 나머지 한 명은 바닥에 떨어진 쓰레기를 치우고, 테이블과 의자 정리를 도맡았다.

돌아온 컵과 그릇은 이석류가 정리하고 진실은 음료를 만들었다. 이렇게 잘 맞물린 톱니바퀴처럼 착착 일처리 하는 직원들이 있어 진실은 고맙고 든든하기도 했다.

다시 쉬는 시간이 돌아왔고 진실은 어떻게 해서든 그놈, 이민준 얘기가 나오지 않도록 최선을 다했다. 평소 관심도 없던 여자 연예인들 얘기도 하고 열애소식이니 스캔들이니 하는 얘기까지 꺼내도 시간은 남아돌았다. 어쩔 수 없이 마지막으로 다이어트 얘기를 했다. 자신도 이제 살 빼야겠다는 얘기를 하니 이석류는 자신의 경험담을 늘어놓으며 각종 다이어트 방법을 알려줬다. 진실은 그냥 한 귀로 듣고 한 귀로 흘려버렸다.

모든 손님들이 떠나고 직원들과 진실도 수고했다는 인사와 함께 각자 집으로 향했다. 집으로 돌아와 샤워하며 어김없이 중요 부위를 몇 번이나 씻어냈다. 며칠을 그렇게 박박 긁고 씻어내며 자신의 봄에 남겨진 그놈의 흔적을 말끔히 지우려 했다. 이제 조금만 지나면 끔찍한 기억과 더러운 흔적을 지울 수 있다고 생각하며 우울하고 침통한 마음을 참고 또 견뎌냈다. 하루만 딱 하루만 견뎌내면 그놈과 그 사건을 지우고 이겨낼 수 있을 거야. 조금만 참자. 자신에게 수없이 되뇌고 되새겼다.

무사히 토요일을 보내고 일요일을 맞이했다. 쉬는 날 바다 보러 가서 다 털어버리고 오자는 계획을 급히 세운 진실은 마음이 조금씩 가벼워졌다. 일요일. 단 하루만 버티면 된다는 생각이 마음의 짐을 덜어주었다. 샤워를 하며 어김없이 박박 몇 번씩 씻어냈다. 그날의 기억과 그놈의 흔적이 점점 옅어지는 기분이었다.

출근길에 김밥 한 줄을 샀다. 모든 문을 열고 청소를 끝낸 후 히터를 틀어 추운 카페에 온기를 채웠다. 재즈캐럴을 틀고 라벤더 차를 마시며 김밥을 먹었다. 조금 지나니 김민성이 출근했고 이런저런 얘기를 나눴다.

곧이어 손님이 들어오기 시작했다. 주문받은 커피를 제공하면 또 다른 손님들이 들어왔다. 손님들과 함께 허재성도 카페로 들어왔다. 짐 정리하고 나온 허재성은 테이블을 정리했고 김민성은 김밥 사러 나갔다. 김밥을 먹고 또 손님들이 조금씩 밀려드니 벌써 12시가 됐다. 이민준과 심야영화 약속이 있는 이석류는 일요일도 멋지게 차려입고 출근했다. 진실은 그 사실을 애써 외면하며 이석류를 맞이했다. 몰려드는 손님들로 카페는 북적였고 점점 바빠지는 손길은 이민준 생각을 지워갔다.

한바탕 밀려든 손님들이 돌아가고 나니 조금 여유가 생겼고 남녀로 나뉘어 쉬는 시간을 가졌다. 진실은 피곤하다는 말과 눈을 감아버리는 행동으로 이석류와 있을지 모를 대화를 미리 차단했다. 하지만 옆에서는 이석류의 스마트폰이 계속 울리고 있었다. 누군가와 카톡을 주고받는데 아무래도 이민준이 아닐까 하는 생각이 스쳐 갔다. 억지로 감고 있는 눈은 새까만 스크린으로 변했고 끔찍했던 그 날의 기억이 스멀스멀 기어오르기 시작했다.

안 되겠다 싶어 진실은 외투를 걸치고 카페 밖으로 나가버렸다. 어슬렁어슬렁 카페 주변을 한 바퀴 걸으며 헝클어진 마음을 정리하려 애썼다. 있는 힘껏 심호흡하고 주변 카페도 둘러보며 그놈 생각을 떠올리지 않으려 노력했다. 대충 쉬는 시간이 다 된 것 같아 카페로 돌아왔다. 밀려있는 주문이 진실을 기다리고 있었다.

그렇게 시간은 흐르고 다시 저녁 손님들이 밀려왔다.

꽉 들어찬 카페는 손님들의 수다 소리, 책 넘기는 소리와 더불어 재즈캐럴까지 울리며 연말 분위기가 한껏 흘러넘쳤다. 진실은 손님들을 바라보며 자신도 저들처럼 평범한 하루하루를 보낼 수 있으면 좋겠다는 생각을 마음에 가득 담았다. 남들처럼 평범한 하루를 보내는 삶이 자신에겐 가장 힘들어 보였다.

시간이 흘러 더 짙은 밤이 되니 손님들은 한 명, 두 명 카페를 떠나갔다. 남자들은 테이블을 정리하고 여자들은 다른 손님이 주문한 커피를 만들고 설거지를 했다. 마감 시간이 슬슬 다가오면서 손님들은 카페를 빠져나갔고 직원들은 마무리 정리를 시작했다. 허재성과 이석류는 각각 남녀 화장실 청소를 했고 진실은 재활용품 정리. 김민성은 테이블 정리와 카페 전체를 돌며 쓰레기 정리를 했다.

모든 일정을 마무리한 진실은 직원들과 카페를 나가려고 외투를 챙겨 입으러 휴게실로 들어갔다. 제일 간단하게 입고 출근한 진실이 가장 먼저 휴게실을 빠져나왔다. 빠르게 카페를 한번 훑어보고 카페 입구 방향으로 걸어갔다. 얼른 집에 가서 쉬고픈 마음과 속초 바다로 떠날 내일 일정에 마음은 한껏 들떴고, 빙그레 웃으며 가벼운 발걸음을 내디뎠다.

바깥을 바라보며 자연스레 고개를 돌린 진실은 갑자기 멈춰섰다. 부드럽게 웃으며 올라갔던 입꼬리는 딱딱하게 굳으며 미세하게 떨리고 있었다. 아래턱은 천천히 덜덜덜 떨렸고 손바닥에 손톱자국이 남을 정도로 주먹을 꽉 쥐었다. 온몸은 뻣뻣하게 굳어갔고 얼굴은 벌겋게 달아올랐다. 절망감 가득한 눈은 심하게 흔들리며 바라봐야 할 곳을 잃어버렸다. 눈물이 조금씩 차오르며 분하고 쓰리며 수치스러운 감정들로 번져갔다. 속 입술을 물어뜯고 턱 근육이 불쑥 튀어 오를 만큼 이를 악물며 눈물이 흐르지 않게 버티고 버텼다.

진실이 창밖으로 바라본 곳엔 그놈, 이민준이 서 있었다. 이민준은 눈에 비웃음을 마음껏 싣고 냉소 가득한 웃음을 한 채 진실을 쏘아보고 있었다. 미안함이라곤 전혀 없는 기색으로 진실을 바라보며 실실 웃고는 입을 뻥긋거리며 엄지 척을 했다.

역. 시. 처. 음. 인 . 여. 자. 가. 쫄. 깃. 쫄. 깃. 맛. 있. 었. 어.

이민준을 죽이고 싶은 마음이 들불처럼 퍼지며 주먹을 더욱더 꽉 쥐었다. 그때 뒤에서 직원들이 휴게실을 나오는 소리가 들렸다. 그리고 이석류는 진실을 스치고 지나 이민준을 향해 뛰어갔다.

"이민준. 드디어 이석류랑 데이트 하는 거야? 이렇게 에스코트 하러 나오고."

같이 나오던 허재성의 목소리였다. 클럽에서 꽤 친해졌는지 김민성도 한마디 덧붙였다.

"영화 보고 바로 집으로 들어가라. 여기저기 어둡고 으슥한 곳 기웃거리지 말고."

둘은 키득키득 웃으며 어깨를 들썩였다.

"너희들 먼저 가."

직원들의 목소리에 놀라 얼른 소매로 눈물을 지우며 겨우 내뱉은 말이었다. 진실은 이 말과 함께 다시 휴게실로 뛰어갔다.

그때 이민준의 얼굴은 순진하고 선한 빛을 띠며 이석류를 맞앉고 허재성과 김민성에게 친절한 목소리로 인사를 하고 있었다.

"사장님 저희 먼저 갈게요."

직원들은 일제히 목소리 높여 인사했다. 진실은 휴게실 문 뒤에 우두커니 서서 직원들 인사를 들으며 이민준 모습이 사라지길 간절히 기다렸다. 직원들 발걸음 소리가 들리고 잠시 후 문 열리는 소리가 들렸다. 그렇게 모든 발걸음 소리가 사라졌다.

온몸의 긴장이 스르륵 풀려 바닥에 주저앉으며 쓰러졌다. 비웃음 가득한 그놈 얼굴이 떠올라 지워지지 않았다. 진실은 두 손으로 얼굴을 감싸고 절망적인 비명을 질렀다. 얼굴은 눈물, 콧물이 뒤섞여 엉망이 되어갔다. 손이 부서져라 땅바닥을 치며 비명을 지르고 또 질렀다. 하염없이 흐르는 눈물은 바닥으로 떨어져 힘없게 부서졌다. 무너지는 가슴을 추스르지 못하고 점점 더 무너져갔다. 비명을 지르고 계속 질러 목은 점점 갈라졌다. 괴롭고 절망적인 마음에 제대로 나오지 않는 비명을 지르고 또 질렀다. 목을 마구 긁어대는 아픔을 넘어 쉰 목소리가 흘러나왔다. 그렇게 10분이 넘도록 바닥과 가슴을 마구 치고 울며 나오지 않는 비명을 질렀다. 너무 울고 소리치다 보니 몸은 점점 힘이 빠져 지쳐갔고 진실은 쇠약해진 몸을 가누지 못하고 찬 휴게실 바닥에 결국 쓰러졌다.

얼마나 시간이 흘렀을까……. 추운 겨울의 냉기가 깨운 건지, 마음속 괴로움이 깨운 건지……. 진실은 힘겹게 몸을 일으켰다. 너무나 추워 온몸은 덜덜덜 마구 떨려왔다. 정신을 차리려 애를 썼지만 다시 픽픽 쓰러졌다. 얼른 이곳을 벗어나야 했다.

진실은 몸을 이끌고 가까운 의자로 겨우 다가갔다. 의자에 앉아 잠시 숨을 고르고 자리에서 일어났다. 옷에 덕지덕지 묻은 먼지를 탈탈 털고 휴게실을 나섰다. 불빛 가득한 카페에는 낮은 기계 소리만이 울리고 있었다. 십보다 더 많은 시간을 보내는 카페가 처음으로 낯설어 보였다. 얼른 떠나야 했다. 더 낯설어지기 전에 카페를 떠나야 했다.

휴게실을 나와 유리창에 비친 자신의 모습과 마주쳤다. 우두커니 서 있는 여자가 초췌한 얼굴을 하고 멍한 눈길로 바라보고 있었다. 그 모습이 보기 싫어 뒤돌아서 환한 불빛들을 모조리 꺼버렸다. 카페 문을 잠그고 떠나버렸다. 진실은 뒤돌아보지 않았다. 아니 뒤돌아볼 수 없었다. 뒤돌아보면 마치 그 자리에 비릿한 웃음을 머금은 채 상스럽게 쳐다보는 이민준이 있을 것 같았다.

진실은 길가를 바라보고 냅다 뛰었다. 카페가 있는 길목을 벗어나야만 살 수 있을 것 같아 뛰고 또 뛰었다. 운동을 누구보다 싫어하는 진실이 살기 위해 있는 힘을 다해 뛰고 있었다. 기억의 고통을 피하려 힘껏 뛰었지만 얼마 가지 못하고 멈춰 서 버렸다. 꺾이도록 아파오는 무릎을 견디지 못하고 두 손으로 누르고 있었다. 이것밖에 도망치지 못하는 자신의 모습이 싫어졌다. 다리를 절뚝이며 겨우 카페 골목을 벗어났다. 그제야 진실은 뒤돌아볼 수 있었다. 카페골목을 벗어나야 편안해지는 마음을 어떻게 받아들여야 할지 혼란스러웠다.

진실은 집으로 걷고 또 걸었다. 무릎이 아파서 그런지 매일 걷던 길이 너무나 멀게 느껴졌다. 겨우 도착해 엘리베이터 버튼을 눌렀다. 조용히 열리는 엘리베이터를 타고 진실은 고개를 푹 숙였다. 그날과 똑같았다. 성폭행당한 그 날처럼 엘리베이터 거울을 바라보지 못하고 차가운 바닥만 내려다보며 쓰러질 듯 서 있었다.

문을 벌컥 열고 비틀거리며 들어섰다. 긴장이 풀렸는지 입구에서 스르륵 쓰러졌다. 어두컴컴한 집에서 유일하게 빛나던 현관문 자동불빛은 진실이 쓰러지자 아무도 없는 것처럼 단숨에 빛을 거둬들였다. 진실은 어둠속에 자신을 숨기고 조용히 울고 있었다. 흐르는 눈물만이 진실의 고통이 얼마나 큰지 짐작할 수 있었다. 그렇게 한참을 울며 눈물에 고통을 실어 떠나보내고 새로운 다짐을 했다. 더 이상 이민준이 웃으며 지낼 수 없게 만들겠다고…….

자신의 중요 부위를 비누로 박박 씻는 모습은 없었다. 매일 반복되는 행동은 사라지고 평범한 샤워만이 남았다. 머리 감고 세수하고 몸에 비누칠하고……. 그렇게 샤워를 끝내고 드라이기로 머리를 말렸다. 그리고 물 한 잔 마시고 바로 침대로 갔다.

결심을 더욱 다지며 입술을 굳게 다물고 다부진 눈빛으로 뚫어져라 천장을 바라보고 있었다. 부릅뜬 눈은 팽팽한 긴장감이 넘쳐흐르다 점점 옅어지며 편안하게 감겼다. 어제까지 그렇게 속으로 외우던 부디 편안하게 잠들기 바란다는 말을 잊고서 깊은 잠에 빠졌다.

한편. 그 시각 이석류는 이민준과 심야영화를 즐기고 있었다. 영화는 이석류가 예매하고 치킨과 맥주는 이민준이 사기로 했다. 이석류는 영화관람 중간 중간 이민준 눈치를 살피다 슬며시 어깨에 고개를 기댔다. 이민준은 아무 미동도 없이 고개를 받아줬다. 코미디 영화였지만 한 번도 웃지 않는 이민준 모습을 알아채지 못하고, 기댄 것에 만족해 행복한 웃음을 짓는 이석류 모습이 극장 끝자리를 차지하고 있었다. 이석류는 영화가 어떻게 끝났는지 모르게 들뜬 기분으로 극장을 빠져나와 치킨집으로 들어갔다.

"저희 반반이랑 오백 두 잔 주세요. 아, 그리고 물도 주세요."

이석류가 주문을 마치고 화장실을 간다며 자리를 떴다. 웃으며 다녀오라고 얘기한 이민준은 이석류가 사라지자 스마트폰을 꺼내 메모장을 열었다. 굉장히 중요한 내용이라도 적혀있는지 뚫어져라 화면을 바라보는 이민준은 이석류 목소리를 듣고 스마트폰을 주머니에 넣었다.

"민준아, 손 씻고 와."

"응."

돌아온 이민준 손을 잡고 이석류는 핸드크림을 발라줬다. 그리고 맥주 두 잔이 나왔다.

"자, 건배."

맥주잔 부딪히는 소리가 둔탁하게 울렸다.

"아, 시원하다."

"그니까. 역시 맥주는 차가워야 해."

한 모금씩 시원하게 들이키니 치킨이 나왔다. 치킨을 먹으며 또래들이 할 수 있는 이런저런 얘기를 주고받았다. 학교생활 이야기, 공부 이야기, 각자의 집안 이야기 등등. 서로 궁금한 얘기를 나누는 사이 맥주잔은 늘어만 갔다.

"너 오늘은 말도 없이 집에 가면 안 된다. 알겠지?"

"어? 응……. 알겠어."

"내가 그날 엄청 찾았단 말이야. 무슨 일 생긴 건 아닌지 얼마나 걱정했다고."

"미안해. 미안해. 앞으로 말도 없이 없어지지 않을게."

2주년 파티 있던 날 얘기가 갑자기 대화 주제로 올라오자 이민준은 당황하며 낮은 목소리로 대답했다. 어서 다른 주제로 돌려야겠던 생각이 가득 차올랐다.

"요즘 카페는 어때? 괜찮아?"

이민준은 재빨리 대화를 다른 방향으로 돌렸다.

"응. 뭐 똑같지. 점심, 저녁 시간대는 바쁘고 나머지 시간은 조금 낫고."

"사장님은 잘 지내시고?"

"응. 잘 지내시지. 너 아까 인사 안 했나?"

"응. 아까 못 뵌 거 같아."

"아. 그랬구나. 난 너 카페 앞에 서 있길래 이미 인사한 줄 알았네."

이민준은 고개를 조심스레 저었다.

"카페랑 조금 떨어져 있어서 못 봤나 보네."

"뭐 그렇겠지. 카페 뭐 별일 없지?"

"음. 뭐 딱히. 허재성 그놈이 여자들 평가해대서 짜증 나는 것 빼곤 없어."

이민준은 희미하게 웃으며 맥주잔을 들었다.

"아. 사장님이 말이야."

이민준은 마시려던 맥주잔을 들고 이석류를 빤히 바라보며 뒷얘기를 기다렸다.

"화요일에 많이 아프셨어. 카페도 쉴 만큼."

"아팠다고?"

"응. 심하게 체했다고 하더라고. 카페 가니깐 재성이 혼자 일하고 있었어."

이민준은 들고 있던 맥주잔을 쭉 들이켰다.

"그리고 엊그저께 테이블 정리하다가 뭔 소리를 들었는데……."

이석류는 조심스런 눈길로 주변 손님들을 둘러봤다. 그리고 마치 큰 비밀이라도 얘기하듯이 입술을 손으로 가리고 낮게 속삭였다.

"사장님이 화장실에서 뭐라 그랬냐면. 신고해버린다. 뭐 콩밥 어쩌고 그런 소리를 들었거든."

이민준의 얼굴은 서서히 굳어갔다.

"카페에 머그잔이 계속 없어 지나 봐. 왜 그 파티 있던 날에도 없어졌잖아. 그리고 며칠 전에도 하나 없어졌나 보더라고. 더는 안 되겠다고 생각하신 거겠지."

이민준은 어색하게 웃으며 마른침을 삼켰다. 이석류가 꺼낸 머그잔 얘기에 불안한 듯 눈동자가 미세하게 흔들렸다.

"나 화장실 다녀올게."

화장실 문은 큰소리 내며 강하게 닫혔다. 이민준은 세면대 물을 콸콸 틀고 떨리는 손을 마구 비비며 씻었다. 숨소리가 불안하게 흔들렸다.

"네가 감히!"

빠드득 소리 나도록 어금니를 악물며 심호흡했다. 겨우 불규칙한 숨을 고르고 거울을 바라봤다. 조금 전 당황하며 비틀린 얼굴은 사라지고 잘생기고 선한 얼굴이 거울 속에서 비릿한 웃음을 흘리며 콧방귀를 날리고 있었다.

"미친년. 한 번도 못 해본 년이 내가 해줬으면 감사할 것이지 어디서 신고한다고 지랄이야. 할 수 있으면 해 봐. 누가 네 말을 믿겠어. 사람들이 노처녀 아줌마 말을 믿을 거라고 생각하나 본데. 천만에. 돼지가 내뱉는 말을 사람들이 믿을 거라고 생각하다니. 멍청한 건지 순진한 건지. 병신 같은 년. 당연히 사람들은 내 말을 믿을 거라고. 기다려, 재밌는 선물을 준비할 테니."

혼잣말을 스산하게 내뱉고 화장실을 나와 테이블로 돌아왔다.

"우리 가자."

"응? 벌써?"

"나 취기 오르는 거 같아."

"빠르게 마실 때 알아봤어. 으이그, 담엔 좀 천천히 마셔."

이민준은 중요한 얘기를 듣고 더 이상 이석류와 함께할 가치가 없다고 판단한 모양이었다.

"나 정말 괜찮은데. 여기서 그렇게 멀지도 않고."

"안 돼. 얼마나 무서운 세상인데."

"그래도, 너 취하기도 했고 나 혼자 늘 가던 길이기도 하고……."

이석류는 내심 기분 좋았지만 취한 이민준이 걱정돼 건넨 말이었다.

"이 정도 취기는 괜찮아. 가서 봐야 할 책도 있어서 그만 마신 거야."

"뭐 그럼. 좋아."

이석류는 가벼워진 마음으로 살짝 웃으며 대답했다. 이석류는 조금이라도 더 같이 있고 싶은 마음에 천천히 걸으려 애쓰고 있었다. 그들은 느릿느릿 걸어 이석류 집 앞에 도착했다. 이석류는 취기 오르니 먼저 가라고 했지만 바래다주는 이민준의 마음이 너무 좋고 고마웠다.

이민준은 택시 타고 집으로 향했다. 울리는 이석류의 카톡을 가뿐히 무시하고 눈을 감고 무언가에 집중하는 듯했다. 속으로 중얼거리다 갑자기 눈을 떠 스마트폰에 메모를 하는 등 분주히 무언가를 준비하는 눈치였다.

집으로 들어온 이민준은 씻지도 않고 바로 컴퓨터 오락을 했다. 그러다 갑자기 밖으로 나가 24시간 커피전문점에 들러 따뜻한 아메리카노 제일 큰 사이즈를 사서 다시 돌아왔다. 아메리카노를 홀짝이고 게임 하고 TV 보고, 다시 밖으로 나가 찬 바람을 정면으로 맞으며 걷고 또 걸었다. 깊은 어스름 가득한 겨울밤 시간은 그렇게 흐르고 흘러 희미한 새벽녘을 맞이하고 있었다.

추운 겨울밤을 밖에서 보내고 집으로 돌아온 이민준은 거울을 바라봤다. 멍해 보이는 눈동자와 메마른 입술 그리고 거칠어진 피부는 곱던 이민준의 얼굴을 한껏 초췌해 보이도록 했다. 추위에 덜덜 떨며 걸어서 배고팠지만 아무것도 먹지 않고 그냥 TV를 멍하니 바라보며 아침이 오기를 기다렸다. 공부할 때 밤을 자주 새봤는지 슬금슬금 다가오는 잠을 너무나 쉽게 쫓아내는 이민준이었다.

물 한 잔 마시지 않고 하루 종일 씻지도 않은 채 아침이 오길 기다렸다. 아메리카노 제일 큰 사이즈를 또 사서 컴퓨터 오락하며 마시기를 반복했다. 그리고 지루해지면 마스크도 하지 않은 채 한 번 더 겨울바람을 맞으며 길거리를 한참 돌아다녔다. 다시 집에 돌아오면 TV를 한껏 가까이 앉아 뚫어져라 쳐다보며 남은 커피를 다셔댔다.

드디어 낮 시간이 다가왔다. 점점 높이 떠오르는 해를 바라보며 이민준은 눈을 감았다. 깊은 호흡을 몇 번이나 반복하고 외투를 챙겨 밖으로 나갔다. 여전히 마스크도 하지 않은 채 멍한 눈빛을 가득 담은 얼굴을 겨울바람에 마음껏 쓸리며 걷고 걸었다.

목적지 없이 무작정 걷는 사람처럼 이곳저곳 걸었다. 얼굴은 점점 거칠어지고 광대는 도드라져 보였다. 볼은 며칠 못 먹은 사람처럼 패였고 다크서클은 한없이 짙어져 있었다. 아래턱은 덜덜 떨며 듣기 싫은 소리를 울려댔고 입술은 마르다 못해 찢어져 피가 굳어있었다.

그렇게 정신 나간 사람처럼 걷다 바라본 유리창에 비친 모습은 마치 오랫동안 아픈 사람처럼 보였다. 그런 자신의 모습이 마음에 들었는지 패딩 속 손은 부들부들 떨리도록 주먹을 꽉 쥐고 있었다.

언뜻 마주치면 큰 병을 앓고 있는 사람으로 보일 모습으로 걸어갔다. 이번엔 분명한 목적지가 있는 발걸음이었다. 무언가를 중얼중얼 외우며 걸어갔나.

이민준의 눈에 목적지가 들어왔다. 거친 숨을 내쉬고 다시 한번 중얼대며 걸어갔다. 드디어 목적지 입구에 다다랐다.

그곳은 바로, 경찰서였다.

17

어느 날보다 깊게 잠든 날이었다. 쉬는 날이라 알람시계를 맞추지 않고 하염없이 자고 일어나 시간을 확인하니 10시였다.

"으으. 잘 잤다."

늘어지는 소리가 기지개 켜는 진실의 입을 간질이며 흘러나
왔다. 이전과 다른 하루가 시작될 것 같은 느낌을 듬뿍 받고 평
소 하지 않던 스트레칭하며 하루를 시작했다.

그리고 바로 따뜻한 물로 씻었다. 자신을 학대하듯 박박 긁
는 샤워는 사라지고 새로워질 자신을 부드럽게 쓰다듬는 손길
로 말끔히 씻었다.

잘 익은 김치와 참치로 김치볶음밥을 해 먹고 설거지까지 마
친 후 옷을 챙겨 입었다.

"일이 길어질지 모르니 따뜻하게 챙겨 입어야겠지."

혼잣말하며 후드 티와 롱패딩으로 추위를 대비하고 밖으로
나섰다. 길가로 나와 택시를 잡아탄 진실은 목적지를 얘기하
고 조용히 창밖을 바라봤다. 일주일 전쯤 자신의 눈에 비친 낯
선 느낌은 사라지고 있었다. 흘러나오는 라디오 사연에 피식
웃기도 하고 창밖 하늘을 바라보기도 했다. 긴장되지만 편안
한 마음으로 뒷좌석에 기대앉았다. 그리고 택시는 힘껏 목적지
를 향해 나아갔다.

다른 차들을 막아서던 빨간 신호는 경쾌한 택시에 길을 안내
하듯 서둘러 파란 불빛으로 바뀌었다. 거침없이 내달린 택시는

목적지 근처에 다다랐다.

"아저씨. 여기서 내릴게요."

진실은 찬바람 부는 하늘을 바라보고 심호흡하며 걷기 시작했다. 조금 떨어져 보이는 목적지를 바라보며 마른침을 삼키는 진실의 모습이 긴장돼 보였다.

찬바람이 갑자기 불며 진실을 훑고 지나갔다. 진실은 패딩 모자를 뒤집어쓰고 천천히 걸었다. 멀지 않은 목적지를 향해 걸어가는 진실은 칼바람에 맞서고 있었다. 마치 진실의 걸음을 방해하듯 겨울바람은 또다시 강하게 불어댔다.

"갑자기 왜 이렇게 바람이 부는 거야. 어우 추워."

진실은 길비닥을 바라보며 바람을 피해 걷고 걸어 드디어 목적지에 도착했다. 진실은 고개를 들어 목적지를 바라보고 마른침을 삼키며 발걸음을 다시 내디뎠다. 진실의 눈에 들어온 목적지는 굵은 글씨로 쓴 문구를 전면에 내세워 사람들을 맞이하고 있었다.

-인권 경찰. 여러분 곁을 지키겠습니다.

자신과 다르게 편안히 지내며 이석류와 데이트까지 하는 이민준의 행태에 경악을 금치 못한 진실은 결국 신고하기로 마음먹었다. 이민준이 삥긋거리며 내뱉은 말에 분노했고, 무슨 일이 있어도 끝까지 싸우겠단 결심을 했다. 단단히 결심하니 어떻게든 잊어보려고 발버둥 친 하루와 달리 오늘은 오히려 편한 마음으로 잠들 수 있었다.

진실은 출입문을 열고 들어섰다. 길게 이어진 차가운 회색빛 복도가 진실을 기다리고 있었다. 결심한 것과 달리 긴장되는지 가슴은 두근두근 방망이질 치고 있었다.

"괜찮아. 괜찮아. 있었던 일. 사실 그대로 얘기하면 돼. 경찰들이 그놈을 잡아줄 거야."

혼잣말을 중얼거리며 스스로 위안했지만 떨리는지 손을 불안하게 꼼지락거리며 걸어갔다.

강력계 팻말이 진실의 눈에 들어왔다. 드디어 결심한 마음을 옮기며 크게 심호흡을 하고 불끈 주먹을 힘껏 말아 쥐었다. 복도에는 지나다니는 사람들 발소리. 경찰들 말소리가 가득했지만 진실의 귀엔 요동치는 자신의 심장 소리만이 가득 맴돌고 맴돌았다.

꽉 쥔 주먹을 스르륵 풀고 팔을 뻗어 문고리를 잡고 힘껏 잡아당겼다. 강력계 안으로 발을 내딛고 주위를 살피듯 두리번거리고 있는 진실은 구원자를 찾는 모습이었다. 어서 이 극심한 고통에서 자신을 해방시키고 이민준에게 가혹한 벌을 내릴 구원자를 찾아 고개를 이리저리 돌리고 있었다. 그러나 진실은 알지 못했다. 성폭력 사건은 여성청소년부서가 전담한다는 사실을.

"어떻게 오셨어요?"

구원자를 찾는 진실의 귀를 찾아온 남자 목소리였다.

"아, 저……."

목소리 주인을 찾아 고개를 돌린 진실은 마음과 달리 머뭇거리고 있었다.

"네, 무슨 일로 오셨어요?"

"그게……. 제가 성폭행을……."

머뭇거리던 마음은 힘겹게 성폭행이라는 단어를 끄집어냈다.

"성폭행이요?"

조금 놀란 목소리가 경찰 입을 통해 흘러나왔다. 성폭행이라는 단어와 어울리지 않는 존재를 발견한 듯, 의아한 눈매를 하고서 진실을 아래위로 훑어보고 서 있었다.

"네, 며칠 전에……."

모든 걸 터놓으리란 마음과 달리 기어들어가는 목소리로 힘겹게 설명했다.

"일단 이쪽으로 오시겠어요."

경찰은 따라오라는 듯 앞서 걸어갔다. 한 번도 진실이 잘 따라오는지 고개 돌려 확인하지 않고 걸어갔다. 여성청소년부서로 사건을 넘겨야 했지만 경찰은 그러지 않고 진실을 구석진 자리로 안내했다. 경찰은 의자에 철퍼덕 앉아 물을 들이켰다. 진실은 쭈뼛쭈뼛 뒤따라 걸어 남자 경찰이 앉아 있는 곳으로 갔다. 멀뚱멀뚱 쳐다보며 경찰이 말을 던졌다.

"계속 그렇게 서 있을 거예요?"

"네?"

"뭐해요? 앉아요."

"네."

진실은 두리번거리며 의자를 찾았다.

"저기 의자가……."

"그 옆에 굴러다니는 거 아무 데나 앉아요. 무슨 의자까지 챙겨줘야 하나."

진실은 짜증 가득한 경찰 말에 당황해 의자를 끌고 오다 옆 책상을 쳤다.

"아, 뭐야!"

"죄송합니다. 죄송합니다."

"아줌마, 조심해요. 중요한 수사 하고 있는데. 그렇게 무지막

지한 힘으로 책상 치면 다 부서진다고요."

옆 책상에 앉아 있던 형사 말에 무안해지며 얼굴에 열이 올랐다.

"됐어, 됐어. 이쪽으로 오세요. 얼른."

진실을 담당하는 경찰이 다시 진실을 불렀다.

"어떻게 오셨어요?"

진실은 다시 한번 성폭행이라는 단어를 입에 올렸다. 입구에서부터 자신이 성폭행 사건 때문에 왔다고 얘기했지만, 경찰은 들어본 기억이 없는 사람처럼 물었다.

"성폭행이라……."

경찰은 키보드 속 쉼표 부분을 탁탁탁 큰 소리 나도록 지며 한숨을 내뱉었다. 좀 쉬고 싶다는 속마음을 키보드 속 쉼표 부분을 때리는 행동으로 대신하고 있었다.

"자, 이제부터 질문 할 거니까 대답하세요."

경찰은 이름, 주민번호, 사는 곳, 직업, 가족관계, 최종학력 등을 우선적으로 물었다.

"자 자세한 얘기해보세요. 언제 어디서 어떻게, 육하원칙 알죠? 거기에 맞춰서 설명해보세요."

"어, 저기 그게……. 일주일 전 일요일에 클럽에서……."

그때였다. 날카롭게 찢어지는 비명이 경찰서를 가득 메우며 진실의 말허리를 자르고 들어왔다. 경찰서 안 모든 사람들의 시선은 그 목소리 주인공을 찾아 고개를 이리저리 움직이고 있었다. 진실은 자신도 모르게 고개를 뒤돌려 그 목소리 출처를 찾아갔다.

"악. 시발. 저년이야. 저년이라고. 악. 저년 잡아. 돼지 같은 년아. 악."

목을 마구 긁어대는 쇳소리를 한 채 어떤 남자가 일어서 발악을 하며 눈을 부라리고 있었다. 그 남자는 아래턱을 덜덜 떨며 손으로 누군가를 가리키며 다시 소리를 질렀다.

"저년이야. 저년 잡아요. 저 돼지 같은 년이라고. 아악. 죽여버릴 거야. 미친년아."

발악이란 발악을 다 하며 고래고래 소리치는 기세와는 다르게 그 남자는 슬금슬금 뒷걸음질 치고 있었다. 마치 겁을 잔뜩 집어먹은 사람처럼 뒷걸음질 치며 주위에 있는 형사들에게 명령 아닌 명령을 내렸다.

"뭐야. 뭐야."

갑자기 들려온 남자 목소리에 놀란 경찰들은 당황한 얼굴로 그 남자가 가리키는 방향으로 일제히 고개를 돌리며 웅성웅성댔다. 그 남자 손가락이 가리키는 곳과 형사들이 일제히 고개를 돌려 바라보는 곳. 그곳에 앉아 있는 사람은 다름 아닌 진실이었다.

진실은 그 남자를 바라보는 순간 벌떡 일어나 입도 열지 못하고 눈만 깜빡이며 서 있었다. 온몸은 피가 빠져나간 듯 서늘하고 기운 빠지는 느낌을 가득 안은 채 그 남자가 지껄이는 쓰레기 같은 말을 멍하니 듣고 있었다. 주위 사람들은 보이지 않을 정도로 멀어지고 오직 그 남자 모습과 그 남자 목소리만이 가까이 다가왔다. 진실은 새하얘지는 머리를 움직이지 못하고 천천히 눈을 깜빡이며 조금씩 가빠오는 숨을 어렵게 내쉬고 있었다.

"내 인생 돌려내. 내 인생 돌려내라고. 이 미친년아. 망가진 내 인생 돌려내라고……."

그 남자는 흐느끼는 목소리로 마지막 발악을 담아내며 주저앉았다. 경찰들은 진실과 그 남자를 번갈아 가며 바라보고 있었다. 그리고 쓰러지는 그 남자를 부축하기 위해 여러 명이 재빠르게 움직였다. 쉿소리로 발악하다 쓰러진 그 남자는 바로 그놈, 이민준이었다.

진실은 왜 이민준이 경찰서에 있는지 알지 못한 채 멍하니

서 있었다. 왜 그놈이 여기에 있지? 저놈이 고래고래 지르는 소리는 다 뭐지? 누구에게 하는 소리지? 나한테 하는 소리 같은데……. 머릿속을 어지럽게 하는 말들이 여기저기서 흩어져 나왔다.

"아줌마. 아줌마."

뒤에서 들리는 날카로운 목소리에 진실은 뒤돌아봤다.

"당신이야?"

"네? 무슨 말인지……?"

"저 잘생긴 남자 누군지 알아요? 저 남자 성폭행 피해자야."

뭐라고? 성폭행 피해자? 그놈이 성폭행 피해자라고? 무슨 소리지? 피해자는 바로 나인데……. 날이 바짝 선 경찰 말소리에 머릿속은 질문들로 가득 차 들어 갔다.

"아니에요. 제가 피해자라고요. 저놈이 날 강간했다고요."

진실이 억울하게 내뱉은 말은 울음을 잔뜩 머금고 있었다.

"아줌마는 저 학생을 신고하러 왔다고요?"

"그래요. 저놈이 날 성폭행했다고요."

"저 남자는 이미 조사 다 끝냈어요. 아줌마보다 먼저 와서 이미 조서 작성도 끝냈다고요. 근데 자신이 성폭행범이라고 지목하는 사람보다 어떻게 늦게 신고할 수 있어요? 저 남자가 만

약 진짜 성폭행범이라면 왜 먼저 나서서 신고하겠어요. 아줌마가 신고 안 하면 자신은 잡힐 일도 없는데. 성폭행범이 사건을 조사해달라고 거짓신고 한다는 말이 상식적으로 이해돼요? 난 도저히 이해가 안 되네."

진실은 아무 대답도 하지 못 하고 서 있었다. 알 수 없는 노릇이었다. 어떻게 진실이 신고하려고 한 날, 같은 날에 이민준이 경찰서에 오는지…… 어떻게 진실이 신고하러 온 시간보다 먼저 와서 조사를 마칠 수 있었는지…… 진실은 어떠한 대답도 할 수 없었다. 자신이 할 수 있는 대답은 모르겠다는 말뿐이었다. 그 모르겠다는 말도 하지 못하고 우두커니 서 있었다.

"이 아줌마, 말이 되는 얘기를 해야지. 앉아요."

진실은 다리가 풀려 허망하게 의자에 앉았다. 빠져버린 힘은 뚱뚱한 몸을 이겨내지 못하고 의자 등받이에 기대게 했다. 일이 도대체 어떻게 돌아가는지 알지 못한 채 의자에 앉아 경찰이 내쏘는 말을 듣고 있었다.

"아줌마, 잘 들어요. 저 잘생긴 학생이 이미 1시간 전에 와서 자신이 성폭행당했다고 얘기했어요. 성폭행범이 누군지 다 얘기했다고요. 그 성폭행범이 아줌마예요. 이제 알겠어요?"

아니요. 무슨 뜻인지 전혀 모르겠어요. 무슨 말씀 하시는 거예요. 형사님. 성폭행당한 사람은 저라고요. 저 뻔뻔한 놈이 아니라 바로 저라고요. 진실은 속으로 몇 번이나 외쳤지만 어찌된 일인지 입 밖으로 한 마디도 내뱉지 못했다.

"내 말 무슨 뜻인지 알겠어요?"

진실은 고개를 끄덕이거나 젓지도 않고 대답도 못 하고 있었다.

"아줌마! 왜 갑자기 말을 안 해요. 어디 아파요? 갑자기 말 못 하는 병에 걸렸나? 당신 벙어리야!"

자신의 말에 대꾸도 없이 멍한 얼굴로 앉아있는 진실의 모습에 짜증 난 경찰이 목소리를 높였다.

"대답해요, 대답. 아줌마 성폭행당했다고 신고하러 왔잖아요. 맞죠?"

"네……."

기어들어가는 목소리로 겨우 대답을 했다.

"다시 돌아왔네. 말할 줄 아네. 왜 말을 안 하고 그래요. 앞으로 이렇게 대답해요."

"네……."

"뭐. 일단 아줌마도 신고하러 왔으니까. 조사는 해드릴게요."

조사는 해드릴게요. 조사는 해드릴게요. 조사는 해드릴게요…… 끝없이 이어지는 경찰의 마지막 말이 진실의 억울한 마음을 파고들었다. 진실의 말을 믿지 않지만 억지로 들어준다는 의미를 내포한 듯 귀찮아하는 말투였다.

"자, 하고 싶은 얘기 다 해봐요. 아줌마가 성폭행당했다고 주장하는 그날 있었던 일 얘기 해봐요."

"네. 그날은 일주일 전 일요일 밤이었어요……"

진실은 끔찍한 그 날의 기억을 떠올리며 힘겹게 말을 겨우 이어갔다.

"제가 운영하는 카페 2주년 파티를 클럽에서 했어요. 저, 직원 3명, 그놈 이렇게 5명이 룸에서 다 같이 술 마시고 놀았어요. 시간이 지나 전 화장실 갔어요. 볼일 보고 나오는데……"

진실은 기억을 떠올리는 일이 힘겨워 잠시 멈추었다.

"화장실 나오는데?"

"나오는데 뒤에서 갑자기 누군가가 입을 막고 끌고 들어갔어요. 그렇게 변기 있는 공간을 끌려들어 간 뒤에 그놈이 제 옆구리를 때렸어요. 그리고……"

"자, 계속해요. 그리고?"

경찰은 진술을 끊지 말라고 압박하듯 뒷얘기를 물었다.

"제 뒷목을 잡고 밀어 벽에 박았어요. 소리 지르면 죽인다는 말을 귓가에 속삭이고는 제 속옷을 내리고……."

"속옷을 내리고."

힘겨워하는 진실의 모습은 안중에도 없이 경찰은 재차 뒷얘기를 재촉했다. 진실은 떨려오는 아랫입술을 안으로 물며 울음을 참아내고 있었다.

"제 몸에 그놈이 성기를 집어넣었어요. 그렇게 성폭행당했어요……. 그리고 그놈은 사라지고 전 도망치듯 택시 타고 집으로 갔어요……."

겨우 참고 있던 눈물은 번져갔고 목은 잠겨버렸다.

"다했어요? 울지 말아요. 그렇게 울면 조서 작성하기 힘들어요. 자. 여기 휴지."

휴지를 받아들고 흐르는 눈물을 닦아냈다. 자신의 처지에 서글픔이 밀려와 더욱더 눈물이 흘렀다.

"아. 거참. 그만 울라니까요. 나 화장실 다녀올 테니까 감정정리 좀 해요."

이 말과 함께 경찰은 훌쩍 자리를 떠버렸다.

경찰서 구석에 혼자 남은 진실은 뒤에서 날아오는 사람들의 눈길을 느끼며 자신도 모르게 고개 숙이고 앉아있었다. 보이지 않아도 느껴지는 따가운 시선들. 바늘 끝처럼 따가운 시선을 온몸으로 받아내고 있었다.

그렇게 의심 가득한 사람들의 시선을 한동안 받아내고 나니 경찰은 자판기 커피를 마시며 돌아오고 있었다. 돌아오던 그 경찰이 다른 경찰과 주고받는 대화가 희미하게 들려왔다.

"박 형사, 뭐래?"

"몰라, 자기가 성폭행당했대."

"뭐? 말도 안 돼. 아까 그 대학생 못 봤어? 그렇게 잘생기고 호리호리한 애가 저렇게 덩치 큰 여자를 성폭행했다고?"

"그렇다네. 화장실에 끌려가서 그 호리호리한 애한테 당했대요."

"아이고, 말세다 말세. 믿을만한 말을 해야지."

"그러게 말이다. 나 다시 간다."

"응, 고생해."

마치 들으라는 듯 일부러 큰소리로 떠드는 그들의 대화가 진실의 마음을 마구 갈기 찢어놓았다.

"자, 몇 시였는지 기억해요? 성폭행당했다고 주장하는 시간이?"

뒷말을 잔뜩 흘린 경찰이 아무 일 없었다는 듯 돌아와 질문을 던졌다.

"그건 잘……."

"몇 시인지 잘 모르겠어요? 그러면 그 남자가 자신을 끌고 들어갔다고 했는데. 화장실에 다른 사람은 없었어요?"

"음악 소리가 커서 주변에 사람이 있었는지 모르겠어요. 끌려가는데 사람이 있었으면 도와줬을 테니 아마 없었던 거 같아요."

"그럼 화장실 옆 칸에는 사람 없었어요?"

"그건 잘 모르겠어요. 소리가 들렸는지 모르겠어요. 기억이 잘 안 나요."

"끌려가는데 사람은 없었고. 옆 칸에도 사람이 있는지 모르겠다."

"네."

"그럼, 사람이 있을지 없을지 모르는 화장실에 그 남자애가 끌고 갔다는 말이네요?"

"그놈이 화장실 상황을 알고 있었는지 어떤지는 모르겠어요."

"여자 화장실이었죠?"

"네"

"여자 화장실이니 사람이 없었다면 본인이 더 잘 알겠네요?

화장실 갔다 나오는 길이니까."

마치 자신의 말은 거짓말이라는 듯 질문을 퍼붓는 형사를 바라보며 진실은 억누른 소리를 질렀다.

"제가 당했다고요. 그놈한테 제가 성폭행당했다고요. 거짓말 잡아내겠다는 듯 질문하지 말아 주세요."

"거짓말한다는 말이 아니라. 궁금한 부분은 질문해야 저희가 정리해서 조서 작성하죠. 우리 임무에 대해 이래라저래라 하면 조사할 수 있는 게 아무것도 없어요. 아시겠어요?"

어색하고 무거운 침묵이 두 사람 사이를 가득 채우고 있었다.

"10분만 쉬쇼. 그동안 자세히 떠올려 봐요."

경찰은 한심하다는 듯 신경 거슬리는 한숨을 쉬며 진실을 혼자 내버려 두고 자리를 떠나버렸다. 홀로 외로이 남은 진실은 그날의 기억을 떠올려 봤지만 정확하게 떠오르는 건 없었다. 그날 화장실에 사람이 있었는지 없었는지…… 진실의 기억 속 화장실 모습은 더러운 냄새가 진동하고 습하며 불결한 기운 가득한 곳이었다. 그런 곳에서 이민준에게 처절하게 당한 자신의 모습과 감정만이 기억 속에 자리 잡고 있었다. 정확하지 않은 기억을 떠올리려 노력하는 사이 형사는 담배 냄새를 폴폴 풍기며 돌아왔다.

"자, 다시 시작할게요. 기억나는 건 모두 얘기해주세요."

"네."

"그날 몇 시에 클럽에 도착했나요?"

"카페 정리하고 이동했으니 12시 안 됐을 거예요."

"술은 얼마나 마셨나요?"

"저는 맥주 3캔 정도 마셨어요. 직원들은 보드카 시켜서 마셨고요."

"평소 술은 잘 마시나요?"

"아니요. 술 잘 안 마셔요."

"주량은 어떻게 되나요?"

"주량이요?"

평소 술을 잘 마시지 않는 진실은 자신의 주량을 어떻게 얘기해야 할지 생각했다.

"소주는 2, 3잔 정도인 거 같고 맥주는 2캔 정도인 거 같아요."

"그러면 그날 2주년 파티도 있고 해서 술을 좀 드셨네요."

"다 같이 많이 마셨어요."

"필름 끊기거나 그러신 기억은요?"

"아뇨. 없어요. 만취할 때까지 마셔본 적 없어요."

"옷은 어떻게 입고 있었나요?"

"원피스에 코트 입고 있었어요."

"원피스 길이는 어땠나요? 긴 원피스였나요? 아님?"

"길진 않았어요. 그런데 주량이나 제가 그날 입었던 옷이 중요한가요?"

"기본적으로 물어보는 거예요. 클럽에서 일어난 사건이니 술이 있었을 테고. 그러면 얼마나 마셨는지 평소 주량은 어떤지 기록은 해놔야죠. 정신은 멀쩡했는지 착각하는 건 아닌지. 그리고 복장에 따라 누가 유혹을 한 건지 아닌지 대충은 나오니까요. 너무 크게 신경 쓰지 마세요."

진실은 도무지 이해되지 않는 말들을 들으며 경찰 얼굴을 쳐다보았다. 미묘하게 비틀린 웃음이 깃든 얼굴은 콧잔등을 찡그리며 진실을 꼬나보는 눈길을 가득 담고 있었다.

그 후에도 많은 질문들이 쏟아졌다. 몇 시에 화장실을 갔느냐. 평소에 클럽에 자주 가는지. 남자친구는 있는지 묻기도 했다. 그중 진실의 뒤통수를 망치로 때리는 질문도 있었다.

"그 남자는 사정을 어디에 했나요?"

"모르겠습니다."

"아니. 사정을 느끼지 못할 만큼 둔해요?"

진실은 성적 수치심을 느끼며 부들거리는 주먹을 꽉 쥐었다. 어금니를 악물고 버티는 진실에게 또 다른 독이 잔뜩 묻은 질문이 날아왔다.

"반항은 어떻게 했나요?"

"반항하지 못했습니다."

"반항하지 않았다고요? 성폭행을 당하는데?"

"반항을 안 한 게 아니라 못 했다고요."

"아니 그 남자 나도 봤는데 마른 편이고 힘도 쎄지 않겠던데 왜 못 한 거예요? 왜 적극적으로 반항 안 한 거예요?"

"모르겠습니다. 모르겠다고요."

"아니 상식적으로. 누군가가 자신을 성폭행하려고 하는데 가만히 있었다는 게 말이 돼요? 어떻게 해서든 그 상황을 벗어나려고 반항해야지. 가만히 당하고 있었다는 게 말이 되냐고요."

"정말 모르겠어요. 그냥. 그냥 몸이 굳어버렸던 거 같아요."

경찰이 두드리는 키보드 소리가 뚝 끊어졌다.

"성폭행당하는데 몸이 움직여지지 않아서 반항을 못 했다."

낮게 읊조리는 말소리가 키보드 소리를 대신하고 있었고 진실은 고개를 들지 못한 채 앉아있었다. 계속해서 처절하게 반항 안 한 이유를 묻는 경찰의 말이 진실을 숨 막히게 압박하고 있었다. 경찰의 질문은 꼼짝없이 당하고 만 그날의 상황을 다시 떠올리게 만들어 진실의 목을 서서히 조여 왔다. 왜 반항하지 않았는지 설명 못 하는 자신이 싫어져 고개를 숙이고 입술을 꽉 깨물며 울음을 참아내고 있었다.

경찰은 긴장성 부동화라는 말을 아는지 모르는지 무작정 왜 반항하지 않았는지 진실에게 따지는 인상을 풍기며 재차 묻고 있었다. 그날 화장실에서 진실은 긴장성 부동화로 이민준에게 반항하지 못했다. 하지만 진실은 긴장성 부동화라는 말을 몰랐고 자신이 왜 그렇게 마비된 듯 움직이지 못했는지 설명하지 못하고 있었다. 오히려 반항하지 못한 자신을 원망하는 하루하루를 보냈는데 경찰이 다시 그 원망하는 나날을 끄집어내고 있었다. 답변을 제대로 하지 못하는 진실을 바라보는 경찰의 눈은 점점 가늘어져갔다.

"그럼 신고는 왜 바로 하지 않으셨나요?"

"수치스러웠습니다. 그래서 저만 숨기면 괜찮아질 거라 생각하며 견뎠습니다."

"그런데 왜 이제야 신고하겠단 결심을 한 건가요?"

"고통스럽고 절망적인 하루하루를 보내는 저와 다르게 데이트 하며 즐겁게 지내는 그놈을 보고 신고하기로 마음먹었습니다."

"그 대학생이 즐겁게 지내는 모습 때문에 더 힘들었다는 뜻인가요?"

"네."

"그런데 얘기하는 것과 다르게 그 대학생 얼굴이 말이 아니었어요. 끙끙 앓은 사람처럼 얼굴은 초췌하고 입술도 다 터지고 눈은 퀭하고. 그리고 잠도 제대로 못 자는 상태라고 했거든요."

"거짓말이에요. 어제만 해도 멀쩡한 모습이었다고요."

"그 학생 말로는 아줌마가 너무 멀쩡히 장사하며 돈 벌고 있는 모습이 힘들었다고 진술했어요. 둘이 얘기가 너무 다른데……."

이건 또 무슨 얘기지? 내가 멀쩡한 모습으로 돈 벌고 있다고? 내가 그놈 때문에 카페에서 얼마나 힘들었는데. 신물이 올라오는 걸 참느라고 얼마나 고생하고 그놈 얘기가 안 나오도록 이석류와 대화를 피하려고 했는데. 어떻게 그런 거짓말을 할 수 있지? 경찰은 어떻게 그런 허술한 거짓말에 이렇게 쉽게 넘어가지? 끊임없이 떠오르는 질문과 고통스런 나날이 진실의 가슴에 켜켜이 쌓여 무겁고 답답하게 만들었다.

"서로 얘기가 많이 다르니까 그건 우리가 다시 조사할게요. 다시 그날로 돌아가서 질문할게요."

"네."

"이민준 씨는 어떻게 파티에 참석하게 됐어요? 직원도 아니라고 하던데."

"카페 오픈 초기 직원이었어요. 아르바이트 그만둔 이후에도 꾸준히 카페를 찾아왔고요. 그래서 같이 파티하게 된 겁니다."

"진실 씨가 파티에 참석할 수 있는지 먼저 물었다던데 사실입니까?"

"네. 그런데 사정이 있었어요. 그놈을 좋아하는 여자애가 아르바이트 하는데 그놈도 파티에 참석할 수 있게 불러달라고 부탁했어요. 그래서 제가 참석할 수 있는지 먼저 물어봤던 거예요."

"그날 클럽 룸엔 몇 시간을 같이 있었나요?"

"정확히는 모르겠는데…… 한 2시간에서 3시간 정도는 되는 거 같아요."

"3시간 정도 밀폐된 공간에서 같이 술 마시고 놀았다……."

점점 줄어드는 경찰 목소리는 진실을 불안하게 만들었다. 자신이 하는 말마다 왠지 모르게 부정적으로 해석하는 분위기를 풍기는 경찰이 어떤 말을 이어 할지 감을 잡지 못하고 마른침만 삼키고 있었다.

"2주년 파티에 그 대학생을 먼저 부르고 술도 주량보다 많이 마신 상태로 3시간 동안 밀폐된 공간에서 있었는데 자신보다 힘도 약해 보이는 사람에게 반항도 안 하고 꼼짝없이 성폭행을 당했는데 주변에 사람이 있었는지 없었는지 모르겠다. 그리고 일주일이나 지나서야 신고했다. 그 대학생이 잘 지내는 게 꼴 보기 싫어서."

이렇게 내뱉은 경찰은 한숨을 크게 내뱉고 눈을 치켜뜨며 또 다른 말을 내쏘았다.

"지금 내가 한 말 그대로 위에 보고하잖아요. 윗선에서 말이 되는 소리를 하라면서 도장도 안 찍어줘요. 남자가 먼저 접근한 것도 아니고 당신이 먼저 오라고 했다면서. 술도 한껏 취했고, 옷도 야하게 짧은 원피스 입고 갔고, 한 방에 오랫동안 앉아서 희희낙락 재밌게 놀았고."

숨도 쉬지 않고 뱉어대는 경찰의 입꼬리엔 침 찌꺼기가 부글거리며 피어났다. 경찰의 말은 도끼처럼 날아와 진실의 가슴을 가르며 지나갔다. 모든 게 진실 탓으로 들렸다.

"지금 그 대학생이 아줌마 고소한다고 그래요. 정황상으로 봤을 때 아줌마가 너무 불리해요. 일주일이나 지나서 왔으니 뭐. 증인이 있나 증거가 있나. 그렇다고 정액이 있나. 아줌마한테 유리한 사실이 아무것도 없어요. 우리가 그 대학생 친구 잘 설득할 테니깐 아줌마도 여기서 그만 해요. 이게 무슨 창피에요. 젊고 잘생긴 대학생이랑 클럽에서 술 취해서 한 번 했으면 그냥 둘이 알아서 할 일이지 여기까지 이런 일 가져오면 우리 퇴근을 못 해요. 둘이 즐긴 일 가지고 시간 한참 지나서 서로 고소하니 수사해달라고 하니 이러면 우리 진짜 나쁜 놈들 못 잡는다고요. 알겠어요?"

진실은 경찰 입에서 흘러나오는 쓰레기 같은 말이 무슨 뜻인지 도대체 이해되지 않아 마냥 듣고만 있었다. 자신의 말을 곡해하는 경찰관을 바라보는 진실의 눈은 원망으로 점점 변해갔다. 피해자는 자신인데 어떻게 서로 즐겼다고 얘기를 할 수 있는지 진실은 도저히 이해되지 않았다.

"그리고 그 학생 공부도 잘하는 사람이더니만. 굉장히 똑똑한 학생이라고요. 한국 대학생. 그것도 미래 의사 선생님. 서로 술 취해서 남들 눈 피해 즐겼으면 됐지. 무슨 다른 여자랑 데이트 하는 거에 질투해서 신고하고 그러면 돼요? 한순간 즐긴

일로 창창한 학생 앞길 막으면 되겠어요? 내가 잘 마무리해줄 테니까 여기서 그만하고 돌아가요. 사건접수 안 할 테니까요."

반박하지 못하고 모든 말을 가만히 듣고 있던 진실의 얼굴은 괴로움과 절망감이 범벅되며 울음이 솟았다. 터져 오르는 눈물을 참지 못하고 목 놓아 펑펑 울었다. 경찰은 당황했는지 안절부절 하지 못하고 곽 휴지를 마구 뽑아내서 진실에게 건넸다. 눈 앞을 가리는 눈물은 하염없이 아래로 떨어져 패딩을 적시고 있었다.

"접수해주세요. 저……, 성폭행당했어요. 제발 그놈 잡아주세요……."

눈물 가득한 입술은 흐느끼는 목소리를 겨우겨우 뱉어냈다. 마지막 힘을 쏟아 자신이 할 수 있는 말을 뱉어낸 진실은 거듭 고개를 숙이며 부탁하고 부탁했다. 억눌린 마음을 쏟아내지 않으면 답답하고 절망감에 미쳐 죽을 것만 같았다.

"부탁드립니다. 접수해주세요."

진실은 눈물 가득한 얼굴로 울먹이며 부탁했다.

"아 이것 참. 그래 봐야 안 되는데……, 아줌마가 불리한데……."

경찰은 자신의 설득이 먹혀들지 않아서 그런지 맥 빠진 소리를 조용히 흘려댔다.

"알겠어요. 알겠어. 접수해줄게요. 수사해준다고요. 됐죠? 그러니까 그만 울어요. 운다고 해결 안 되는 거 알잖아요."

수사한다는 말에 진실은 겨우 고개를 들고 경찰을 바라봤다. 여전히 탁한 얼굴로 못마땅함을 한껏 발산하고 있었다. 진실이 할 수 있는 일은 수사 제대로 해달라는 말뿐이었다.

"고맙습니다. 형사님. 저 진짜 성폭행당했어요. 수사 잘해주세요. 부탁드리겠습니다."

낮고 떨리는 목소리로 거듭 부탁하고 자리를 떠나려 일어섰다. 그렇게 발악하던 이민준은 이미 떠나고 없었다. 진실은 기운 빠진 몸으로 무거운 다리를 이끌고 경찰서 문을 열고 힘겹게 걸었다. 그렇게 걷다 문득 뒤돌아봤다. 한참을 그렇게 돌아서서 우두커니 한 곳을 바라보다 쓴웃음을 지었다.

-인권 경찰. 여러분 곁을 지키겠습니다.

진실은 뒤돌아 서글프게 웃으며 경찰서를 빠져나왔다.

제3부

18

김민성은 아버지 손에 이끌려 거실에 앉아 뉴스 시청하고 있었다. 언제까지 컴퓨터 오락하며 지낼 거냐는 아버지 잔소리를 피하기 위해 멍한 눈길로 시간이나 때우려는 계획이었다.

사회가 어떻게 돌아가는지 꼭 알아야 해? 아버지 손에 이끌려 뉴스를 볼 때마다 속으로 되뇌었다. 어차피 다시 방으로 들어가 컴퓨터 게임하며 지난 뉴스 내용은 모두 잊어버리는 김민성은 뉴스 보는 시간이 낭비라고 생각했다. 내가 사회에 관심 가져봤자 어차피 아무것도 변하는 건 없는데, 왜 이렇게 시간 낭비 해야 하는 거야. 나만 빼고 친구들 지금 한창 오락하고 있을 텐데. 오락이라도 못하게 하면 그냥 잠이나 자게 해주던지. 뉴스 보는 내내 속으로 중얼대는 소리는 귓속을 파고드는 앵커 목소리를 튕겨냈다. 얼른 시간만 지나길 기다리며 멍하니 소파에 앉아있었다.

"오늘 낮, 서울 한 경찰서에서 소동이 벌어졌습니다. 약 1시간 간격으로 나타난 남녀가 서로 성폭행 피해자라고 주장하는 일이 벌어졌는데요. 도대체 어떻게 된 일일까요? 조선일 기자의 리포트를 들어보겠습니다."

"오늘 오후 2시, 30대 후반 한 여성이 경찰서에 들어옵니다. 자신이 성폭행 피해자라며 신고한 여성입니다. 이 여성은 신고 직후 바로 경찰 조사를 받습니다. 그런데 갑자기 경찰서 안은 비명으로 가득 찹니다. 30대 후반 여성보다 약 1시간가량 먼저 도착해 성폭행 피해자라고 주장한 20대 남자대학생의 목소리였습니다. 그 대학생은 경찰에 신고하고 조사를 받는 중이었는데 여성을 경찰서에서 마주치고 놀라 소리 질렀습니다. 경찰의 말에 따르면 30대 후반 여성은 카페 사장이고 20대 남자대학생은 카페에서 아르바이트했던 남자였는데 클럽 화장실에서 서로 성폭행당했다고 주장하고 있다고 합니다. 사건 당시 여성은 평소 주량보다 술을 많이 마셨다고 진술했고 남자대학생은 여성을 보고 고함지르다 정신을 잃어 병원으로 옮겨져 안정을 취하고 있다고 합니다. 의대생이라고 알려진 남학생은 동네에서 마주칠까 봐 불안해하고 있으며 심신안정이 꼭 필요한 상태라고 의사는 전해왔습니다. 둘의 엇갈린 주장이 어떻게 결론 날지 지켜봐야겠습니다. 이상 KRK 조선일이었습니다."

멍한 눈길로 앉아있던 김민성은 성폭행 뉴스에 갑자기 집중하며 등을 꼿꼿이 펴고 앉았다. 자신이 방금 들은 뉴스를 다시 한번 떠올리는 눈길엔 팽팽한 긴장감이 가득했다. 뉴스화면에 비친 경찰서는 자신이 아는 한국동에 위치한 경찰서였다.

"쯧쯧. 말세야 말세. 어디 나이 많은 여자가 할 짓이 없어서 강제로 젊은 남자를 겁탈하니? 세상이 도대체 어떻게 되려고 그러는지."

가만히 뉴스 보던 김민성 아빠가 혀 차는 소리 하며 하는 말이었다.

"그러게 말이야. 민성이 너. 나이 많은 여자가 술 마시자고 꼬드겨도 순진하게 따라가면 안 된다. 알겠지?"

김민성의 엄마가 단단히 주의하라는 듯 아들을 바라보며 말을 내뱉었다.

"내가 무슨 어린애야. 아줌마 같은 여자한테 저런 일을 당하게. 그것도 화장실에서. 저놈이 남자 망신 다 시켜요. 아주 등신이야 등신. 상등신이네. 의대 다니면 뭐해. 여자한테 강간이나 당하는 주제에. 병신이야. 병신."

"의대면 우리나라에서 제일 공부 잘하는 애들 중 한 명일 텐데. 어떡하니 저 남자애는. 아주 순진하게 공부만 하다가 여자한테 겁탈당했네."

욕설 섞인 말을 내뱉는 김민성을 무시하고 엄마가 의대생을 걱정하며 말했다.

"아들 의대에 보냈더니 여자한테 성폭행이나 당하고…… 쟤 인생 다 망쳤네. 망쳤어. 어느 여자가 강간당한 남자랑 결혼하겠니? 의사가 되면 그래도 하려나?"

"부모가 무슨 수를 써서라도 조용히 처리하려고 하겠지. 어렵게 공부해서 의대 갔으니 어떻게 해서든 의사 만들어야지."

"그렇지? 의대 들어가는 게 무슨 애들 장난도 아니고."

"아니. 근데 저 여자는 어떤 여자야. 도대체 어떤 여자기에 나이도 한참 어린 대학생이랑 저런 일이 벌어진 거야. 30대 후반이면 못해도 15살 이상 차이 날 텐데. 한참 어린 남동생이나 조카 같은 남자애를 어떻게 겁탈할 생각을 했는지."

"안 봐도 당연하지 뭐. 결혼도 못 한 노처녀겠지. 술 마시고 순간 어떻게 된 거겠지."

김민성 부모는 뉴스 속 남학생을 걱정하며 계속 이야기하고 있었고 김민성은 자리에서 일어났다.

"너 어디가 뉴스 아직 안 끝났는데?"

"저 뉴스 보니까 뉴스 보고 싶은 마음이 싹 달아났어요. 그냥 방에 들어가 쉴게요."

"핑계도 좋아. 게임하지 말고 책 봐."

"네네. 알겠습니다."

김민성은 건성건성 대답하고 자기 방으로 들어가 침대에 벌러덩 누웠다.

"아 저거. 촉이 와. 촉이. 맞는 거 같은데."

김민성은 뉴스를 떠올리며 혼잣말을 중얼거렸다.

"어떻게 확인하지. 내일 제대로 확인해봐야겠다. 재밌는 일이 생기겠어."

들뜬 목소리와 묘한 웃음이 방 안을 가득 채우고 있었다.

다음날 오전 11시 20분.

"엄마. 나 잠깐 나갔다 올게."

"왜 이렇게 일찍 가?"

"어? 친구도 만나고 바람도 쐬고 하려고."

"알겠어. 늦지 않게 들어와."

"응. 나 나가요."

김민성은 일찍 집을 나섰다. 친구 만난다는 말은 거짓말이었고 바로 카페로 갈 생각이었다. 빠르게 올라오는 엘리베이터를 반기며 묘한 혼잣말을 흘렸다.

"며칠만 지나면 아르바이트 때려치우라고 난리 치겠지."

김민성은 키득키득하며 얼른 엘리베이터를 타고 문 닫힘 버튼을 누르며 1층으로 내려가길 재촉했다. 걸어서 20분 거리에 있는 카페를 향해 뛰기 시작했다. 추운 겨울 날씨는 문제될 게 전혀 없었다. 자신의 예상이 맞는지, 그 사실이 궁금해 미칠 지경이었다. 깜빡이는 횡단보도 신호를 아슬아슬하게 건너가며 속도를 붙여 내달렸다. 운동 싫어하는 평소 모습은 어디 갔는지 누구보다 신난 얼굴로 카페를 향해 쉼 없이 뛰었다.

"헉 헉 헉. 드디어 카페 골목이다."

터질 듯이 뛰는 심장을 진정시키려 숨을 몰아쉬었다.

"그래. 평일에는 코빼기도 안 보이는데 숨까지 헐떡이면 안 되지. 카페에 오고 싶어 안달 난 사람처럼 보이잖아. 일단 땀 닦고 숨만 고르고 들어가자."

너무 열심히 달린 탓인지 추운 겨울날 흘린 땀은 식어갔지만 얼굴에 오른 열은 쉽게 내려가지 않았다.

"아, 왜 이렇게 얼굴에 열이 안 내려가."

김민성은 입고 있던 패딩을 벗고서 온몸의 열을 내리기 시작했다.

"내려가라. 내려가라."

마치 큰 시험을 앞둔 사람처럼 주문을 외듯 몇 번이나 반복하며 중얼거렸다. 한겨울에 외투를 벗고 중얼거리는 김민성을 사람들은 힐끔힐끔 쳐다보며 지나갔다. 추운 겨울날 꽁꽁 싸매도 모자란데 외투를 벗고 무슨 말인지 모를 말을 헐떡이며 중얼거리고 있으니 쳐다 볼만도 해 보였다. 김민성은 큰 심호흡으로 숨 고르며 얼굴에 오른 열을 내리고 패딩을 다시 주섬주섬 챙겨 입었다. 보물찾기 게임에 신난 아이처럼 밝은 얼굴을 한 채 카페를 향해 걷기 시작했다. 김민성은 짧지 않은 오르막길을 유난히 가볍게 올라가 카페를 바라보고 희미하게 웃었다.

"사장님."

김민성은 기웃거리며 슬며시 들어와 두 눈을 재빨리 움직여 진실의 위치를 살폈다.

"어디 갔지……."

"민성이 왔네. 화요일 오전부터 어쩐 일이야?"

화장실에서 나오던 진실이 김민성에게 말을 건넸다.

"네. 부모님은 공부 안 하냐고 잔소리하고 답답해서 바람 쐬러 나왔어요."

"밥은 먹고 나온 거야?"

"네 뭐 대충 먹었어요."

"그래. 편한 곳에 앉아. 커피 뭐 마실래?"

"음. 저 그냥 아메리카노 주세요."

김민성은 구석진 테이블에 자리 잡고 눈을 가늘게 흘기며 속으로 여러 말을 쏟아냈다. 너무 평온해 보이는데…… 아닌가……. 분명히 맞는데. 아. 내 촉이 틀렸나……. 아. 몰라. 추운데 괜히 집 밖에 나온 거 아닌가 몰라.

김민성은 어젯밤 뉴스에 나온 성폭행 사건이 진실과 이민준 사이에 일어난 일이라고 확신해 일찍 카페로 나왔지만 평소와 다를 것 없는 진실을 마주하자 약간 혼란스러워했다.

"민성아. 커피 가져가."

"잘 마실게요."

커피를 가지고 돌아와 다시 한번 생각했지만 뉴스 주인공은 진실과 이민준이 틀림없다고 확신했다. 몇 시간 관찰하며 살펴보겠다고 생각하며 스마트폰을 꺼냈다.

12시가 되자 허재성이 출근했다.

"주말도 아닌데 카페는 무슨 일이에요?"

"아니, 그냥 집에서 잔소리해대서 도망치듯 나왔지 뭐."

허재성은 김민성에게 말을 건네고는 바로 휴게실로 들어가 버렸다.

저놈도 아무렇지 않은 얼굴이네. 뉴스 봤나? 진짜 내가 착각했나? 허재성이 별다른 기색 없이 자연스레 인사를 건네자 김민성은 자신의 추측이 틀렸을지도 모른다는 생각을 다시 한번 떠올렸다. 카페를 찾는 손님들은 늘어갔고 진실과 허재성은 평소처럼 음료를 만들고 있었다. 점심시간이 되자 카페는 손님들로 북적거리기 시작했다. 김민성은 바쁜 카페에 아무것도 안 하며 앉아있기 불편해 집으로 가려고 일어서다 문득 떠오른 생각에 다시 자리에 앉았다.

그래. 이석류 얼굴 보면 바로 알 수 있겠지. 내가 왜 그 생각을 못 했을까. 그러면 이렇게 일찍 나오지 않고 2시쯤에 나오면 되는데 말이야. 괜히 아침부터 고생했네. 진실의 얼굴을 봐도 그렇고 허재성의 기색도 손님들의 반응도 평소와 전혀 다름없음을 확인한 김민성은 이석류를 떠올리며 회심의 미소를 지었다. 이민준과 데이트한다고 좋은 나날을 보내는 이석류 얼굴을 보면, 자신의 추측을 단번에 확인할 수 있다고 확신했다.

스마트폰으로 게임하다 보니 순식간에 시간은 흘러갔다.

자자. 이석류 빨리 와라. 얼른 와서 내 추측이 틀림없다는 걸 확인시켜줘. 2시가 다가오자 김민성은 목이 빠져라 이석류를 기다렸다. 여자 목소리에 출입문 방향으로 고개를 연거푸 돌렸지만 기다리는 이석류는 보이지 않고 손님들이 들어오는 모습만이 눈에 들어왔다. 좋아하는 게임도 끈 채 초조하게 이석류를 기다리고 있었다.

"저 왔어요."

김민성은 귀에 익은 목소리에 고개를 돌려 출입문을 바라보며 벌떡 일어섰다. 그렇게 기다리던 이석류가 카페로 들어왔다.

"뭐야. 아무렇지 않잖아……. 이석류도 똑같잖아……."

인사하며 들어서는 이석류 모습을 마주한 김민성은 중얼대며 자리에 조용히 앉았다. 자신의 추측이 틀렸다는 생각에 마음은 무겁게 가라앉았다.

분명한데……. 어떻게 다들 평소와 똑같지? 정말 내 추측이 틀린 건가? 멍한 얼굴을 아래로 떨 군 김민성에게 누군가가 말을 걸어왔다.

"주말도 아닌데 카페는 웬일이야?"

"어? 그냥 바람 쐴 겸 나왔어."

"웬일로 바람 쐬러 카페로 왔데?"

"그러게 왜 카페로 왔을까……. 넌 별일 없지?"

혹시나 하는 마음에 물으며 이석류 얼굴을 살폈다.

"아무 일도 없는데? 왜 무슨 고민 있어?"

"아냐. 아냐."

"뭐야. 싱겁게. 난 휴게실 간다."

사라지는 이석류 뒷모습을 바라보는 눈엔 많은 말을 담고 있었다. 고민 있어야 할 사람은 내가 아니라 너야 재수 없는 년아. 분명히 이민준이 성폭행 사건에 연루됐는데 넌 어떻게 아르바이트할 생각을 하니. 생각 없는 년. 아우, 시발 괜히 일찍 집에서 나왔네. 추워죽겠는데.

휴게실을 빠져나오는 이석류를 향해 한껏 비웃음 날리며 자리에서 일어났다. 재밌는 구경거리가 가득할 줄 알았는데 시시하게 끝나버린 영화를 본 사람처럼 속으로 투덜거리며 터덜터덜 카운터로 걸어갔다. 이석류를 바라보는 진실의 눈에 불편함이 잔뜩 묻어있었지만 고개 숙인 김민성의 눈엔 보일 리 없었다.

"저 그만 가볼게요."

카운터에 머그잔을 내려놓으며 힘 빠진 목소리로 김민성이 말했다.

"왜 더 쉬다 가지 않고?"

"아니에요. 괜히 테이블 차지하는데요. 손님 더 받아야죠."

자신의 추측이 틀렸다는 사실에 기운 빠진 몸을 이끌고 밖으로 나가는 김민성이었다.

"왜 저래? 몇 시부터 온 거야?"

"나 출근하니깐 카페에 이미 와있던데?"

"뭐? 그럼 12시 전에 왔단 말이야?"

"그런가 봐. 난 순간 주말이었으면 했다니까."

이석류와 허재성은 멀어져가는 김민성의 뒷모습을 바라보며 속삭이고 있었다.

김민성은 맥 빠진 몸을 이끌고 집으로 향했다. 호기심에 가득 찬 어린아이 모습으로 뛰어오던 오전이랑 다르게 나이 들어 허리 굽은 할아버지처럼 축 처진 발걸음을 하고 있었다. 김민성은 20분이면 도착할 거리를 30분이나 걸어서 집으로 돌아왔다. 왠지 모르게 기운 쭉 빠진 몸을 침대에 뉘었다.

한편. 카페는 평소처럼 손님들이 찾아왔다. 출입문 쪽엔 혼자 와서 책 보거나. 컴퓨터를 이용하는 손님들이 앉았고, 대부분 테이블은 친구들과 함께 온 사람. 서로를 다정한 눈길로 바라보는 연인들 차지였다. 그윽한 커피 향과 편안한 재즈캐럴이 넘치는 카페는 손님들 대화 소리로 채워지고 있었다.

"야, 너 그날 잘 놀았어?"

"그날? 언제?"

"왜 그 민준이가 너 데리러 온 날……."

허재성 입에서 이민준 얘기가 흘러나오자 진실은 쉬겠다는 얘기를 던지고 자리를 얼른 떠나버렸다.

"아, 응 잘 놀았지."

"뭐야. 잘 놀았다면서 너 왜 얼굴이 어두워?"

"잘 놀았는데……. 사실 그날 이후로 연락이 안 돼……."

"연락이 안 된다고? 왜? 갑자기 안 돼?"

"모르겠어. 나 데려다주고 집에 간다고 했는데 연락이 안 돼 지금까지."

"무슨 일 생긴 거 아냐?"

"모르겠어. 전화번호 말곤 아무것도 모르니 일단 기다리는 수밖에."

이민준 얘기가 나오자 이석류는 풀이 죽었다. 다른 남자들 앞에선 기죽지 않지만 이상하게도 이민준 앞에서는 한없이 작아지는 자신을 생각하면 한숨부터 나왔다.

"뭐 별일 있겠어? 조금만 기다려 감기라도 걸렸나 보지 뭐."

"감기면 오히려 다행인데……. 교통사고라도 났을까 봐……."

이민준 걱정에 눈물 가득한 얼굴이 된 이석류는 티슈를 집어 얼른 눈물을 닦았다.

"이민준 이 못된 놈. 카톡 하나 보내기가 그렇게 어렵나."

눈물 흘리는 이석류를 어떻게 위로해줘야 할지 몰라 허재성은 그냥 한숨만 쉬며 괜히 이민준 흉보는 얘기를 웅얼대며 흘렸다.

카운터에서 이석류가 울고 있다면 휴게실에선 진실이 숨죽여 울고 있었다. 오늘도 어김없이 나온 이민준 얘기에 가슴은 쿵 하며 내려앉았다. 어제 경찰서에서 마주한 이민준은 진실에게 악마보다 더한 사람이었다. 어떻게 자신보다 먼저 경찰서에 있었는지 알 길 없는 진실은 답답하고 억울할 뿐이었다. 성폭행 피해사실을 신고하러 간 경찰서에서 오히려 가해자로 몰리는 상황을 겪고 극심한 공황에 빠져버렸다. 당당한 발걸음은 거대한 쇠사슬을 걸고 있는 죄인의 발걸음처럼 무겁게 변해버렸고, 경찰들의 시선은 이미 범죄자를 바라보는 경멸을 가득 담고 있었다. 어느 누구에게도 도움 청할 수 없는 현실을 마주한 진실은 이미 돌아가신 엄마를 찾으며 울부짖었다.

겨우 마음을 추스르고 나오니 커피 주문이 있어 음료를 만들었다. 애써 이석류를 평소와 같은 시선으로 바라보려 노력하고 노력했다. 그렇게 노력하는 사이 시간은 흘러 저녁 시간 즈음이 되었고 또다시 손님들은 밀려들어왔다. 연이어 들어오는 손님들은 진실의 가슴을 무겁게 누르고 있는 억울함과 분노를 조금이나마 덜어주었다. 무언가를 생각할 겨를이 없을 정도로 바쁜 상황에 몸은 힘들었지만 마음은 오히려 편안해졌다.

친구, 가족, 연인들과 같이 시간을 보내던 사람들이 한 명, 두 명 카페를 나갔고 다시 다른 손님들이 그 빈자리를 채웠다. 그렇게 손님들이 나가고 들어오기를 몇 번 하는 동안 진실은 바쁘게 음료를 만들며 이민준 생각을 조금씩 지워나갔다. 음료 만들기에 집중하며 시간을 보내니 어느덧 카페 마감 시간이 다가왔다. 평소처럼 진실은 재활용품을 씻었고 허재성과 이석류는 각각 남녀 화장실청소를 마무리했다. 카페를 환히 밝히던 불이 모두 꺼지고 카페 문도 굳게 잠겼다. 내일 보자는 말을 끝으로 각자 갈 길을 향해 걸었다.

이민준을 떠올리는 이석류의 모습과 그로 인해 숨죽여 울어야 했던 시간을 보내고 돌아온 집은 짙고 어두운 얼굴로 진실을 맞이했다. 평소보다 힘들었던 하루를 보낸 진실은 샤워하고 냉장고에 있는 맥주를 꺼냈다. 도저히 술을 마시지 않으면 잠들 자신이 없었다. 경찰서에서 온갖 모욕을 당하고 온 어제저녁부터 술의 힘을 빌리지 않으면 잠자기 힘들었다. 그나마 술이 약한 진실이기에 피곤한 몸으로 맥주 한두 캔 정도 마시면 쉽게 곯아떨어질 수 있었다.

진실은 먹다 남겨 밀봉해놓은 과자봉지를 가져와 접시에 담고 맥주 캔을 땄다. 벌컥벌컥 들어온 맥주가 목을 따갑게 괴롭히며 스르륵 넘어갔다. 진실은 과자를 바스락거리는 소리 나도록 씹어 따가움을 날렸다. 다시 맥주를 입으로 가져가 꿀꺽꿀꺽 넘겼다. 과자를 집어 우걱우걱 씹었다. 또 맥주를 한 모금 마시고 과자를 집어 먹었다. 쉬지 않고 다시 맥주를 마셨다. 과자를 집어 삼켰다. 또다시 맥주를 힘겹게 마셨다. 눈을 느릿느릿 껌뻑이며 과자를 집으러 손을 뻗었다. 그리고는 기억이 없었다.

그렇게 진실은 고통을 잊고 스르륵 잠들었다.

19

시끄럽게 울리는 알람 소리에 진실은 눈을 떴다. 자신이 어디에 누워있는지 확인하려는 듯 손을 더듬거렸다. 부드러운 극세사 이불이 손에 잡히는 걸 보니 다행히 침대 위에 누워있었다. 안도하는 한숨을 내쉬고 무거운 몸을 일으켰다. 숙취로 띵한 머리를 잡으며 이불에 머리를 묻었다.

"아우. 머리 아파."

다 말라붙어버린 입술을 겨우겨우 비집고 술 냄새나는 숨과 함께 말이 흘러나왔다. 숙취 때문인지 진실은 고개를 한동안 들지 못하고 거친 숨을 내쉬며 앉아있었다. 한껏 웅크리고 잤는지 뻐근한 목을 천천히 이리저리 움직였다. 진실은 겨우기운 차리고 꺼끌거리는 입으로 물컵을 찾아 고개를 돌렸다.

"왜 저렇게 멀리 있는 거야."

가득 잠긴 목소리엔 짜증이 가득 배어 있었다. 식탁으로 걸어가 바싹 메마른 입으로 물을 벌컥벌컥 마셨다. 한 컵으로는 부족했는지 연달아 두 컵을 따라 마셨다.

"아. 이제 좀 살겠다."

겨우 진정된 입술을 혀로 쓸며 다시 침대에 벌러덩 누웠다. 여전히 띵하게 빙글 도는 머리 때문인지 진실의 마음은 어지러웠다. 눈을 질끈 감았다 다시 일어나 물 한 컵 더 마시고 샤워하러 화장실로 걸어갔다.

성폭행 사실을 신고하러 들어간 경찰서에서 받은 모욕과 비웃음들은 다시 진실의 마음을 잔뜩 헝클어 놓았다. 인권 경찰이 되겠다는 구호와는 무색하게 경찰은 가득 비틀린 말을 쏘아댔다. 그 말은 힘들게 용기 낸 진실의 마음을 마음껏 휘젓고 지나가며 쓰린 상처를 깊이 새겼다.

고장 난 마음이 빚은 나쁜 샤워습관이 다시 살아났다. 비누거품을 가득 담아 중요 부위를 또다시 박박 긁어댔다. 정신 나간 사람처럼 한참을 긁고 있었다. 힘 잔뜩 들어간 손을 겨우 멈추고 급하게 샤워를 마무리했다. 제대로 씻었는지 알 수 없이 한 곳만 오랫동안 씻었다. 화장실을 가득 채운 수증기를 토하며 문이 열렸다. 패딩을 걸치고 밖으로 나왔다. 진실은 평소보다 빨리 나와 24시간 운영하는 중국집으로 들어갔다.

진실은 짬뽕국물로 쓰린 속을 해장하고 김밥 한 줄 사서 카페로 걸어갔다. 옆 카페를 볼 정신도 없이 앞만 보며 걸었다. 빠른 걸음 곁엔 김밥을 담은 검은 봉지가 흔들리고 있었다. 카페 문을 열고 빠른 속도로 청소했다.

샤워, 출근, 청소까지. 진실은 정신없이 바쁘게 움직여 자신을 지독히도 괴롭히는 생각들을 지우려 했다. 인권 경찰이 되겠다는 문구와는 전혀 다른 말을 서슴없이 뱉어대는 경찰, 자신을 성폭행하고도 뻔뻔한 얼굴로 진실을 향해 축축한 비웃음 짓던 이민준. 이 두 사람에게 받은 지울 수 없는 상처는 벌겋고 쓰라린 흔적을 마음에 깊이 새겨 진실을 괴롭히는 바짝 날선 칼이 되어 돌아왔다. 끊임없이 심장은 벌렁거렸고 온몸의 피는 바짝 말라갔다. 매번 부글부글 끓어오르는 신물은 진실을 화장실로 등 떠밀어 변기를 부여잡게 했다. 모든 피가 얼굴로 쏠린 것처럼 벌게진 얼굴을 바라보는 진실의 자존감은 서서히 무너졌다. 심지어 직원들 얼굴, 특히 이석류를 서서히 피하는 지경까지 내몰렸다.

이러한 자신의 모습을 보고 싶지 않아 아침부터 정신없이 서둘렀다. 어서 빨리 손님이 카페에 오길 바라고 또 바랐다. 손님이 오기 전까진 물품들을 다 끄집어내 다시 정리하며 시간을 보냈다. 모든 물품을 다 정리할 때 즈음 다행히 손님이 카페로 들어섰다. 진실은 어느 때보다 반가운 마음으로 인사하며 손님을 맞았다.

따뜻한 아메리카노를 주문한 손님은 구석 테이블에 자리 잡았다. 마수걸이를 하자 손님들이 줄줄이 들어왔다. 주문받은 음료를 만들고 테이블로 가져다주고 다시 테이블 치우며 바쁜 시간을 보내니 허재성이 출근할 시간이 다 되었다.

"저 왔습니다. 오늘 일찍부터 손님이 많네요."

"응. 좀 바빴어."

휴게실로 들어간 허재성은 여기저기 깔끔해진 것을 느끼며 앞치마를 두르고 나왔다.

"사장님. 휴게실 정리했어요?"

"아침에 시간 좀 남아서 그냥 정리해봤어."

"진짜 깔끔해졌어요. 고생하셨습니다."

허재성은 장난스럽게 허리를 꾸벅 숙이며 말했다.

"아닙니다."

진실도 장난을 받아 꾸벅 인사했다.

점심시간이 닥치자 손님들은 더 몰려왔고 진실은 더 집중해서 바쁜 시간을 보냈다. 2시가 되었고 이석류가 출근했다. 진실은 간단히 인사하고 이석류를 마주치지 않으려 더 바쁘게 일했다. 퇴근 시간에 하는 화장실청소를 일부러 시간 내서 하고 입구에 깔린 카펫을 털기도 했다. 카페 구석구석에 위치한 화분을 이리저리 옮기고 식물에 묻은 먼지를 제거하는 등 할 수 있는 일은 모조리 나서서 다했다. 언제 이렇게 시간이 흘렀는지 알지 못할 정도로 바쁘게 움직이고 나니 손님이 몰리는 저녁 시간이 되었다.

몰려든 손님은 많은 주문을 쏟아냈다. 주문받은 모든 음료는 진실이 직접 다 만들었다. 아메리카노부터 시작해 녹차라테까지 총 10잔을 연달아 만들며 정신없이 지내려 노력했다. 겨우겨우 시간을 보내니 조금 한가한 시간이 다가왔고 또다시 일거리 찾으려고 두리번거리고 있었다.

"오늘 유독 바쁘네. 저 잠깐 시원한 바람 좀 쐬고 올게요."

이석류가 앞치마를 털며 말하고 카페 입구로 걸어갔다. 진실은 눈에서 조금씩 멀어지는 이석류를 바라보며 안심하듯 물을 마셨다. 이석류는 바람 쐬러 나가고 허재성은 스마트폰을 만지작거렸다. 아직 여러 테이블엔 손님들이 앉아있었고 진실은 멍하게 카운터를 지켰다.

"야야. 그 뉴스 여기 아냐?"

"무슨 뉴스?"

"그 카페 주인이랑 알바생 성폭행 사건."

"에이. 설마."

"아니야 맞는 거 같아."

"진짜? 그 성폭행 사건이 진짜 저 아줌마라고?"

"그래. 백퍼센트야 백퍼. 그 의대생 이민준 같은데?"

"뭐? 그 그, 한국대 이민준?"

"뉴스에 나온 경찰서 거기도 이 동네에 있는 곳이었어."

"웬일이니. 진짠가보네. 헐. 저 아줌마 완전 미친년이네."

카운터 옆 테이블에 앉은 여자 손님 두 명은 힐끔힐끔 진실을 바라보며 속삭이고 있었다. 확신에 찬 듯 속삭이는 여자 손님들의 목소리가 허재성의 귀에 슬쩍 들렸다. 저 여자들 무슨 말도 안 되는 얘기하는 거야라는 생각을 속으로 내지르며 스트레칭 하는 척 자연스레 고개를 여자 손님들에게로 돌렸다.

정신 나간 년들. 어디서 이상한 소릴 듣고 와서 헛소리 찍찍 해대는 거야. 허재성은 나시 한번 스트레칭하며 고개를 돌리다 속삭이던 여자 손님들과 눈이 마주쳤다. 서로 무안했는지 허재성은 헛기침을 해댔고 손님들은 황급히 고개를 돌렸다.

여자 손님들은 바로 자리를 떴고 허재성은 테이블 닦으며 속으로 욕을 해댔다. 얼마나 세게 닦았는지 테이블이 이리저리 흔들렸다.

"테이블 그냥 부숴라."

그 모습을 본 이석류가 허재성에게 다가오며 말했다.

"아니 여기 앉았던 여자들이 말도 안 되는 헛소리를 찍찍해대잖아. 재수 없게."

"뭐라고 그랬는데?"

"너도 들으면 기분 완전 잡치니까 그냥 나 혼자 들은 걸로 하자."

"뭐야. 나도 알려줘. 궁금하단 말이야."

"아니, 그게……."

허재성은 재빠르게 눈을 이리저리 굴리며 주변을 살폈다. 아마 진실과 카페 손님들을 신경 쓰는 듯했다.

"미친년들이 뭐 어디서 헛소리를 듣고 와서는 어쩌고저쩌고 사장님 얘기를 하잖아."

"사장님 얘기를?"

"응. 무슨 성폭행이니 어쩌니 그러면서."

"엥? 뭔 개소리야. 완전 미친년들이네."

"그러니까 내가 화나게 안 생겼냐. 겨우 참았네."

"잘했어. 잘 참았어. 사장님께는 얘기하지 말자. 괜히 상처 받으실라."

허재성은 이석류에게 모두 얘기한 것은 아니었다. 허재성이 들은 여자 손님들 얘기에는 분명히 이민준도 끼어있었다. 이석류에게 이민준 얘기까지 했다가는 큰일 나겠다 싶어 슬쩍 빼버렸다.

마감 시간이 되었다. 진실이 화장실 청소를 한 번 해서 그런지 이석류는 화장실청소를 금방 끝내고 허재성이 마무리하기를 기다렸다. 그 사이 진실은 재활용 컵들을 물로 씻어 정리했다. 겨우겨우 마무리하고 다들 헤어졌다. 진실은 길을 걸으며 정신없이 보낸 하루를 돌이켜 보았다. 어떻게 시간을 보내면 아무 생각 없이 일에만 집중할 수 있는지 되새겨보려 했다. 물품 다시 정리하기, 화분 옮기기 등 인테리어 손보기, 화장실 청소하기, 카펫 털고 카페 입구 쓰레기 정리하기 등등 카페에서 할 수 있는 일은 모조리 하기로 했다.

집으로 가는 길에 편의점에서 과자와 맥주 두 캔을 샀다. 오늘도 어두운 집이 무표정한 얼굴로 우두커니 진실을 기다리고 있었다. 빨리 차가워지길 바라는 마음에 맥주를 냉동실에 집어넣고 바로 샤워했다. 피곤해서 그런지 경찰과 이민준이 멍한 머릿속을 파고들었다. 진실은 생각들을 지우려 자신의 몸을 학대하듯 중요 부위를 마구 긁으며 씻었다. 씻고 또 씻었다. 자신의 몸에 화풀이를 잔뜩 하고 나니 조금 진정된 듯 손길은 멈췄고 중요 부위를 뒤덮은 거품을 가쁜 숨 내쉬며 씻어냈다. 끔찍한 기억이 비누거품에 씻겨 나가길 바라고 바랐다.

진실은 얼른 머리를 말리고 냉동실에서 맥주를 꺼냈다. 접시에 과자도 담았다. 침대 옆 바닥에 쪼그리고 앉아 맥주 캔을 땄다. 차가운 캔이 손을 덩달아 차갑게 만들었다. 순식간에 차가워져버린 맥주 캔을 가만히 들고 바라보다 한 모금 들이켰다. 오늘도 맥주가 따끔하게 찌르며 속으로 흘러들어갔다. 과자는 입속에서 마구 부서져 목구멍을 넘어갔다. 다시 캔 맥주를 쥐었다. 여전히 냉기 가득한 몸으로 손을 차게 만들었다. 입으로 들어간 맥주는 냉기와 따가움을 쏟아내고 사라졌다. 입속에서 부서진 바삭한 과자는 반항하듯 치아 주변을 마구 긁어대고 사라졌다. 다시 집어 든 맥주 캔은 여전히 차가움을 유지한 채 진실에게 냉기를 퍼부었고 목 따끔거림도 더 거세졌다. 냉기는 속을 크게 휘감으며 지나갔다. 과자는 더 격렬히 저항하며 잇몸과 입천장에 미세한 상처를 남기고 사라졌다. 맥주는 마지막 발악하듯 남은 냉기와 따가움을 드러냈다. 과자는 날카로운 발톱을 드러내며 입속과 목을 사정없이 긁으며 사라졌다. 그리고 냉동실로 비틀거리며 걸어가 맥주 한 캔을 더 꺼냈다. 진실은 바닥에 철퍼덕 앉아 온 신경을 손가락 끝으로 모아 맥주 캔을 쥐었다. 차가운 맥주가 손가락을 집어삼키려 파르르 깃을 세우고 냉기를 가득 흘려보냈다. 진실은 왼손으로 맥주를 꼭 쥐고 오른손가락으로 맥주를 따려 했다. 그리고 정신을 잃었다.

20

진실은 알람 소리에 눈을 떴다. 매일 알람 없이 6시 50분이면 일어났지만 술 마신 후 알람 없이는 일어날 수 없었다. 언제 쓰러졌는지도 모르는데 스스로 일어나는 건 더욱 무리였다. 식탁으로 겨우 걸어가 메말라 비틀어진 입속을 달래려 물 한 컵을 마셨다. 다시 한 컵을 마시고 샤워하러 화장실로 갔다. 강하게 쏟아지는 따뜻한 물에 몸을 맡겨 눈을 감았다. 점점 몽롱해지는 기분이었다. 정신 차리려고 얼굴을 마구 비볐다. 숙취로 어그러진 얼굴은 그제야 핏기가 돌기 시작하며 제 모습을 서서히 찾아갔다. 샤워를 마치고 얼른 머리를 말렸다. 그리고 텁텁한 입속을 견디기 힘들어 양치했다. 양치하는 내내 잇몸과 입속이 쓰라렸다. 왜 그런지 이유도 모른 채 칫솔질만 약하게 하는 진실의 모습이 화장실 거울에 비쳤다. 어젯밤 안주 삼아 먹던 과자가 얼마나 입속을 괴롭혔는지 진실은 알지 못했다. 진실이 할 수 있는 일이라곤 아프지 않게 천천히 그리고 힘 빼서 칫솔을 움직이는 것뿐이었다.

롱패딩을 챙겨 입고 집을 나왔다. 집 근처에 있는 편의점에서 컵라면을 하나 사고 김밥집에서 참치김밥 한 줄을 샀다. 카페에 도착해서 컵라면으로 해장하고 김밥으로 아침식사를 대신했다. 한없이 허해진 마음을 음식으로 채운 후 한숨을 푹 내쉬고 카페를 둘러봤다. 건조한 히터바람만이 허공을 휘저으며 맴돌고 있다. 사람의 온기라고는 찾을 수 없이 윙윙거리는 둔탁한 히터 소리만이 공허한 공간에 울리고 있었다.

다 먹은 컵라면 용기와 김밥 봉지를 버리고 노래를 틀었다. 쭉 빠진 기운을 돋우는 아이돌 노래가 흘러나왔다. 시간이 남아 진실은 옆 카페 구경 할 겸 바람 쐬러 나갔다. 한 바퀴 돌고 카페로 오니 남자 손님 한 명이 카페를 기웃거리며 서 있는 모습이 보였다.

"카페 오신 거세요?"

"네, 아직 오픈 안 했나요?"

"아뇨, 지금 오픈합니다."

오픈 시간이 안 되었는데 손님이 기다리고 있어서 진실은 깜짝 놀랐다. 바로 문을 열고 주문을 받았다. 손님은 따뜻한 카페라테를 시키고 카운터 옆자리에 앉았다. 혼자 무료한 시간을 보낼 줄 알았는데 일찍부터 이렇게 손님이 있으니 진실은 자신도 모르게 환한 웃음을 흘렸다. 어제보다 바쁜 하루를 보낼 것 같은 기분 좋은 예감이었다.

"주문하신 음료 나왔습니다. 맛있게 드세요."

진실은 테이블에 커피를 내려놓으며 인사하고 뒤돌아섰다.

"저기 혹시……"

"네?"

"여기 카페 주인이세요?"

"네, 그런데요."

느닷없는 질문에 진실은 어리둥절했다.

"실례되는 질문이지만 나이가 어떻게 되세요?"

남자 손님은 조심스런 얼굴로 질문하고 있었다.

"그건 왜……?"

진실은 경계심 반 설렘 반이 뒤섞인 혼란스런 마음으로 대답했다. 아무도 없는 카페에서 모르는 사람이 대뜸 나이를 물어보니 자신도 모르게 조심하는 마음이 생겼는가 하면 어떤 남자도 먼저 진실에게 나이를 물어본 적이 없기 때문에 혹시나 여자로 생각해서 물어보는 건 아닐까 하는 생각도 순간 떠올랐다. 알 수 없는 감정으로 그 남자의 질문을 받아내고 있었다.

"진실 씨……, 맞으시죠?"

"누구세요? 누구신데 제 이름을 아세요?"

처음 보는 남자 입에서 자신의 이름이 흘러나오자 진실은 흠칫하며 뒤로 물러섰다.

"맞으시구나. 안녕하세요. 저는 한일일보 이지용 기자입니다. 며칠 전에 남자대학생 관련해서 성폭행 신고하신 걸로 알고 있는데 인터뷰 잠깐만 할 수 있을까요?"

순간 진실은 자신의 귀를 의심했다. 어떻게 기자가 신고내용을 알고 있는지, 그 당사자가 자신인지, 카페는 어떻게 알고 있는지 등등 정리되지 않은 많은 의문들이 머릿속을 어지럽게 맴돌았다. 멍한 얼굴로 우두커니 서 있는 진실에게 또 다른 질문이 날아왔다.

"그 남자분은 한국대학교 의대생 맞죠? 그날 어떤 일이 있었나요? 자세히 얘기해주실 수 있나요? 사건 당시 꼼짝도 못한 채 당하셨다고 했는데 거부 의사는 밝히셨나요? 전혀 반항은 안 하셨나요?"

"나가주세요!"

겨우 정신을 차린 진실은 소리 지르며 기자를 밀어냈다.

"몇 가지만 대답해주세요. 어떻게 아무 저항을 안 했나요? 상황설명 좀……."

"나가시라고요. 나가라고."

진실은 힘으로 기자를 마구 밀어냈다. 알려지길 원하지 않는데 갑자기 들이닥쳐 질문해대는 기자를 보고 순간적으로 힘이 솟았다. 기자는 떠밀리면서도 어떻게든 질문을 쏟아냈다. 밀쳐진 기자는 입구를 지나 발라당 넘어졌다. 다시 일어나 어떻게든 인터뷰해보려는 기자에게 날아온 것은 가방과 만 원짜리 지폐였다. 커피값을 다시 되돌려주려고 던진 만 원이었다.

"진실 씨. 인터뷰 좀 해주세요. 네?"

기자가 다시 진실에게 다가가려 했지만 이미 문은 굳게 잠겨 있었다. 기자를 문밖에 내버려 둔 채 진실은 휴게실로 들어갔다. 구석에 있는 의자에 털썩 앉았다. 지나가는 누군가가 보진 않았을까 겁났다. 카페 출입문을 마구 두드리는 소리가 들려왔다. 쿵쿵거리는 소리가 진실의 마음을 마구 압박했다. 마냥 의자에 앉아 귀를 막는 것만이 진실이 할 수 있는 마지막 행동이었다. 진실은 숨소리마저 죽인 채 귀를 막고 있었다. 한참을 그렇게 있으니 더 이상 카페 문 두드리는 소리가 들리지 않았다.

모든 긴장이 풀리자 진실은 의자에 널브러졌다. 팔다리엔 힘이 빠져나가고 마음엔 시커먼 구름이 잔뜩 끼고 있었다. 그렇게 영혼마저 빠져나가버린 듯 멍한 얼굴로 앉아있던 진실은 조금씩 안정을 되찾아갔다.

"아무 소리도 안 들리는 거 보니까 이제 갔겠지……."

한동안 아무 인기척도 없는 걸 알자 진실은 다시 카페 문을 열 마음을 먹었다. 그때였다. 다시 카페 문을 두드리는 소리가 무섭게 들려왔다. 문밖에 기자는 사라지고 없다는 생각을 산산이 부러뜨리는 소리가 진실의 귀를 서늘하게 파고들었다. 진실은 다시 귀를 막으려 했다. 그런데 남자 기자가 주먹 쥐고 두드리는 쿵쿵쿵 소리가 아니라 가벼운 똑똑똑 소리가 들려왔다. 그리고 여자 목소리가 여럿인 것처럼 들려왔다.

'오늘 장사 안 하나 봐.' '아니야. 여기 10시면 여는데.' '벌써 30분이나 지났는데?' '그런가?' '다른 데 갈까?' 분명히 여자 여럿이서 대화하는 목소리였다. 진실은 마음을 가다듬고 휴게실 문을 조심히 열고 나갔다. 문 밖엔 대학생으로 보이는 여자 3명이 서 있었다.

"죄송합니다. 일이 있어서 늦게 열었어요. 들어오세요."

진실이 기자가 없는 것을 확인하고 황급히 문을 열며 손님들을 맞이했다.

"거봐, 하잖아."

"들어가자."

여자 손님들은 아메리카노 1잔, 카페라테 2잔을 주문하고 구석진 자리에 앉았다. 아침부터 무슨 모임이 있는지 노트북까지 꺼내 무언가 의논하고 있었다. 기자는 사라지고 손님들로 카페가 조금씩 북적이기 시작하자 먹구름 가득했던 마음엔 조금씩 햇살이 비추기 시작했다.

손님들이 더 많아져서 정신없이 시간을 보내야만 할 것 같은 하루가 시작됐다. 시간은 빨리 흘러 허재성이 출근하는 12시가 되었고 손님들은 본격적으로 몰려왔다. 밀려드는 음료 주문은 아침에 찾아왔던 기자 생각을 깔끔하게 덮어버렸다. 그렇게 바쁜 시간을 보내니 2시가 되었고 이석류가 출근했다. 진실은 오늘도 이석류와 최대한 마주치지 않으려 노력했지만 잘 되진 않았다. 가슴이 조금씩 답답하게 막혀오는 시간을 겨우 참으며 일했다. 이것저것 일거리를 찾아 바삐 움직였다. 저녁 시간이 되었고 다시 바빠지며 정신없이 일했다.

밤이 한참 무르익어가는 시간이 되자 조금 한산해졌다. 그때였다. 카운터 근처에 앉은 남자 손님이 스마트폰과 카페 내부를 번갈아 가며 바라봤다. 그리고는 누군가의 얼굴과 체형을 유심히 바라봤다.

그 남자는 스마트폰에서 우연히 진실과 관련된 뉴스를 보고

있었다. 어제 방송으로 나간 뉴스 후속보도였는데 아침에 다녀
간 기자가 작성한 뉴스였다. 진실은 방송된 뉴스도 그렇고 인
터넷에 노출된 후속보도 역시 전혀 알지 못했다.

'성폭행 사건에 휘말린 30대 후반 카페 사장은 밝은 얼굴
로 손님을 맞이했고 취재요청을 하자 힘으로 기자를 쫓아냈
다. 남자 기자를 힘으로 쫓아낼 만큼 힘이 센 여자였다. 성폭
행당할 당시 저항하지 못했다고 경찰에 진술했는데 과연 정말
그 정도로 힘이 약한 사람인지 의문이 든다.' 기사의 요점은 이
랬다. 기사를 읽고서 한참을 그렇게 카페 내부와 누군가를 뚫
어져라 바라보던 손님은 주섬주섬 외투와 가방을 챙기더니 벌
떡 일어났다.

"아이 시발. 재수 없게."

욕설과 함께 잔뜩 구겨진 얼굴로 진실을 노려보며 걸어 나갔
다. 그 눈빛엔 경멸의 말들을 잔뜩 담고 있었다. 그 남자는 카
페 문을 나서자 가래를 긁어모아 퉤 뱉고선 또다시 욕설을 표
독스럽게 입에 올렸다.

"재수가 없으려니까. 어디서 저 더러운 손으로 만든 커피를
파는 거야. 나이 먹어가지고 젊은 남자나 밝히고 말이야. 시발.
나가 죽어라. 개돼지 같은 년아!"

또다시 카페를 향해 퉤 침을 한껏 뱉고서야 사라졌다.

허재성과 이석류는 서로 얼굴만 바라보며 아무 말도 못 하고 헛웃음만 짓고 서 있었다. 하지만 진실의 가슴엔 그 남자 목소리가 점점 섬뜩하게 번지고 있었다. 덜덜 떨리는 아래턱은 불규칙한 소리를 울려댔다.

"저 미친 새끼 뭐야!"

"사장님 괜찮으세요?"

허재성과 이석류는 일제히 걱정스런 눈으로 진실을 바라봤다. 그러나 진실은 아무 대답도 못 하고 몸을 떨더니, 결국 침통한 얼굴에 눈물이 고였다.

"석류야. 사장님 모시고 들어가."

허재성이 고개를 휴게실로 돌리며 낮은 목소리로 속삭였다.

"사장님 일단 휴게실에서 좀 쉬세요."

이석류 손에 이끌려 휴게실에 들어선 진실은 의자에 앉아 고개를 푹 숙였다.

"완전 미친놈 아냐! 어디서 욕하고 지랄이야. 사장님 잊어버리세요. 진짜 세상에 제정신 아닌 사람이 너무 많아. 사장님 저희 둘이서 할 수 있으니까 좀 쉬세요. 저 나갈게요. 쉬고 계세요."

휴게실에 홀로 남게 되자 다시 그 남자 말이 차근차근 떠올라 진실의 마음을 마구 짓밟아댔다. 진실은 머리를 푹 숙이고 입술을 깨물고 울음을 참아냈다. 참아내면 참아낼수록 걷잡을 수 없이 번졌고, 애처로운 소리를 억누르며 흐느껴 울었다. 눈물은 하염없이 주르륵 흘러내렸고 점점 답답해지는 가슴엔 무거운 바윗덩어리가 쌓이고 또 쌓여갔다. 가슴을 치고 또 쳤다. 어떻게 해서든 바윗덩어리를 걷어내지 않으면 죽을 것만 같았다. 두껍고 무거운 벽으로 사방이 막힌 방에 갇혀버린 마음을 어서 풀어내야 했다. 억눌린 울음을 입에 가득 물고 가슴을 치고 또 쳤다. 왼쪽 가슴이 멍들 정도로 반복해서 쳐댔다. 얼마 동안이나 답답하게 꽉 막힌 가슴을 온 힘을 다해 쳐댔을까……. 진실은 시름 깊은 한숨과 함께 거칠고 불안한 기침을 토해냈다. 기운이 잔뜩 빠진 얼굴엔 외롭고 비참한 울음이 가득 번져갔다.

진정되지 않은 마음을 끌어안고 거울을 바라봤다. 눈물자국이 온 얼굴을 가득 덮고 있었다. 퉁퉁 부어있는 눈이 얼마나 진하고 무거운 눈물을 많이 흘렸는지 말해주었다. 막힌 코를 휴지로 팽 풀고 눈물자국을 지웠다. 헝클어진 머리를 정리하고 마른침을 힘겹게 삼키며 휴게실을 나섰다.

눈이 마주친 허재성에게 화장실 다녀온다는 말을 남기고 걸어갔다. 화장실에서 간단히 물세수하고 나왔다. 마감 시간이 점점 다가와서 그런지 손님은 두 테이블 남은 상태였다.

"저희가 마감할 테니까 사장님 먼저 들어가 보세요."

"그래요 사장님. 이제 곧 끝나니까 그냥 들어가세요."

허재성과 이석류가 진실을 위로하며 말했다.

"아니야. 괜찮아. 20분 후면 문 닫는데 뭘. 괜찮으니까 일 봐."

걱정 어린 시선으로 자리를 뜬 허재성과 이석류는 화장실 청소하러 갔다. 진실은 플라스틱 컵을 간단히 씻어 봉투에 담아 분리수거했다.

"안녕히 가세요."

마지막 남은 두 테이블 손님들의 멀어져가는 뒷모습을 향해 이석류가 인사했고 허재성이 테이블 정리하러 갔다. 그러나 테이블 정리하러 간 허재성은 한동안 돌아오지 않았다.

뭐야 이거! 놀란 속마음을 입술로 막으며 카페를 두리번거리는 허재성은 진실의 위치를 확인하고 있었다.

"야. 왜 안 와?"

돌아오지 않는 허재성을 향해 이석류가 소리쳤다.

"어어. 갈게."

허재성은 무언가를 황급히 주머니에 집어넣고 테이블을 정리했다. 그리고 컵을 싱크대로 가져가 급히 음료를 부어버렸다.

"내가 마무리 설거지할게요."

허재성은 서둘러 컵에 잔뜩 묻은 음료를 씻어냈다. 이석류의 눈을 피해 허둥지둥 설거지를 마친 허재성은 흔들리는 눈으로 진실을 힐끔 쳐다보고 주머니 속을 확인했다.

"집에 가자."

진실은 고된 하루를 빨리 마무리하고 싶어 직원들에게 퇴근을 먼저 언급했다. 허재성과 이석류는 얼른 외투를 챙겨 입고 나왔다.

"다들 오늘 수고했어. 조심히 가."

진실은 기어들어가는 목소리로 직원들에게 인사하고 집으로 걸어갔다. 카페에서 욕설을 듣고 한참 눈물을 쏟은 후여서 그런지 온몸엔 기운이 없었다. 터벅터벅 걸어 편의점에 들러 맥주를 샀다. 정신을 쏙 빼놓는 저녁 시간을 보낸 탓인지 집에 맥주가 남아있다는 걸 알지 못했다. 보일러를 켜고 맥주를 냉동실에 넣고 바로 씻었다. 샤워 때마다 자신을 학대하듯 씻었다. 그래야만 자신에게 끈적이며 달라붙은 더러운 기억들을 씻어낼 것 같았다.

오늘은 숨 막히게 더러운 기억이 하나 더 들러붙어서 그런지 평소보다 더 세게 긁어댔다. 얼마나 긁었는지 다시 한참을 울다 샤워를 마무리했다. 정신적으로 너무나도 고단한 하루였다. 조금씩 진실의 목을 조여드는 일들이 늘어갔다. 이민준. 경찰. 기자. 남자 손님. 그러고 보니 모두 다 남자임을 느끼며 맥주를 마셨다. 과자안주를 먹었다. 마시고 또 마셨다. 먹고 또 먹었다. 그렇게 정신 잃고 하루가 지나갔다.

21

허재성은 뒤돌아보지 않고 걸이 카페를 벗어났다. 감시받는 사람처럼 주머니 속 물건에 손대지도 못하고 마구 뛰는 가슴을 안고 현관문을 열었다. 가로등 불빛을 가득 받아 은은한 붉은빛으로 물든 창문이 허재성을 바라보고 있었다. 더듬는 손길로 방을 밝히고 주머니 속 물건을 침대 위로 모두 쏟아냈다. 동전. 카드지갑. 열쇠 그리고 삐뚤게 접힌 종이가 침대 위에 널브러졌다. 허재성은 침대 끄트머리에 앉아 종이를 집어 조심스럽게 폈다.

'뉴스 보고 떠오른 곳이 여기였는데 혹시나 가 역시나 로. 돼지 같은 아줌마가 우리 이민준을 성폭행했다며? 클럽에서 당신이 이민준을 성폭행하고 그렇게 좋아했다며. 좋냐? 미친 발정 난 년아! 이민준은 지금 병원에 입원해있대. 정신적으로 충격을 받아서! 근데 당신은 이렇게 돈 벌고 있네. 가증스럽게 손님 받으면서! 아주 돈에도 환장했고 어린 남자한테도 환장했구나. 시발 미친 돼지 년아. 너 같은 건 망해야 해. 내가 너 망하도록 앞장설 거야. 네가 만든 음료 마신 거 다 토해내는 거니까 놀라진 마! 이 정도는 약과니까! 죽어! 당장 죽어! 너 같은 강간범은 지구상에서 없어져야 해. 재수 없는 돼지 시발년아!'

　허재성은 쪽지에 적힌 내용을 몇 번이나 읽고 읽었지만 상상도 할 수 없는 내용이었다. '뭐야……. 이거 진짜야……?'라는 속마음이 스멀스멀 기어올랐다. 며칠 전 여자 손님들이 은밀히 속삭이며 이민준 이름을 입에 올리던 기억이 머리를 스쳐갔다. 그리고 그때 들었던 다른 단어도 마저 떠올리며 마른침을 삼켰다. 목울대가 꿀렁이며 침 넘기는 소리가 조용한 방 안을 가득 채웠다. 그 단어는 성폭행이었다. 떨리는 손으로 쪽지를 꽉 쥔 채, 헛소리 치부했던 여자 손님들 대화를 떠올리려 집중하는 그때 휴대전화가 울렸다. 온몸을 부르르 떨며 흘러나오는 시끄러운 벨 소리가 조용한 방 안을 흔들었다. 허재성은 깜짝 놀라 고개를 돌리고 식탁으로 걸어갔다.

"여보세요."

"알바 끝났어?"

"어? 어. 끝났어."

"뭐야. 끝났는데 전화도 안 하고."

"미안. 미안. 정신없는 일이 있어서……."

"무슨 일이길래 그래?"

"응? 아냐 아무것도."

"뭔데? 왜 숨겨? 내가 알면 안 되는 일이야?"

"아니 뭐. 그냥……."

"너 바람 피냐? 그런 거야?"

"무슨 소리 하는 거야. 바람은 무슨 바람이야!"

"여자 얘기 아니면 왜 나한테 아무 말도 못 하냐고!"

"그런 거 아니야. 좀."

"그런 거 아니면 뭔데! 얘기도 안 하고 클럽에 가질 않나! 퇴근하는데 전화도 안 하고! 내가 의심 안 하게 생겼어? 클럽에서 여자 만났지!"

"그만해. 아니라고. 왜 그렇게 의심하는데. 나 좀 믿어주라!"

"……. 그래. 다 내 의심 때문이네."

318

"……."

"끊을게."

그렇게 여자친구 전화는 끊어졌다. 허재성은 쪽지에 관해 얘기하지도 못하고 끊겨버린 전화를 침대에 던져버리고 소리를 질렀다.

"악악악. 이걸 어떻게 얘기하냐고! 상식적으로 말이 돼야지!"

답답한 마음에 허재성은 소리를 질렀다. 여자친구에게 다시 전화 걸었지만 받지 않았다. 허재성은 답답한 마음을 가득 안고 샤워하러 갔다. 샤워하며 생각했지만 도저히 믿어지지 않았다. 보란 듯이 테이블에 펼쳐놓았던 쪽지 그리고 머그잔에 한가득 뱉어놓은 가래와 침. 손님들이 테이블에 남겨놓고 간 끈적하고 불쾌한 흔적을 대면한 순간이 머릿속을 빙빙 맴돌았다. 그리고 클럽에서 진실과 이민준, 둘만이 먼저 사라졌다는 생각이 끈질기게 마음속으로 파고들었다. 진짜 무슨 일이 생겼을지도 모른다는 생각이 서서히 자리 잡았다.

샤워를 마치고 스마트폰으로 기사를 검색했다. '카페 알바생 성폭행'이라는 검색어가 불러낸 기사를 읽으며 아랫입술을 잘근잘근 씹고 있는 허재성의 모습이 거울에 비쳤다. 기사를 읽는 순간 이민준이 성폭행당했을지도 모른다는 생각이 희미하게 마음속에 자리잡아갔다. 저녁에 쪽지를 남기고 간 손님도 뉴스 기사를 확인하고 화를 참지 못한 것은 아닐까 생각했다. 댓글도 수십 줄이 달려있었다. 죄다 진실을 욕하는 내용이었다. 차마 입에 담기조차 거부감이 드는 욕설. 성희롱. 모욕. 인신공격……. 더 읽다가는 자신조차 기사 내용에 동의하는 댓글을 남길 것 같아 스마트폰 화면을 닫아버렸다.

머리는 복잡하고 난잡한 생각들로 가득 차 점점 띵하게 어지러워졌다. 거칠고 불쾌한 댓글을 계속 보다 보니 피곤했는지 금방 잠들었다.

따뜻하고 조용한 방과 달리 창밖엔 여전히 찬바람이 불고 있었다.

진실은 아침 일찍 카페로 왔다. 도저히 입맛이 돌지 않아 김밥 한 줄도 먹지 않고 물만 연거푸 마셔댔다. 어제저녁에 있었던 일을 어떻게든 잊어보려고 아침부터 정신없이 일을 했다. 테이블 위치도 바꿔보고 화분도 이리저리 옮겨보았다. 처음 카페 오픈하는 날처럼 두 번씩 청소하고 직원들이 저녁에 했을 화장실 청소도 괜히 해보았다. 그래도 영업 시작까지 시간이 남는지 머그잔들을 모조리 꺼냈다. 얼룩진 커피 자국을 지우기 위해 베이킹소다를 한 숟갈씩 머그잔에 넣고 뜨거운 물을 가득 부었다. 10분 후 수세미로 닦고 깨끗해진 컵을 다시 진열했다. 그리고 첫 손님이 들어온 시간은 10시 30분이 지나서였다. 첫 손님은 카푸치노 한 잔. 아메리카노 두 잔을 가지고 밖으로 나갔다. 한동안 손님이 오지 않아 진실은 캐럴이 흐르는 카페를 혼자 지키고 있었다.

"뭐야. 오늘 왜 이렇게 손님이 없는 거야."

마수걸이 이후 이상할 정도로 손님이 오지 않자 혼자 중얼거렸다. 음료 만들고 테이블 정리하며 바쁜 시간 보낼 줄 알았던 진실은 한가한 시간을 보내자 여러 생각들이 연이어 떠올랐다.

"바빠야 한다. 바빠야 해."

자신에게 외치며 카펫이라도 털려고 출입구로 걸어갔다. 카펫을 들어 올리는 진실의 눈엔 손님들이 줄이어 들어가는 옆 카페 모습이 들어왔다.

"저기는 손님이 많은데……."

진실은 카펫을 내려놓고 조심스럽게 옆 카페로 살금살금 걸어갔다. 옆 카페는 반 이상 손님이 찰 정도로 사람이 많았다. 자신의 카페가 텅 비어있는 것과 다르게 평소보다 손님이 훨씬 많은 옆 카페 상황을 마주한 진실은 힘없이 돌아섰다.

"왜 저기만……."

손님들 대화 소리 가득한 옆 카페와는 다르게 캐럴만 울리는 자신의 카페를 바라보는 진실의 마음은 어수선해졌다. 마수걸이 이후 손님을 받지 못한 상태로 12시를 맞이했다.

"저 왔어요."

조용하고 주춤하는 목소리가 들려왔다. 허재성이었다. 저녁에 마주한 쪽지와 기사 내용에 마음은 한없이 심란했지만 일단 카페로 나왔다.

"뭐야? 손님 없어요? 왜 이렇게 조용해요?"

"모르겠다. 오늘 이상하게 손님들이 없네."

"아……. 서 일단 준비하고 니올게요."

허재성은 휴게실로 들어서다 진실을 슬쩍 바라보고 입술을 다물며 조용히 한숨을 내쉬었다.

"사람들이 기사를 본 거 아냐? 카페 추정하는 글도 여럿 있던데. 그래도 그렇지 너무 사람이 없는데……."

사람들이 기사를 본 것이라 생각했지만 한 테이블조차 없는 상황을 마주하니 조금은 당황한 허재성이었다. 물론 허재성 본인도 진짜일지도 모른다는 생각을 안 한 건 아니지만 카페가 텅 빌 정도로 사람들이 모두 알 거라는 생각은 못 했다. 궁금하지만 차마 먼저 물어볼 용기가 나진 않았다. 그냥 입 다물고 넘어가면 시간이 해결해 줄 거라 생각했다. 허재성은 적막감마저 흐르는 카페에서 진실과 둘이 있을 자신이 없어서 짐정리마저 느릿하게 했다.

"어서 오세요."

밖에서 들려온 밝은 진실의 목소리였다. 드디어 손님이 왔구나 생각하고 얼른 밖으로 나갔다. 주문하려고 여자 손님 3명이 서 있는 것을 보고 허재성은 안심했다. 그리고 곧바로 커플로 보이는 2명이 또 들어왔다. 다시 기운 솟은 진실은 음료를 만들고 허재성은 손님테이블로 음료를 가져갔다.

"그럼 그렇지."

또 들어서는 손님을 보며 허재성은 조용히 혼잣말을 했다. 다행이라 생각했다. 모든 사람이 기사를 읽지 않았겠지만, 읽은 손님들 중에도 믿지 않는 사람들이 있다는 생각이 허재성을 위로했다. 그렇지 않으면 설마 와 진짜구나라는 생각을 왔다 갔다 하는 자신의 마음이 한쪽으로 완전히 기울어버릴 것 같았다. 허재성은 기사 내용 자체를 믿고 싶어 하지 않았다.

카페를 찾는 손님들이 늘어났지만 평소보다는 적었다. 진실과 허재성은 여유로운 시간을 보내며 손님들을 맞이하고 있었다. 그렇게 시간은 흘러 1시를 막 넘어서던 그때 카페 앞으로 승용차 한 대가 천천히 다가왔다. 뒷좌석 문이 열리고 중년여성이 차에서 내려 카페로 들어왔다.

"어서 오세요."

중년여성은 인사를 받지도 않고 메뉴판을 슬쩍 바라봤다.

"아메리카노 테이크아웃으로. 아주 뜨겁게."

중년여성은 '아주 뜨겁게'를 강조하고 카운터 앞을 왔다 갔다 했다.

"아메리카노 나왔습니다."

"고마워요. 근데 여기 카페 주인이에요?"

중년여성은 커피를 받고서 진실에게 단단하지만 낮은 목소리로 대뜸 질문을 던졌다.

"네 제가 여기 사장입니다."

"아, 성함은 진실 씨 맞죠?"

중년여성은 커피 뚜껑을 슬며시 열며 부릅뜬 눈으로 진실을 똑바로 바라보며 물었다.

"그런데요. 근데 어떻게 제 이름을······."

어제저녁 남자 손님 사건을 겪어서 그런지, 주인인지 묻고 심지어 이름까지 알고 있는 중년여성의 존재가 께름칙해져 경계

하며 뒷걸음쳤다. 대답을 들은 중년여성은 갑자기 얼음장처럼 얼굴이 싸해지며 가시 돋친 날카로운 소리를 질렀다.

"너구나. 네가 우리 아들 성폭행한 년이구나!"

그랬다. 중년여성은 이민준 엄마였다. 이민준 엄마는 이를 악물고 뜨거운 커피를 진실을 향해 뿌렸다. 가득 담긴 뜨거운 커피가 넘쳐 자신의 손이 뜨거워지는 것은 아랑곳하지 않고 내던지듯 뿌렸다. 뒷걸음치던 진실은 자신을 향해 날아오는 뜨거운 커피를 피해 몸을 오른쪽으로 틀었다. 다행인지 불행인지 약간의 커피가 왼쪽 허벅지 부분을 조금 적셨다.

"앗, 뜨거!"

얼마 묻지 않은 커피지만 진실은 뜨거움을 참지 못하고 비명을 질렀다.

"너 이년 이리와!!"

이민준 엄마는 뜨거운 커피에 데어 허벅지를 붙잡고 쓰러진 진실을 향해 뛰어갔다. 커피 묻은 부분을 황급히 털어내는 진실을 향해 핸드백이 날아왔다.

"우리 귀한 아들을 네가 성폭행해서 우리 아들이 얼마나 충격을 받았는지 알아."

또다시 핸드백이 진실의 머리를 강하게 때렸다. 진실은 머리를 두 손으로 감쌌다.

"너 오늘 내 손에 죽어봐! 이 돼지 같은 년아!"

이민준 엄마는 온 힘을 다해 손바닥으로 진실의 등, 머리를 강하게 때렸다.

"악, 왜 때려. 당한 건 나라고."

"뭐, 이년아! 어디 뚫린 입이라고 거짓말이야. 오늘 너 죽고 나 죽자."

진실은 머리를 감싼 채 바닥에서 계속 맞고 있었고 이민준 엄마는 고래고래 소리치며 사정없이 손바닥, 주먹 그리고 핸드백을 휘둘렀다.

"뭐야, 뭐야. 무슨 일이야."

카페 손님들은 시끄럽고 자극적인 대화 내용에 자석처럼 이끌려 카운터로 몰려들었다. 서로서로 무슨 일인지 묻는 소리가 여기저기서 터져 나왔다. 처음부터 둘의 대화 내용을 듣고 있는 손님들이 여기저기 퍼트리는 소리가 진실의 귀에 들렸다. 작은 소리들은 점점 커져 카운터 사방에서 들렸다.

"야야, 저 카페 사장 아줌마가 성폭행했대."

"헐! 진짜야? 야야 찍어, 찍어. 일단 찍어봐."

"나도 기사 봤어. 여기서 아르바이트했던 대학생이라고 하

326

던데?"

"맞아. 맞아. 의대생!"

"여기 알바 했던 의대생이면 이민준 아냐?"

"뭐? 그 이민준? 잘생긴 그 이민준?"

"대박사건이다!! 카페 사장이 이민준을 성폭행했다."

"으악!! 미친년!! 우리 민준이 어떡해!"

"시발. 내가 저년 죽여 버리겠어."

"역겹다. 시발. 야. 나가자 나가. 토하겠다."

"있어 봐. 구경 중엔 싸움구경이 제일 재밌는데 어딜 가."

"아줌마! 저 강간범 죽여 버려요."

"미친년. 재수가 없으려니까 강간범이 만들어준 커피 마셨
어."

"개 같은 년! 우리가 너 같은 년 강간하라고 커피값 냈냐!"

"차라리 호빠를 가지 그랬냐."

"완전 또라이 아냐. 어떻게 열 몇 살이나 어린 남자애를 강간
할 수 있냐. 완전 미친 거지."

"인간 아냐. 저 정도면 그냥 돼지야. 발정 난 돼지."

허재성은 화장실에서 큰일을 보다 시끄러운 고함과 비명이
들려. 급히 마무리하고 화장실을 뛰쳐나왔다. 눈 앞에 펼쳐진

광경을 보고 자신도 모르게 멈춰 서버렸다. 카페 손님 모두가 카운터를 둘러싸고 진실에게 살인적인 폭언, 욕설을 퍼붓고 있었다. 그들은 점점 성난 폭군들로 변해갔다. 그 무리들 한가운데엔 이민준 엄마가 분노를 가득 담은 주먹질을 진실에게 마구 날리고 있었다. 카페 주변엔 사람들이 더 모여 있었다. 입에 담기 어려운 말소리가 문밖으로 퍼져나가 사람들을 끌어모았다. 사람들은 시끄럽고 난장판 된 광경에 이끌려 카페로 몰려들었다. 그들은 호기심 가득한 눈길로 기웃거리며 자기들끼리 또 말을 주고받았다.

"여기 뚱뚱한 아줌마가 어린 남자애를 성폭행했대."

"남자가 반항 한번 하지도 못하고 당했다네."

"저게 무슨 꼴이야. 나이 먹어서 어린 남자 뒤꽁무니만 졸졸 따라다니고."

"아주 영계 좋은 건 알아가지고. 드디어 발정 난 거지."

"딱 봐. 저 나이 되도록 결혼도 못했는데 남자랑 자기는 해봤겠냐?"

"미쳤냐? 너 같으면 저 돼지 같은 년이랑 자겠냐? 나 같으면 죽었다 깨어나도 못해."

"그니까. 그 남자애 완전 불쌍해. 나 같으면 죽어버렸을 거야."

"돈도 많이 벌면서 왜 남자를 강간했대? 그냥 호빠나 가지."

허재성은 사람들을 비집고 카운터로 향했다. 여전히 이민준 엄마는 진실을 폭행하고 있었다. 진실은 머리를 감싸고 한껏 웅크린 채 쏟아지는 폭력을 온몸으로 받아내고 있었다.

"이러지 마세요. 차라리 경찰을 부르세요."

허재성이 이민준 엄마를 말리며 소리쳤다.

"놔. 이거 안 놔!"

"말로 하세요!"

몰려든 사람들은 진실을 욕해대며 둘의 대화를 듣고 있었다.

그때, 뒤에서 누군가가 몰려든 사람들을 힘겹게 비집고 카운터 쪽으로 얼굴을 내밀었다.

"사장님 어디 갔어? 아니 진실 이 미친년 어디 있어!"

분노가 잔뜩 묻어 격앙된 목소리가 날카롭게 울려 퍼졌다. 그 목소리의 주인공은 이석류였다. 잔뜩 흥분한 이석류는 진실의 얼굴을 보자 고함을 더욱 질러댔다. 이석류는 뒤집어진 눈으로 무언가를 찾으려 이리저리 고개를 돌리다 손을 급하게 뻗었다. 허우적대던 손은 머그잔을 꽉 쥐었다.

"죽어. 이 시발 미친년아!"

귀를 찌르는 고함을 지르며 분노를 담아 머그잔을 던졌다. 머그잔은 벽을 강하게 때리며 산산이 부서졌다. 상스러운 욕을 해대며 모여 있던 사람들은 마구 튀는 머그잔 조각을 피해 이리저리 흩어졌다.

"우리 민준이한테 왜 그런 거야! 민준이한테 무슨 일 생기면 진짜 죽여 버릴 거야."

이석류는 머그잔을 또다시 번쩍 집어 들었다. 진실을 바라보는 이석류의 눈빛은 살기로 이글거렸다.

"정신 차려, 이석류."

이민준 엄마를 말리던 허재성은 이석류 어깨를 붙잡고 흔들며 소리쳤다. 허재성을 바라 본 이석류의 감정은 요동치며 흔들렸다.

"재성아······."

이석류는 부들부들 떨며 눈물을 주르륵 흘리다 잠시 후 온몸의 힘이 스르륵 풀려 주저앉았다.

"재성아. 우리 민준이 어떡해. 민준이 불쌍해서 어떡하면 좋아."

이석류는 재성의 품에 안겨 흐느껴 울었다. 이민준 엄마도 바닥에 쓰러져 울고 있었다. 사람들을 비집고 남자 한 명이 들어왔다. 이민준 엄마가 타고 온 차량을 운전한 남자였다.

"사모님 괜찮으세요? 큰일 났네."

그 남자는 이민준 엄마를 부축하고 밖으로 나갔다. 이민준 엄마도 얼마나 힘겹게 울었는지 남자에게 축 늘어진 몸을 맡기고 어렵게 걸어 나갔다.

"우리도 가자."

허재성은 쓰러져 하염없이 울고 있는 이석류를 부축해서 일어났다. 다들 돌아가라는 말과 함께 허재성은 이석류를 데리고 밖으로 나갔다.

"걸을 수 있겠어?"

이석류는 초점 없는 눈을 한 채 메마른 얼굴로 고개를 끄덕였다. 그렇지만 두세 발자국 내딛고는 이내 쓰러졌다.

"걷기는 무슨. 야! 업혀."

허재성은 축 늘어진 이석류를 업고 걸어갔다.

한편, 시끄러운 싸움 소리에 모였던 사람들은 흥미를 잃었는지 차츰 흩어지기 시작했고 카페 손님들도 주섬주섬 짐을 챙겨 떠났다. 싸움 구경으로 카페 주변으로 모여든 사람들과 달리 카페 손님들은 떠나면서 진실에게 욕을 해대고 있었다. 이미 그들은 진실이 이민준을 성폭행했다고 생각하고 믿고 있었다. 심지어는 카페 머그잔 같은 물건들을 가방에 쑤셔 넣어 몰래 가져가기도 했다.

진실은 바닥에 웅크린 채 울고 있었다. 어쩌다가 일이 이렇게 되었는지 도무지 이해되지 않았다. 분명히 성폭행 피해자는 자신인데 왜 사람들은 가해자라고 욕하고 손가락질하는지 받아들이기 힘들었다. 사람들이 떠나갔다. 제일 먼저 어떤 남자의 부축을 받고 진실을 무자비하게 폭행하던 이민준의 엄마가 떠나갔다. 이석류는 저번처럼 카톡이 아닌, 목소리와 폭력을 잔뜩 남기고 허재성과 함께 멀어져갔다. 그리고 카페 손님들은 모욕적인 말과 쓰레기를 잔뜩 남기고 사라졌다. 모두가 바람처럼 떠난 자리는 겨울바람이 가득 채웠다. 그렇게 진실은 혼자 덩그러니 남겨졌다.

떠나는 사람들의 말 소리와 발걸음 소리가 점점 멀어지고 무거운 적막이 찾아왔다. 진실의 귓가를 맴돌던 웅성웅성 대는 소리가 모두 사라졌다. 조용히 흐르고 있어야 할 캐럴음악도 자취를 감추었다. 폭행으로 아수라장이 됐을 때 스피커 연결선도 망가져 버린 것 같았다.

온전히 모든 욕과 폭행을 혼자 감내하며 쓰러진 진실은 겨우겨우 정신을 차려가고 있었다. 차가운 땅을 짚고 겨우 무거운 몸을 일으켰다. 여기저기 할퀴고 찢기고 욱신욱신했다. 얼마나 세게 쥐어 뜯겼는지 머리카락이 온 사방에 낭자하게 흩어져 있었다. 진실은 한숨조차 내쉬지 못하고 멍하니 벽에 기대앉았다. 그렇게 한참을 앉아있다 따끔거리는 통증을 느껴 바닥을 짚고 있던 오른손을 바라봤다. 머그잔 조각이 날 선 얼굴로 진실을 바라보고 있었고 오른손은 새빨간 피로 잔뜩 물들고 있었다. 조심스럽게 머그잔 조각을 뽑고 흐린 눈으로 주변을 둘러봤다. 산산이 부서진 머그잔 조각이 날카로운 발톱을 세우고 진실의 몸을 둘러싸고 있었다. 다시 달려들 것 같은 불안감이 몸을 휘감았다. 카운터를 잡고 끙끙대며 일어섰다. 무거운 몸을 휘청이며 화장실로 들어가 피를 씻어냈다. 흐르는 물은 붉게 물들며 세면대를 지나 하수도로 흘러들어갔다. 왼손에 물을 묻혀 겨우겨우 눈물, 콧물 범벅인 얼굴을 닦아냈다. 세수하는 그때서야 입술이 터졌다는 것도 알았다. 오른손을 물들이던 피가 옅어지며 통통한 손이 드러났다. 점점 창백해지는 손을 비집고 붉은 피가 꾸물꾸물 기어 나오려 하고 있었다. 진실은 세면대 물을 잠그고 화장실을 나갔다.

모든 게 싫었다. 자신을 폭행하고 모욕했던 사람들 흔적이 고스란히 남은 카페를 온전한 정신으로 마주할 자신이 없었다.

그래서 진실은 급히 옷을 챙겨 입고 문을 잠그고 그대로 떠나 버렸다.

허재성은 이석류를 업고 걸어가고 있었다.

"나 이제 내려줘."

이석류가 힘없이 건네는 말에 허재성이 대답했다.

"괜찮겠어?"

"이제 괜찮아. 내려줘."

허재성은 이석류가 또 쓰러지진 않을까 하는 생각에 조심히 쪼그려 앉았다. 다행히 제대로 서서 걸어가는 이석류였다.

"어떻게 된 거야? 도대체 이게 다 무슨 일이야."

"재성아."

"그래 석류야. 얘기 좀 해봐봐."

"어디 앉을만한 곳 없을까? 조용한 곳으로 가자."

아르바이트 하는 카페에서 난리 치고 나왔지만 카페 말고는 마땅히 갈 곳이 없었다. 술이라도 한잔 하고 싶었지만 너무 이른 시간이라 어쩔 수 없이 카페로 가기로 했다. 그나마 손님들이 많지 않은 카페가 있어서 그곳으로 들어갔다.

"얘기해봐 봐."

"어디서부터 얘기해야 할지 모르겠어."

"그냥 아는 거 다 얘기해봐."

이석류는 잠시 망설이다 어렵게 입술을 뗐다.

"어제 아르바이트 끝나고 토익공부하다 새벽에 자고 오늘 늦게 일어났거든. 그래서 밥도 대충 챙겨 먹고 준비하는데 친구한테 카톡이 온 거야. 너도 알지 왜 성희라고."

"아. 그 한 번씩 카페 놀러 오는 네 친구?"

"응. 먼저 링크 하나 보냈더라고. 그래서 바로 읽었지. 이 기사 뭐지라고 생각하는데 바로 또 카톡이 오더라. 그 기사가 민준이 하고 그 미친년이라고 하더라고. 그래서 바로 친구한테 전화했지. 친구는 어떻게 알았는지 이런저런 얘기를 해주는데 대충 맞는 거 같은 거라. 2주년 파티에서 둘이 갑자기 사라졌고 어쩌고 하다가 결정적인 얘기를 해주더라고. 민준이가 한국대병원에 입원해있다고 하더라. 경찰 조사 받다가 쓰러졌대. 그래서 바로 민준이한테 전화했는데 어쩐 일인지 받더라고. 며칠 동안 연락 안 됐는데. 그래서 어디냐고 물었는데 그냥 좀 아팠다고만 얘기하더라. 그래서 조심스럽게 물었지. 많이 아프냐고 괜찮냐고. 한동안 아무 말도 안 하더니 민준이가 울더라. 어떻게든 이겨내 보려고 했는데 그 미친년이 태연하게 돈 벌고 우리 아르바이트생이랑 희희낙락거리며 웃는 거 보고 너무 힘들었대. 그래서 신고하러 갔다가 경찰서에서 마주치고 쓰러진 거래."

미동도 없이 이야기 듣던 허재성은 점점 얼굴이 굳어졌다. 허재성은 자신이 헛소리 치부했던 손님들 대화 내용, 떨리는 마음으로 남들 몰래 집에서 혼자 읽었던 쪽지 내용이 떠올라 얼굴이 화끈해졌다. 거짓이라고 여겼던 대화와 쪽지 글이 얼굴을 싹 바꿔 사실이 되어 허재성을 찾아왔다. 무거운 침묵이 흐르고 흘렀다. 허재성은 무거운 한숨을 내쉬며 물었다.

"민준이는 뭐래? 괜찮데?"

"괜찮다고 말은 하는데……. 아닌 거 같아."

"그렇겠지. 그런 일을 당했는데 어떻게 괜찮겠어. 완전 미친 년 아냐!"

"……. 민준이 별일 없겠지?"

"괜찮을 거야. 부모님께서 잘 돌봐주시겠지. 귀한 아들인데……. 아, 왜 민준이 어머니가 오셔서 난리 치셨는지 이제 이해되네……."

"뭐? 민준이 어머니도 오셨다고?"

"응. 너 오기 직전에 민준이 어머니가 먼저 오셔서 난리 났었어."

"그래서 사람들이 그렇게 많았구나."

"너도 제정신이 아니어서 몰랐구나."

"몰랐지. 오로지 그 시발년 죽이겠다는 생각밖에."

"진짜. 뒤통수를 때려도 이렇게 때리냐. 우리 위하는 척은 혼자 다 하더니. 뒤에서는 얼마나 침을 질질 흘렸겠어. 도대체 언제부터 민준이를 노린 거야! 아주 역겹다 역겨워!"

"나 민준이한테 너무 미안해. 클럽 예약한 사람이 나잖아. 그래서 괜히 나 때문인 거 같아."

또다시 눈물 보이는 이석류를 달래려 허재성은 격한 말을 또다시 쏟아냈다.

"그게 왜 네 탓이야. 그 개 같은 년이 미쳐서 그런 거지. 네 탓 아무것도 없어. 함부로 그런 생각 하지 마. 다시는 그년이 접근 못 하도록 민준이부터 지켜. 그년 내가 망하게 만들어버릴 거야."

"나 민준이 어떻게 해서든 지킬 거야. 그 돼지 같은 년 내가 진짜 가만 안 둬. 사회적으로 매장시킬 거야."

그들은 진실 욕을 해대며 시간을 보냈다. 그렇게라도 해야 분이 풀릴 거라고 생각했는지 입에 담기 힘든 말도 스스럼없이 내뱉었다. 그러나 정작 자신들을 속인 사람이 누구인지 그들은 꿈에도 생각하지 못했다. 이석류는 이민준이 자신과 연락하며 지낼 때 얼마나 많이 웃고 즐겁게 지냈는지 까맣게 잊어버렸다. 아니 오히려 그 아픔을 잊기 위해 일부러 밝게 지냈다고 생각했다. 그렇게 굳게 믿고 있으니 진실의 얘기를 들어보지도 않고 카페를 찾아 무지막지하게 고함지르고 공격해버렸다.

그리고 허재성도 정확한 사실은 모른 채 건너들은 얘기에 흥분했다. 오히려 자신이 겁나서 진실에게 직접 묻지 못했다는 사실은 철저하게 외면했다. 조금만 용기 내 이상한 소문이 들리던데 어떻게 된 거냐고 한마디만 먼저 물었어도 이렇게 상황이 악화되진 않았을 텐데도 오히려 모든 잘못을 진실 낮으로 몰고 갔다.

한참을 그렇게 진실 욕을 하며 화풀이를 했다. 마음을 무겁게 누르는 바윗덩어리를 옮기기엔 욕하는 게 최고라는 듯 어느 누구보다 앞장서서 험한 말을 거침없이 입에 올렸다. 그리고 그들은 당장 아르바이트를 그만두기로 약속했다.

22

진실은 악몽 같은 밤을 보내고 넋 나간 얼굴로 꼭두새벽에 카페로 갔다. 모든 걸 다 잊고 어떻게든 자려고 노력했지만 허사였다. 이불을 뒤집어쓰고 눈을 감으면 감을수록 낮에 있었던 일이 생생히 떠올라 목을 조여 왔다. 견디지 못하고 침대 위에 쪼그려 앉아 겨우겨우 밤을 보냈다. 멍한 얼굴과 큰 소리로 떠드는 TV만이 방 안을 쓸쓸히 채우는 고독한 밤이었다.

카페는 난장판으로 변한 얼굴로 진실을 기다리며 추운 밤을 적막 속에서 보냈다. 진실의 모든 것이었던 카페는 조금씩 무너져가고 있었다. 카운터를 가득 채웠던 머그잔들은 반 이상 산산조각 나버렸고 커피머신도 원두를 잔뜩 쏟은 채 바닥에 떨어져 뒹굴고 있었다. 깨끗한 공기를 담당하던 화분들도 뿌리가 드러날 정도로 깨지거나 넘어져 바닥을 뒹굴었고 테이블과 의자 역시 여기저기에서 내팽개쳐진 채 진실을 기다리고 있었다. 진실은 아무 말도 없이 정리하기 시작했다. 평소처럼 청소할 때 흘러나오던 캐럴은 자취를 감추고 적막만이 감돌았다.

제일 먼저 쓰러진 테이블과 의자를 제자리로 돌려놨다. 사람들이 얼마나 마구잡이로 테이블과 의자를 밀고 넘어트렸는지 여기저기 긁히고 쓸린 자국이 알려주었다. 의도적인지 아닌지 알기 힘든 발자국들은 진실의 마음에 더 깊고 진한 발자국을 새겼다. 처음부터 발자국이 없었던 것처럼 힘주어 걸레로 박박 닦아냈다.

다음 정리는 화분이었다. 쓰러진 화분은 세우고 깨진 화분은 흙과 함께 신문지 위에 조심히 올려 휴게실 구석에 모아 놨다. 오전에 꽃집에 들러 다른 화분에 옮겨 담아 다시 살리려는 계획이었다. 비교적 쉽게 끝난 화분과 다르게 가장 어지러운 곳은 카운터 쪽이었다. 온 사방에 튀어있는 머그잔 조각들. 혼자 힘으로 옮기기 힘든 커피머신과 쏟아져 나뒹구는 원두들 그리고 마구 흩어져 있는 잡동사니들……. 이 모든 것들을 혼자 정리해야 한다는 생각에 깊은 한숨이 저절로 흘러나왔다

화분 정리할 때 썼던 신문지 뭉치를 다시 가져왔다. 먼저 큰 조각들을 따로 모아 신문지로 감쌌고 원두와 작은 조각들 역시 빗자루로 쓸어 모아 신문지로 감쌌다. 그러고선 물걸레로 바닥을 조심조심 두 번 닦아냈다. 그다음 흐트러진 잡동사니를 원래 뒀던 자리로 다시 돌려놓았다. 이제 남은 건 고꾸라진 커피머신이었다. 진실은 두툼한 허리에 두 손을 얹고 생각에 빠졌다. 무거운 기계를 여자 혼자 힘으로 옮길 수 있을지 생각하고 있었다. 누군가의 도움이 필요했지만 동트지 않는 새벽에 카페

앞을 지나는 사람은 찾으려 해도 찾을 수 없었다.

한참을 고민하던 진실은 어쩔 수 없이 혼자 힘으로 옮겨보기로 했다. 어릴 적부터 누구보다 힘만큼은 자신 있었던 진실이기에 집중해서 힘을 모으면 가능할지도 모른다고 생각했다. 혹시나 기계 잡을 손이 미끄러질까 봐 고무장갑까지 꼈다. 심호흡을 한 진실은 머신을 힘껏 잡았다. 머그잔 조각에 찔린 오른손이 욱신거리며 아팠지만 참아낼 만했다. 거친 기합 소리와 함께 커피머신을 잡고 일어서려 온몸에 힘을 가득 주었다. 어디서 그런 힘이 나왔는지 커피머신 옮기는 일은 생각보다 어렵지 않았다. 카운터에 커피머신 끄트머리를 걸쳐놓고 잠시 숨을 골랐다. 그리고 두툼한 온몸으로 기대듯 커피머신을 밀었다.

차가운 바닥을 나뒹굴던 커피머신이 드디어 제자리로 돌아왔다. 진실은 혼자 힘으로 어려운 일을 해냈다는 만족감으로 희미하게 웃어 보였다. 중학생 때까지 유도선수 생활했던 경험이 지금처럼 힘든 상황에 요긴하게 쓰일 줄은 몰랐다. 태생적으로 타고난 힘이기도 했지만 그때 길렀던 근력이 커피머신을 드는데 한몫을 했다. 눈에 띄는 문제점들을 대충 정리하고 나니 이제야 카페 같은 느낌이 들었다.

어느 정도 정리를 마치고 진실은 의자에 앉아 잠시 쉬며 카페를 둘러봤다. 자신이 하나하나 꾸미고 가꾼 카페가 한순간에 난장판이 됐다는 사실을 이제는 조금씩 받아들여야 했다. 앞으로 하루하루가 평탄하지 않을 것임을 온몸으로 느끼고 마음을 다잡으려 노력했다. 자신의 모든 것인 카페만은 무슨 일이 있어도 지키자고 다짐했다. 그 굳은 마음을 안고 평소처럼 청소부터 시작하기로 했다.

청소를 마치고 둘러본 카페는 줄어든 머그잔과 화분을 제외하면 평소와 다를 바 없었다. 새벽부터 바쁘게 움직여 청소까지 끝내고 시간을 확인하니 점점 카페 오픈 시간이 다가오고 있었다. 휴게실에서 앞치마를 걸치고 나온 진실은 손부터 씻고 커피머신에 원두를 채워 넣었다. 커피머신이 제대로 작동하는지 확인할 겸 아메리카노 한 잔을 만들었다. 어둡고 쓴 아메리카노를 마시며 손님을 기다리던 진실의 전화가 울렸다. 김민성의 전화였다.

"여보세요."

"사장님."

"너 어디니? 카페 오고 있지?"

김민성 목소리 너머로 아무것도 들리지 않고 조용한 게 이상했는지 진실이 먼저 물었다.

"저 오늘 못 갈 거 같아요."

"뭐라고? 갑자기 이렇게 펑크 내면 어떡해."

"집에 급한 일이 생겼어요."

"아무리 그래도 그렇지. 어제라도 얘기를 해줘야 대비를 하지."

"아 몰라요. 집에 일이 생겼는데 아르바이트가 대수예요. 내가 더 급하다고요."

김민성은 짜증과 무시를 잔뜩 담아 내쏘았다.

"뭘 잘했다고 그렇게 짜증이니?"

"몰라. 모른다고. 일하기 싫다고. 그냥 대충 알아들어. 어차피 손님들도 없을 텐데 뭔 걱정이야 시발 미친년아. 너 같으면 강간범이랑 일하고 싶겠냐! 더러운 년아. 우리 아빠가 처음으로 아르바이트 그만두라고 했다고. 너 강간범이란 거 부모님도 알게 돼서 알바 갔다간 나 부모님한테 맞아 죽는다고. 너한테 나마저 성폭행당할까 봐 너무 걱정하신다고 이 강간범아! 어디서 여자가 발정 나가지고 나대고 지랄이야. 더럽게. 끊어. 개 같은 년아. 아 그리고 알바 비는 잊지 말고 보내라. 죽여 버리기 전에."

갑작스런 욕설에 진실은 대꾸도 못 하고 눈만 껌뻑이고 있었다. 어제 이민준 엄마와 손님들에게 들은 모욕적인 말이 하룻밤 지나 다시 진실을 찾아왔다. 진실은 아무것도 하지 못하고 멍하니 카운터에 기대 서 있었다. 고요한 아침부터 마음은 요동치며 울어댔다. 진실이 할 수 있는 일이라곤 심호흡밖에 없었다. 어떻게 해서든 진정시켜야 한다고 생각했는지, 불규칙한 호흡을 내뱉는 진실의 거친 숨소리가 조용한 카페에 울리고 있었다.

거친 호흡은 차츰 진정됐고 진실은 김민성을 잊어버리기로 했다. 평소에도 일하기 싫어하는 티가 만연한 김민성이 없어진 게 오히려 잘됐다고 치부하기로 했다. 이렇게 마음먹고 나니 조금은 마음이 편해졌다. 그렇게 한차례 폭풍이 지나가고 오픈 시간이 돼 진실은 손님을 기다렸다. 평일에도 12시까지 혼자 했으니 조금만 빨리 움직이면 김민성 없이도 잘 할 수 있다고 생각했다.

하지만 10시가 한참 지났지만 진실의 카페는 음악만 흐를 뿐 손님들의 대화 소리는 울리지 않았다. 어느 정도 예상했는지 진실은 조금도 당황하지 않았다. 오히려 11시, 12시쯤 되면 다시 손님들이 찾아올 거라는 생각이 진실의 마음 한구석에 자리 잡고 있었다.

이러한 진실의 생각이 맞기라도 하듯 11시가 넘어서자 여자 손님 2명이 찾아왔다.

"어서 오세요."

"라테 한 잔이랑 아메리카노 한 잔 주세요."

진실은 여자 손님들에게 커피를 갖다 주고 돌아왔다. 그리고 또다시 손님들이 들어왔다. 예전처럼 많이 북적거리지는 않지만 손님들의 대화 소리가 카페를 차츰 채워가고 있었다. 그렇게 들어오는 주문을 계속 받고 커피를 만들어 손님들에게 갖다 드리고, 돌아오는 길엔 테이블 정리하며 바쁘게 움직이다 보니 문득 드는 생각이 있었다. 11시면 도착해서 같이 일하고 있어야 할 허재성이 출근하지 않았던 것이다. 진실은 휴대전화를 꺼내다 말고 어제 일을 떠올렸다. 이민준 엄마가 찾아와 행패 부려 카페가 난장판이 된 것은 기억나지만 허재성이 어떻게 떠났는지는 생각나지 않았다. 어찌 됐든 혼자 일하기엔 조금 버거운 상황이라 진실은 허재성에게 전화를 걸었다. 언제 출근할지 확인하려고 몇 번이나 걸었지만 허재성의 목소리는 들리지 않고 전화기엔 기계음만이 흘러나왔다. 그렇게 전화하는 와중에 손님들은 다시 카페를 찾아왔고 정신없이 전화를 끊고 주문을 받았다.

"저희 아메리카노 한 잔이랑 카페라테 한 잔 주세요."

주문하고 자리를 찾아 걸어가는 손님의 뒷모습을 바라보며 진실은 허재성에게 언제 출근할 건지 카톡을 보냈다. 그리고 스마트폰을 앞치마 주머니에 넣고 다시 음료를 만들었다. 밀린 음료를 만들고 테이블 정리하느라 바쁜데 허재성은 답장하지 않았다. 진실은 다시 한번 카톡을 보냈다.

'너 출근 안 할 거니? 갑자기 이렇게 안 나오면 어떡해? 책임감 없이 이러지 말고 출근해. 그리고 답장 좀 해.' 바쁘게 움직이다 미세한 진동을 느낀 진실은 스마트폰을 확인했다. 허재성의 답장이 와 있었다.

'당신 때문에 충격에 빠져서 겨우 잠들었는데 아침부터 전화하고 지랄이야. 지랄이! 책임감? 당신이 나한테 책임감 운운할 처지야? 어디서 답장하라 마라야! 난 성폭행범이랑 일할 생각 없으니까 당신의 그 음흉하고 더러운 성욕 채워줄 다른 알바생 구해! 난 당신이랑 같은 곳에서 숨 쉬는 것조차 역겹고 토 나올 것 같으니까! 어제 맞아 죽지 않은 것만으로도 나한테 고마워해야 해 당신은! 앞으로 숨죽이고 살아! 더러운 성욕 드러내놓지 말고! 역겨운 년아. 당신이랑 같이 일했다는 것조차 수치스러워. 앞으로 더 이상 연락 하지 마. 계속 전화하면 신고할 거야. 성폭행범이 또 참지 못하고 스토킹한다고! 그러니까 당장 전화번호 지워! 그리고 지금 당장 어제까지 일한 돈 보내. 오늘까지 안 보내면 노동청에 신고할 거야. 알겠어? 이 성폭행범아! 아. 그리고 석류도 안 나갈 거니까 그렇게 알아! 근데 마지막으로 하나만 물어보자! 설마 민준이 바라보듯 나를 바라본 건 아니겠지? 미친년.'

덜덜덜 떨리는 손은 자신을 향해 쏟아지는 허재성의 모욕적인 글을 다 읽기도 전에 힘없이 스마트폰을 바닥으로 떨어트렸다. 밝은 빛을 내뿜는 화면이 진실을 올려다보고 있었다. 진실은 얼른 손을 뻗어 화면을 끄고 앞치마 주머니에 스마트폰을 숨기듯 넣어버렸다. 화면은 새까맣게 닫히고 스마트폰은 앞치마 주머니 속으로 사라졌지만 화면을 빼곡하게 채운 글자들은 진실의 머릿속을 둥둥 떠다녔다.

역겹고, 토하고, 성폭행범, 스토킹, 신고……. 바늘처럼 뾰족한 말들이 머릿속을 마구 찌르며 떠다녔다. 진실은 화장실로 달려가 변기에 웅크리고 앉아 머릿속을 휘젓고 다니는 단어들을 지우려고 무진장 애썼다. 어떻게 해서든 그 단어들을 지워야 했다. 머리를 두 손으로 감싸고 깊은 숨을 몇 번이나 내쉬기를 반복하고 있는 그때 문을 두드리는 소리가 들렸다.

"안에 사람 있어요? 똥을 얼마나 싸는 거야!"

얼마나 오래 앉아 있었는지, 밖에서 누군가가 기다리지 못하고 문을 두드리며 나오라고 재촉하고 있었다. 진실은 괜히 변기 물을 내리고 밖으로 나갔다. 고개를 푹 숙이고 나와 손님에게 미안하다는 인사를 하고 카운터로 돌아갔다.

카운터에는 손님 두 명이 주문하려고 두리번거리며 서 있었다.

"죄송합니다. 주문하시겠어요?"

"아메리카노 2잔이요."

기다리는 시간이 짜증 났는지 손님의 말투엔 퉁명함이 잔뜩 배어있었다.

"뭐야. 장사를 하겠다는 거야, 말겠다는 거야."

손님 뒷모습은 진실을 향해 날 선 말을 흘리며 멀어져갔다.

"아줌마! 여기 테이블 치워주세요."

짜증 가득한 말이 다시 날아와 진실의 행동을 멈추게 했다. 조금 전 주문한 손님이 테이블을 고갯짓으로 가리키며 진실을 꼬나보고 서 있었다.

"네 죄송합니다. 바로 치워 드릴게요."

진실은 허겁지겁 테이블을 치우고 돌아왔다. 손님은 밀려

들고 아르바이트생은 없으니 정신이 하나도 없었다. 여기저기서 불편함을 내비치는 손님들의 냉랭한 말소리가 찬바람처럼 날아왔다.

겨우 음료 주문을 다 해결한 진실은 한숨을 쉬고 물 한 잔을 들이켰다. 김민성과 허재성에게 받은 모욕적인 일은 이미 머릿속에서 사라진 지 오래였다.

정신없이 바쁜 시간이 지나고 얼마 후 손님들은 한꺼번에 빠져나갔다. 카페를 채우던 여덟 테이블이 한꺼번에 빠지니 치울 머그잔과 쓰레기들도 보통이 아니었다. 세 번째 테이블을 치우고 네 번째 테이블로 이동하다 진실은 무언가를 밟고 미끄러졌다. 엉덩방아를 찧고 의자에 머리를 박은 진실은 많이 아픈지 자신도 모르게 신음을 흘렸다.

"아우. 뭐야. 뭐가 이렇게 미끄러운 거야."

너무나 쉽게 넘어진 게 민망했는지 혼잣말을 하며 자신이 밟은 무언가를 찾으려 바닥을 두리번거렸다.

"아악."

그 무언가를 두 눈으로 확인한 진실은 짧고 강한 비명을 질렀다. 너무나 놀란 나머지 앉은 채로 뒤로 넘어졌다. 움직이지도 못하고 멍하니 앉아있던 진실은 겨우 일어나 테이블을 바라보고는 자신의 입을 틀어막았다. 강한 충격을 받아 또 쏟아져 나오려는 비명을 급히 막는 것 같았다. 누군가가 일부러 그 무언가를 쏟아놓고 간 듯 테이블과 의자에 한가득 널려있었다. 그 무언가는 바로 콘돔이었다. 콘돔을 감싸고 있던 껍질은 대부분 뜯긴 상태였다. 어디서 모았는지 다양한 콘돔들이 널브러져 있었다. 심지어 눈에 띄게 많은 콘돔들이 누군가가 사용한 것처럼 말려있지 않고 풀어져 있었다. 손님들은 진실에게 모욕을 주려고 일부러 콘돔을 한가득 모아놓고 떠나버렸다. 진실은 덜덜덜 떨리는 손을 어떻게 하지 못하고 우두커니 서 있었다. 너무 긴장하고 떤 나머지 딸꾹질마저 나와 진실의 몸을 흔들어댔다. 대충 보아도 100개가 넘는 콘돔이 진실을 바라보며 널려있었다.

진실은 휴게실로 돌아가 휴지통을 가져왔다. 눈을 질끈 감고 손으로 콘돔을 휴지통에 넣었다. 탄력 있는 콘돔들이 진실의 손을 벗어나 여기저기 튕겨 나가 바닥에 굴러 떨어졌다. 진실은 무릎을 꿇고 도망치듯 멀어지는 콘돔을 주워 담았다. 경악한 진실은 어금니를 악물다 못해 턱 근육이 불룩 튀어나오도록 맞물며 견뎌냈다. 테이블 위에 풀어진 콘돔들을 주워 담기 버거워 눈을 질끈 감고 마구 담았다. 손가락에 붙고 또 끼인 콘돔

질감이 진실의 마음을 쥐어짜듯 비틀었다. 마치 그날의 기억이 다시 떠오르는 착각마저 들었다.

진실은 콘돔을 치우다 깨달았다. 그날 클럽에서 이민준에게 성폭행당할 때 뻑뻑한 물건이 자신 안으로 들어왔는데, 그 뻑뻑한 것이 콘돔이라는 것을 오늘에서야 알게 되었다. 콘돔 질감이 진실을 클럽 화장실로 끌고 갔다. 너무 끔찍한 그 날의 경험이 다시 떠올라 그 자리에 주저앉아 머리를 감싸고 비명을 질렀다. 중요 부위가 다시 욱신욱신 아파 오는 느낌마저 들었다. 어떻게 해서든 지금 상황을 벗어나야 한다는 생각에 진실은 바닥을 기어서 그 자리를 벗어났다. 그러나 상황이 해결된 것은 아니었다. 여전히 혓바닥처럼 날름거리는 콘돔이 테이블에 착 달라붙어 진실을 기다리고 있었다.

진실은 어쩔 수 없이 다시 테이블로 향했다. 고개를 뒤로 돌리고 더듬더듬 걸어가 콘돔을 휴지통에 담으려 손을 마구 휘저었다. 끔찍하고 뻑뻑한 고무 질감이 진실의 손을 덮쳤지만 진실은 이뿌리가 흔들릴 정도로 악물고 힘들게 팔을 계속 뻗었다. 몇 번을 그렇게 허우적거리고는 손에 아무것도 걸리지 않자 조심스럽게 고개를 테이블 쪽으로 돌렸다. 드디어 모든 콘돔을 쓰레기통에 집어넣은 것을 확인한 진실은 무거운 한숨을 내쉬고 다른 테이블을 정리하러 재빨리 움직였다.

모든 테이블을 정리하고 설거지까지 겨우 끝낸 진실은 온몸에 힘이 빠져 카운터 뒤에 쪼그리고 앉았다. 콘돔 생각이 불쑥불쑥 튀어 올라 진실의 마음을 어지럽게 흔들었다. 두 눈엔 여지없이 그날의 악몽 같은 기억을 가득 담은 눈물이 고여 있었다. 카페만은 지키겠다고 다짐한 자신과의 약속이 금방이라도 무너질까 봐 서둘러 소매로 눈물을 닦아냈다. 카운터에 숨어 쪼그려 앉아있는 진실을 불러내는 소리가 카페 입구에서 들려왔다. 발걸음 소리가 여럿 들려 진실은 재빨리 얼굴을 정리하고 일어섰다.

"이시 오세요."

"저희 아메리카노 2잔 주세요."

손님 2명이 들어오고 다시 카페는 조용해졌다. 진실은 하는일 없이 멍하니 카운터를 지키고 있었다.

"저기 여기 사장님이시죠?"

대뜸 말 걸어오는 여자 손님을 바라보는 진실의 눈엔 경계심이 가득 묻어있었다. 어제 이민준 엄마도 저렇게 확인하며 말 걸어왔던 기억이 되살아났다. 진실은 경계심이라는 마음속 날을 바짝 세워 파르르 떨며 손님을 재빨리 훑어보고 대답했다.

"그런······ 데요······."

"아 저기 그 이상한 소문 돌던데······."

"이상한 소문 뭐요!"

진실은 손님의 말을 단번에 끊고 버럭 소리를 높였다. 갑자기 말을 걸어온 손님이 다른 손님들처럼 자신을 농락하고 모욕적인 말을 뱉을 거란 느낌이 들어 자신도 모르게 대거리를 했다. 순간적으로 흥분해 가쁜 숨을 내쉬는 진실을 향해 손님이 급히 말을 이었다.

"아니 그게 아니라 저는 사장님을 믿는다고요. 저 그놈 이상한 놈이란 거 진즉에 알았거든요. 그놈 완전 쓰레기예요. 그러니까 걱정 마세요. 곧 다들 사장님 얘기를 믿을 거예요. 조금만 힘내세요. 저희처럼 사장님 응원하는 사람들도 많을 테니까 힘내세요. 이 말을 전해드리고 싶었어요."

응원의 말을 건네는 여자 손님 뒤로 다른 여자 손님이 힘내라는 듯 두 주먹을 불끈 쥐어 보였다. 진실은 자신의 주위 사람조차 믿지 않고 떠나는 현실에 무너질 듯 힘들었지만 처음 보는 손님의 응원을 받자 자신도 모르게 마음이 흔들렸다. 자신을 믿는다는 그 말 한마디가 그동안 힘들었던 마음을 마구 흔들고 휘저었다.

"고맙습니다. 정말 고맙습니다."

진실은 자신도 모르게 눈물을 주르륵 흘리며 연신 고개를 숙였다.

"정말 고맙습니다."

손님들은 다가와 눈물범벅인 진실을 꼬옥 안아주었다.

"저희가 사장님 누명 꼭 벗겨드릴게요. 힘내시고 견뎌내셔야 해요."

"예 알겠습니다. 정말 고맙습니다."

"왜 이렇게 계속 우세요."

손님들은 휴지를 가져와 진실에게 건네며 눈물을 닦아주었다.

"눈 빨개지겠어요. 얼른 닦으세요."

손님들은 이상하리만치 눈물을 빨리 닦아냈다.

"눈 빨개지지 않고 괜찮으시네. 저희가 사장님 응원하는 의미에서 같이 사진 한번 찍어요."

손님들은 어깨동무하며 스마트폰 카메라를 들이댔다.

"사장님. 웃어야 더 힘이 생겨요. 자, 웃어보세요."

애교 섞인 말투에 진실은 자신도 모르게 조금 웃어보였다.

"자. 이번엔 사장님 혼자 찍을게요. 자, 승리의 브이. 웃으세요."

진실은 휘몰아치는 여자 손님들의 말에 정신을 빼앗겨 브이 하고 웃으며 사진을 찍었다. 유일하게 먼저 다가와 손 내밀어 주고 응원해주는 사람이 있다는 사실에 기쁜 나머지 진실은 그들이 원하는 행동을 스스럼없이 하고 있었다.

"저희 이제 가볼게요. 커피도 너무 맛있으니 카페 다시 잘 될 거예요. 힘내세요. 파이팅."

마지막 인사까지 그렇게 후다닥 끝낸 손님들은 외투를 챙겨 급한 일이라도 있다는 듯 빠르게 카페를 빠져나갔다.

진실은 여자 손님들에게 위로받은 마음으로 저녁 시간을 견뎌냈다. 많은 손님은 아니었지만 드문드문 카페를 찾는 손님들은 각자의 소중한 시간을 조용히 보내고 돌아갔다. 8시를 조금 지나자 손님들은 모두 떠났고 콘돔 사건으로 지친 진실은 서둘러 마무리하고 카페를 떠났다. 김민성과 허재성에게 모욕적인 말을 듣고 콘돔사건도 있었지만 자신을 믿는다는 손님의 말을 소중히 기억하며 피곤한 몸을 이끌고 진실은 잠자리에 들었다. 그날 저녁에 인터넷에 무슨 일이 벌어지고 있는지 꿈에도 모른 채⋯⋯.

23

출근길에 영업하는 꽃집을 발견한 진실은 뿌리가 훤히 드러난 스투키를 신문지에 감싸들고 꽃집으로 빠르게 걸어갔다. 저녁에 배달해준다는 말을 듣고 기분 좋게 꽃집을 나섰다. 카페 길목에 들어선 진실은 가게 앞을 청소하는 김밥집 아주머니와 마주쳤다.

"안녕하세요."

진실은 평소처럼 인사했다. 그러나 김밥집 아주머니는 진실을 빤히 쳐다보더니 하던 청소를 그만두고 가게로 들어가 버렸다. 살갑게 인사 나누던 사람이 찬바람 돌도록 휑하니 사라졌고 빗자루와 쓰레받기는 시끄러운 소리를 내며 바닥을 뒹굴었다. 예기치 못한 상황을 맞닥뜨리자 진실의 마음은 급격히 요동치며 오그라들었다. 얼른 지나가야겠단 마음으로 빠르게 걸어 김밥집을 지나려던 그때 찐득한 욕설 섞인 말이 뒤에서 날아왔다.

"아이고. 착한 척은 혼자 다 하더니 성폭행이 뭐야! 어디서 할 짓이 없어서 어린 남자를 힘으로 괴롭혀! 재수 없게. 이 골목에 성폭행범 있다고 소문나서 매출 떨어지면 어떡할 거냐고! 저 재수 없는 돼지 같은 년은 쫓아내야 해!"

쩌렁쩌렁 울리는 큰 목소리가 독을 잔뜩 묻힌 화살처럼 뒤에서 날아왔다. 길을 지나던 사람들 시선이 일제히 진실에게로 몰렸다.

"에라이. 더러운 년. 재수 옴 붙었네."

김밥집 아주머니는 진실을 향해 소금을 한가득 힘껏 던졌다. 소금은 진실의 등을 때리고 힘없이 바닥으로 떨어졌다. 진실은 아무 말도 하지 못하고 사람들의 눈을 피해 고개를 숙이고 빠른 걸음으로 올라갔다. 아무 반응 없는 진실의 행동에 더 화난 김밥집 아주머니는 거친 욕설을 다시 내뱉으며 소금을 한 움큼 더 집어던졌다. 새하얀 소금이 시커먼 아스팔트 위를 하얗게 물들이며 떨어졌다. 뭐라고 대꾸라도 해야 했지만 아무 말도 떠오르지 않았다. 진실이 할 수 있는 일이라곤 자신을 향해 날아오는 욕설과 사람들의 못마땅한 시선을 피해 얼른 떠나는 것뿐이었다. 멀지 않은 카페를 향하는 길이 멀게 느껴지는 하루가 시작됐다.

카페 앞에 도착한 진실은 너무나 길게도 느껴졌던 길을 조심스럽게 뒤돌아봤다. 마주한 길은 마치 아무 일도 없었다는 듯 자기 갈 길을 가는 사람들로 채워져 있었다. 자신이 받은 모욕과 날 선 시선은 이미 차가운 바람을 타고 사라지고 없었다. 무

거운 한숨을 내쉬고 카페로 들어온 진실은 물을 마셔 타들어
가는 속을 진정시켰다. 한 잔으로 부족했는지 연거푸 물을 마
셨다. 주체할 수 없이 뛰는 심장은 차츰 진정되고 메말랐던 입
술은 조금씩 생기가 돌았다. 진실의 마음은 조금씩 천천히 진
정되고 있었다.

　어떻게 해서든 다시 영업을 시작해야 했기에 평소처럼 오픈
준비를 했다. 우선 카페를 가득 채우는 영혼 없는 기계 소리
를 대신할 연주음악을 틀었다. 평소와 다르게 재즈캐럴을 대
신해 흐르는 피아노와 기타 연주 음악이 카페를 더 따뜻한 분
위기로 만들었다.

　휴게실에서 앞치마를 걸치고 나와 평소처럼 의자를 모두 올
리고 카페 청소를 했다. 그리고 어제 하지 못한 화장실 청소를
했다. 모든 청소를 마무리하고 손 씻고 나와 캐모마일 티를 마
시며 의자에 앉아있었다.

　어제도 겪어서 그런지 아침 손님이 없어도 당황하지 않았다.
어제처럼 11시쯤 되면 손님들이 올 거라고 생각하고 편안히 기
다렸다. 하지만 11시가 지나도 카페는 음악 소리만 흐를 뿐 사
람 목소리는 울리지 않았다. 진실은 초조한 맘으로 카페를 나
섰다. 옆 카페로 들어서는 여자들 모습이 진실의 눈에 들어왔

358

고 그 여자들 눈에도 진실이 들어왔다. 그 여자들의 눈은 매서운 말을 가득 담고 진실을 쏘아보고 있었다. 날카로운 눈빛을 마주치자 당황했는지 진실은 서둘러 고개를 돌리고 카페로 돌아왔다. 괜찮을 거라고 스스로를 다독이며 12시까지 기다렸지만 손님은 들어오지 않았다. 시간은 흐르고 흘러 1시가 넘어서야 첫 손님이 들어왔다. 혼자 들어온 여자 손님은 아메리카노를 받아들고 카페 구석에 앉았다.

그렇게 또 한 시간이 흘러 여자 손님 2명이 들어와 아메리카노를 주문하고 구석자리에 앉았다. 그리고는 더 이상 손님은 들어오지 않았고 시간은 지나갔다. 겨우 두 테이블만이 사람 온기가 흐르고 있었다.

시간이 조금 흐르자 혼자 들어온 손님이 나갔다. 진실은 나가는 손님에게 인사하고 테이블 정리하러 갔다. 테이블엔 자그마한 상자가 놓여 있었고 진실은 손님을 찾아 밖으로 뛰어나갔다. 길 양쪽을 두리번거렸지만 손님의 모습은 보이지 않았다. 다시 카페로 돌아온 진실은 테이블을 정리하고 조그만 박스도 가지고 카운터로 돌아갔다. 진실은 혹시나 손님과 관련된 정보가 있나 확인하려고 살짝 열려있는 박스 안을 들여다보다 소스치게 놀라 박스를 떨어뜨리고 쓰러졌다.

"악. 뭐야 이거."

카페에 남아있던 손님들은 놀라 고개를 돌리며 진실에게로 조심히 다가왔다. 바닥에 떨어진 박스는 내용물을 가득 쏟아놓고 힘없이 엎어져 있었다. 진실은 내용물을 만지지 못하고 부들부들 떨고 있었다. 그 내용물은 커다랗게 인쇄된 A4용지 한 장과 남자 성기 모습을 한 여성용 성인 기구였다.

여자 손님 두 명은 적나라하게 묘사된 성인 기구를 보고 놀라 소리쳤고 A4용지 쪽지 내용을 확인하고 또다시 비명을 질렀다.

'이민준을 성폭행 한 건 너! 집에서 자위나 해라! 너 같은 건 죽어야 해! 자살이나 해라!'

시뻘건 글씨가 반복적으로 적힌 A4용지가 섬뜩한 눈으로 진실을 째려보고 있었다.

"야. 이 아줌마가 이민준 성폭행했어?"

"뭐? 이 시발 미친 노망난 년 아냐!"

"아 좆같은! 퉤!"

"오늘 마신 거 완전 토하겠네! 아우 재수 없어."

"얼른 나가자. 이런 가게는 망해야 해! 시발년!"

"집에서 하루 종일 자위나 해라! 개 같은 년아!"

여자 손님 두 명은 서둘러 옷을 챙기고 나가면서 진실에게 침을 뱉었다. 가래를 한껏 끌어모아 얼굴을 향해 다시 한번 침을 칵하고 내뱉었다. 차가운 바닥에 쓰러진 진실은 성인 기구를 보고 놀라 피하지도 못하고 침을 제대로 맞고 있었다. 여자 손님들은 여러 번 침을 뱉고도 분이 안 풀렸는지 식어버린 아메리카노를 진실에게 붓고 머그잔을 바닥에 던져버렸다. 그리고 뒤도 돌아보지 않고 카페를 떠나버렸다.

진실은 끈적이는 침과 검디검은 아메리카노를 뒤집어쓰고 깨져버린 머그잔을 바라봤다. 진실의 마음도 머그잔처럼 산산이 부서져 아픈 신음을 흘리고 있었다. 아무 생각도 담고 있지 않은 눈으로 부서진 머그잔과 성인 기구를 바라보다 조용히 일어나 화장실로 갔다. 찬물로 얼굴에 묻은 침을 씻어내고 휴지로 머리를 닦았다. 염색한 머리를 닦은 것처럼 휴지는 검게 물들어갔다.

진실은 힘없이 터덜터덜 걸어 나와 정신 나간 사람처럼 카페를 두리번거렸다. 자신에게 욕해댈 사람을 또 만난 것처럼 고개를 연신 젓고 있는 진실의 모습이 카페를 더욱 쓸쓸하게 만들었다. 진실은 멍하니 휴게실에서 빗자루와 쓰레받기를 가져와 조각난 머그잔을 치웠다. 저번처럼 신문지에 싸서 버린 게 아니라 그냥 쓰레기통에 넣어버렸다. 환경미화원분들이 다칠 수 있다는 생각은 진실의 머릿속에 들어있지 않았다. 그저 영혼 없는 기계처럼 일반 쓰레기 버리듯 자연스럽게 쓰레기통에 버렸다. 그리고 문을 잠그고 집으로 가버렸다. 카페 조명은 밝게 빛나고 히터는 따뜻한 바람을 연신 뿜어내고 있었다. 그렇게 카페는 또다시 홀로 남겨졌다.

그 시각, 차가운 사람들의 시선을 피해 집에 숨어버린 진실과는 다르게 인터넷에서는 성폭행 사건 관련 글이 연이어 올라와 진실을 괴롭히고 있었다. 대형 포털에 성폭행 관련된 뉴스 기사가 연이어 올라왔고 댓글은 수백 개씩 달리고 있었다. 대부분 뉴스가 제대로 취재하지 않은 뉴스였고 뉘앙스로만 짐작하면 진실은 무자비한 성폭행범이고 반성 없이 웃으며 돈 벌고 잘 지내고 있었다. 댓글난은 온갖 모욕적인 말들이 다 모여 있는 공간이었다. 욕 정도는 약과였고 외모 비하부터 시작해서 온갖 성적인 말과 인격 모독 하는 말은 모두 적혀 있었다. 그리고 결정적으로 카페를 방문한 손님들로 추정되는 사람들이 개인 SNS에 올린 글들이 여기저기 퍼진 후, 사람들의 분노는 산불처럼 번져갔다.

'나 그 카페 다녀온 사람임. 성폭행 사건이 있는지 모르고 갔었음. SNS에 올리려고 커피랑 카페 인테리어 찍는데 사장이라는 사람이 자기 사진도 같이 올려달라고 했음. 홍보하고 싶었나 봄. 잘 부탁한다는 말과 함께 차비하라며 만 원 찔러줬음. 난 당연히 거절했고. 암튼 나는 떨떠름했지만 마지못해 한 장 찍었음. 그리고 오늘 SNS에 올리려고 했는데 그 카페 사장이 성폭행범이었음. 모두 조심하라는 의미로 성폭행범 사진 올리겠음. 남자분들 조심하시길 바람. 완전 발정 난 돼지여서 남자라면 환장하고 달려든다고 함. 특히 20대 초반 남자분들 조심하길 바람. 여자친구 분들은 남자친구랑 저 카페 가면 큰일 남. 이상 내가 목격한 글을 사심 없이 올림. 문제시 빛의 속도로 삭제.'

이 SNS에는 진실이 환하게 웃으며 손가락으로 브이하고 있는 사진이 글과 함께 올라왔다. 어제 카페에서 진실에게 응원한다고 말하며 기운을 북돋아 준 손님이었는데 사실은 진실의 사진을 찍으러 온 사람들이었다. 그 손님들은 이미 성폭행 사건에 대해서 알고 있었고 자신의 SNS에 진실의 사진을 올릴 목적으로 카페를 찾아왔었다. 그들은 당신을 믿는다. 우리가 응원하겠다는 사탕발림 거짓말로 진실을 속이고는 웃고 있는 사진을 찍었고, 현실을 왜곡하고 과장해 엉터리 글을 써서 인터넷에 올렸다. 방문한 사실을 인증 하듯 올린, 카페와 웃고 있는 진실의 사진은 거짓된 글과 함께 묶여 폭발적인 조회 수를 기록했다. 이 목격담 이후로 카페에서 본인이 직접 목격했다고 증언하는 글과 진실의 개인적인 과거 이야기까지. 수많은 사진과 글이 우후죽순처럼 인터넷에 올라왔다.

'나는 저녁 늦게 카페 갔는데 충격적인 장면을 목격하고 다시는 그곳에 안 감. 테이크아웃용 플라스틱 컵 다 모아서 씻고 다시 사용하는 장면을 내 눈으로 똑똑히 봤음. 나랑 눈 마주쳤는데도 아무렇지 않게 씻고 다시 사용함. 그깟 컵 얼마나 한다고 씻어서 다시 사용함? 완전 어이없었음. 그날 이후로 발길 딱 끊었음. 이제 그 카페 가진 않겠지만 혹시 가시는 분들은 무조건 머그잔에 달리고 하길 바람. 근데 머그잔은 제대로 씻나? ㅋㅋㅋㅋ'

'그 성폭행당한 남자분이 내가 본 사람이 맞는지는 모르겠는데 그 사장이라는 뚱뚱한 아줌마가 어떤 남자 아르바이트생 엉덩이 만지는 거 본 적 있음. 뭐 휴게실이라는 곳에 들어가서 엉덩이 주물럭거리는 거 봤는데 남자분은 많이 당황했는지 내 눈 마주치고 고개를 푹 숙였음. 진짜 불쌍했음. 그 남자 인상착의는 간단함. 굉장히 잘생겼음. 그 동네에서 잘생긴 걸로 이미 유명한 사람임. 연예기획사에서 고등학생 때 몇 번이나 찾아왔지만 공부한다고 거절한 일화는 이미 한국동에서 유명함. 아직도 그때 그 남자분이 괴로워하는 얼굴이 떠오름. 근데 엉덩이만 만졌나? 너무 궁금하군.'

'난 그 카페 사장 하고 같은 중학교 나온 사람임. 인터넷에 떠도는 사진 보고 완전 놀람. 내가 아는 그 애가 맞는지 여러 번 확인했음. 중학교 때까지 유도선수로 장난 아니었고 학교에서 유망주로 키우려고 했는데 갑자기 그만뒀음. 그 이유는 아직까지 모름. 그 무지막지한 힘을 어린 남자 성폭행하는 데 쓸 줄이야. 그리고 완전 충격적인 사실은⋯⋯ 진짜 비밀인데⋯⋯. 출생 자체가 경악스러움. 그 애 엄마가 워낙 더럽게 노는 여자였음. 이미 그 시절부터 동네에서 아무 남자랑 뒹군다고 유명한 사람이었음. 그래서 아빠가 누군지도 모르고 태어난 아이임. 창녀처럼 이 남자 저 남자랑 막 하는 여자가 미래의 성폭행범을 낳았음. 역시 대단한 집안임. 지금 고향에서도 난리임. 집터가 흉하다고 불태워버리자는 얘기도 나옴. 암튼 난 그 카페에 가보진 않았지만 얼굴 확인하고 과거에 있었던 내용 씀.'

'나는 그 카페 가봤던 남자임. 참고로 나도 20대 초반 남자이고 키는 180㎝ 조금 안 되고 나름 날씬한 타입임. 이제부터 거기서 겪은 얘기 하겠음. 이번 여름에 겪은 이야기임. 이번 여

름 얼마나 더웠는지 다들 기억하겠지? 친구랑 술 마시기로 했
는데 친구가 갑자기 약속 1시간 늦춰서 그 카페에서 죽치고 있
었음. 아이스 아메리카노 주문하고 앉아서 휴대폰 게임하는데
갑자기 커피가 쏟아짐. 그 돼지 같은 카페 사장이 지나가면서
컵을 건드려 쏟아진 거임. 근데 커피가 내 바지에 쏟아졌음. 난
당황하고 있는데 그 아줌마가 앞치마에서 휴지를 꺼내더니 막
닦음. 그러면서 내 거시기도 은근슬쩍 만짐. 그러다 고의적으
로 주물럭거리는 느낌 받음. 난 너무나 당황해서 도망치듯 빠
져나왔음. 뒤돌아보니 굉장히 음흉하게 변태처럼 웃고 있었는
데 아직도 소름 끼침. 지금 돌이켜 생각해보니 일부러 그 여자
가 내 바지에 쏟은 거 같음. 완전 의도적으로 쏟고 막 만진 거
임. 성추행으로 그쳤지만 저항 안 했으면 내가 성폭행당할 수
도 있었다고 생각하니 너무 무서움. 저 카페 한국동에 있는 걸
로 알고 있는데 지나갈 때 다들 조심하길.'

  '나도 겪은 경험담. 그 카페 여자 화장실에서 기다리고 있었
음. 근데 아무리 기다려도 안 나옴. 변비인가 생각하고 더 기다
렸음. 도저히 안 되겠다 싶어 노크했는데 2분쯤 후에 그 사장이
라는 여자가 나옴. 근데 손 씻지 않고 그냥 나가버림. 완전 토
하는 줄 알았음. 그렇게 오랫동안 변기에 앉아서 일 봤으면 손

366

씻는 게 당연한 거 아님? 그러고서 다시 봤는데 아무렇지 않게 막 음료 만들고 난리임. 다들 조심하길 바람. 위생개념 좇도 없는 곳에 들러서 병 걸릴지도 모르니.'

'짧게 쓰겠음. 여름에 저 카페 갔는데 꼴에 여자라고 짧은 반바지 입고 있었음. 굵기는 완전 대왕 무인데 무릎은 또 엄청 새까매서 토하는 줄 알았음. 다리에 튼 살은 또 얼마나 많던지. 얼마나 살이 많이 쪘으면 튼 살이 온 다리를 도배하고 있었음. 나 같으면 벌써 레이저라도 맞아 지웠음. ㅋㅋㅋㅋ'

'이 사건 취재했던 기자에게 들었던 내용임. 정중하게 신분 밝히고 인터뷰 요청했는데 완전 쌍욕 하면서 힘으로 쫓아냈다고 함. 기자가 남자인데 힘으로 완전 밀려서 넘어졌다고 함. 처음엔 그래도 어떻게 남자가 여자한테 그렇게 손쉽게 밀리나 생각했지만 이제 알겠음. 유도선수 출신이니 못 이기는 게 당연한 거임. 그런데도 자신이 남자한테 반항 한 번 하지 못하고 당했다고 계속 주장하고 다님. 경찰들도 아무리 조사해도 여자 쪽 주장이 설득력이 떨어지고 증거도 없어서 어쩌지도 못하고 있다고 함. 괜히 미래 의사 선생님만 인생 망치게 생겼음. 아 참고로 당한 남자 의대생이라고 알고 있음.'

이 외에도 왜곡된 글들이 계속해서 인터넷에 올라오고 있었다. 이렇게 허황된 글들이 인터넷에 올라올수록 많은 사람들은 분노에 휩싸여 더 많은 일들을 벌였다. 인터넷 카페에 이민준 구하기 운동본부가 생기는가 하면 진실의 과거와 사생활을 파해 치는 글들이 연이어 올라왔다. 그리고 그 글들엔 어김없이 모욕적인 댓글이 줄줄이 달렸다.

'완전 또라이 아니야? 어떻게 범죄자가 저렇게 뻔뻔하게 피해자 코스프레 할 수가 있어? 완전 역겨움.'

'저렇게 잘 먹고 잘 살면 그냥 호빠나 갈 것이지 왜 남의 귀한 아들 인생 망치고 지랄이야. 저런 사회악들은 다 죽여야 해!'

'아직도 살아있음? 얼굴이 대왕만두 만하게 크고 두꺼워서 그런가? 요즘 만두피는 철면피처럼 두껍나 보네. 아수 뻔뻔함이 일상이야. 나 같으면 이미 목매달고 죽었다. 시발.'

'죽어라. 죽어. 발정 난 돼지는 어서 나가 죽어라. 진짜 돼지면 고깃값이라도 나오지만 넌 안 나오니까 그냥 조용히 아무도 없는 곳에서 죽어라!'

'밤길 조심해라! 아주 아무도 모르게 죽여 버린다. 어디서 여자가 설쳐대고 지랄이야! 그것도 뚱뚱한 년이! 재수 없게.'

'시발. 여자 사진 보고 토하는 줄! 저게 여자 얼굴이야? 얼굴이 남자인 나보다 훨씬 커! 완전 개돼지 얼굴이더니만. ㅋㅋㅋ'

'남자 너무 불쌍해. 저렇게 못생긴 돼지한테 당했다니. ㅠㅠ'

'남자 제대로 살아갈까? 너무 잘생긴 오빠인데……'

'저 여자 다리 완전 굵고 짧음. 진짜 돼지 다리 뺨치게 뚱뚱함. 아마 다리에 튼 살 엄청 많을 거야.'

'도대체 얼마나 발정 났으면 저렇게 성폭행까지 저지르는 거야! 아. 당신이 그 여자구나? 모 국회의원이 젊은 시절에 돼지 발정제 어쩌고저쩌고 하던데! 그걸 네가 마셨구나? 대단하다 대단해. 돼지발정제 마신 사람이 여기 있네. 그 국회의원이랑 아는 사이 아니야? 이 돼지년도 촌년인가? ㅋㅋㅋㅋ'

이런 댓글 외에도 진실의 인격을 난도질하는 댓글들이 끊임없이 달렸다. 마치 댓글 달기 놀이를 하는 것처럼 실시간으로 수없이 많은 댓글들이 연이어 인터넷을 도배했다.

진실은 이런 상황을 전혀 모른 채 괴로움을 잊으려고 못 마시는 술을 마시고 있었다. 술에 취하지 않으면 도저히 잠들기 힘들 것 같아 술에 점점 의지하고 있었다. 안주도 없이 바닥에 앉아 맥주를 벌컥벌컥 들이켜고 있었다. 한 캔을 겨우 마시던 진실은 어느새 술이 조금 늘었는지 두 번째 맥주를 마시고 있었다. 그렇게 술을 마시던 중 얼마나 서럽고 슬펐는지 무거운 한숨을 푹푹 내쉬며 울음 섞인 목소리로 엄마를 찾고 있었다.

"엄마. 엄마. 보고 싶어 엄마. 나 왜 혼자 남겨두고 갔어. 불쌍한 우리 엄마……. 가엾은 우리 엄마……."

진실은 넋 나간 사람처럼 하염없이 엄마를 찾으며 주르륵 눈물을 흘렸다.

"이 힘든 세상 나 혼자 어떻게 살아가라고……. 그렇게 먼저 갔어……. 보고 싶어. 엄마. 미안해……."

한참을 중얼거리다 엄마를 찾으며 울다 지쳐 바닥에 쓰러져 잠들었다. 그 순간만은 모든 걸 잊고 잠들었고 꿈속에서 엄마를 만났는지 희미하게 웃고 있었다.

24

평소 주량을 뛰어넘는 맥주 2캔을 마신 탓인지 해가 중천에 떠서야 깨어났다. 차가운 바닥에서 자다 일어난 진실은 전기장판을 켜고 침대로 다시 들어갔다.

"어우. 머리 아파."

술 냄새 풀풀 풍기는 마른 입술로 말하며 관자놀이를 연신 눌러댔다. 진실은 침대에 한동안 누워 눈을 감고 거친 숨을 내쉬다 너무 목이 말랐는지 부엌으로 가 물을 두 컵이나 마시고 다시 침대에 누웠다. 따뜻하게 데워진 전기장판은 진실의 몸을 감쌌고 진실은 다시 잠이 들었다. 저녁 6시에 다시 일어난 진실은 라면으로 해장하고 조용한 집이 싫었는지 TV를 켰다. TV에선 웃음소리가 크게 흘러나왔지만 진실은 뭐가 그렇게 웃긴지 알지 못하는 무표정한 얼굴로 멍하니 바라보고 있었다. 단지 조용한 집이 싫어 TV를 켰는데, 힘든 자신과 다르게 세상 사람들은 행복하게 웃으며 지내는 것 같아 깊은 괴리감에 휩싸였다. 웃음소리가 듣기 싫었는지 채널을 돌리고 TV 볼륨을 낮췄다. 그리고 진실은 고개를 푹 숙이고 스마트폰을 들여다봤다. 습관적으로 네이버에 들어가 이것저것 뉴스 기사를 검색하던 진실은 화면을 넘기던 손가락을 가만히 멈추고 뚫어져라 무언가를 보고 있었다. 오른손은 점점 덜덜덜 떨렸고 급기야 꽉 쥐고 있던 스마트폰을 바닥에 떨어뜨렸다. 진실은 떨어진 스마트폰을 다시 줍지 못하고 마른 침만 삼키고 있었다. 스마트폰 화면은 밝은 빛을 뿜으며 진실을 노려보고 있었다.

'실시간 급상승 1 한국동 성폭행녀', '실시간 급상승 2 한국동 성폭행 피해남', '실시간 급상승 3 한국동 성폭행 사건', '실시간 급상승 4 한국동 성폭행 카페'

실시간으로 바뀌는 검색어가 매서운 눈길로 진실을 쏘아보고 있었다. 왜 자신이 당한 성폭행 사건이 이렇게 실시간 검색어에 오르락내리락하는지 진실은 알지 못했다. 사실 진실은 6시까지 잤지만 인터넷에서는 이미 난리였다. 처음엔 기사 몇 개와 개인 SNS에 돌아다니던 글들이 점점 퍼져 사람들이 나서서 찾아보는 지경에 이르렀다. 이런 일이 벌어지는지도 모르고 진실은 술에 취해 곯아떨어졌고 숙취를 못 이겨 한밤이 되고서야 왜곡된 사건 내용이 퍼진 것을 확인하고 있었다.

진실은 떨리는 마음으로 실시간 검색어를 누르고 무슨 글이 돌아다니는지 확인했다. 뉴스 기사부터 시작해서 블로그, 인터넷 카페 그리고 SNS에 실시간으로 올라오는 글은 온통 진실을 가해자로 지목하고 있었다. 대부분 뉴스에서 진실은 후안무치한 가해자이고 피해자는 미래를 촉망받는 의대생이었다. 블로그, 인터넷 카페 그리고 SNS에는 제대로 검증되지 않은 글들이 마구잡이로 올라오고 또 삽시간에 퍼져나갔다. 카페 위생과 비리 얘기는 물론이고 확인되지 않은 진실의 사생활과 남성 편력 이야기, 외모 비하 그리고 성희롱 발언도 끊임없이 이어지고 있었다.

자신에 대해 왜곡된 이야기들을 바라보던 진실은 휴대전화를 집어던져버렸다. 이 모든 일이 어디서부터 잘못됐는지 알 수 없었다. 진실은 답답한 마음에 욕을 크게 내뱉고 다시 스마트폰을 집어던졌다. 다시는 거짓된 글들을 보고 싶지 않은 마음에 던지고 또 던졌다. 결국 스마트폰은 산산조각 났다. 진실을 향해 손님들이 던진 머그잔처럼······.

진실은 바싹 타들어가는 가슴을 안고 양 무릎을 끌어안았다. 인터넷에 올라오는 글을 몇 개 읽지 않았지만 벌써부터 사람들의 차갑고 날 선 시선이 따갑게 느껴졌다. 자신을 향해 아무렇지 않게 써놓은 욕설. 외모 비하 그리고 성희롱 발언들이 추운 겨울밤을 날아와 집 앞에서 기다리고 있는 것 같았다. 그리고 진실이 가장 충격받은 내용은 엄마 이야기였다. 누구에게도 털어놓지 않은 엄마 이야기가 어떻게 인터넷에 떠돌고 있고 또 누가 터무니없는 거짓말을 덧씌워놨는지 알지 못해 진실은 답답해 미쳐가고 있었다.

거짓된 엄마 이야기에도 사람들은 모욕적인 말을 마구 쏟아냈다. 자신들이 키보드를 두드리며 토해낸 말이 얼마나 사람을 압박하고 숨통 조이게 하는지 관심 없어보였다. 이야기가 부풀려지면 부풀려질수록 댓글은 입에 담기 힘든 말로 들끓었다. 지금까지 혼자만 마음속 깊은 곳에 간직하고 있던. 엄마와 나누었던 즐거운 추억을 깡그리 깨는 글이 버젓이 사람들 입에 오르고 있었다.

이런 절망적인 현실을 마주한 진실의 마음은 새까맣게 타버려 숯처럼 변했고 무거운 바윗덩이에 눌려 점점 쪼그라들다 바스러졌다. 사람 피를 바싹 말려버릴 정도로 극도의 스트레스를 받아 점점 창백해졌다. 결국 진실은 머리를 쥐어짜는 고통을 견디지 못하고 부르르 떨며 발작하다 갑자기 쓰러졌다.

정신을 잃고 몇 시간을 그렇게 쓰러져 있던 진실은 겨우 눈을 떴다. TV는 여전히 낮은 목소리로 떠들고 있었고 창밖은 여전히 어둠으로 물들어있었다. TV에 떠 있는 3시 13분이라는 시간을 확인하고 괴로운 현실을 잊으려고 다시 침대에 누웠다. 그러나 저녁에 봤던 댓글들이 눈앞을 맴돌며 진실을 또다시 괴롭혔다. 가슴을 짓누르는 고통에 숨쉬기는 더 힘들어졌다. 어떻게 해서든 현실을 잊고 자려고 했지만 눈을 감으면 감을수록 날 선 댓글들이 날아왔다. 진실은 어쩔 수 없이 다시 눈을 떴다. 그리고 쪼그리고 앉아 이불을 끌어당기고 다시 멍한 눈으로 TV를 봤다. 그렇게 TV 속 프로그램은 몇 차례 바뀌었고 드디어 새벽녘이 지나 해가 서서히 떠올랐다. 시린 겨울바람처럼 조소를 가득 담은 댓글들이 진실의 마음을 휘젓는 밤이었지만 겨우겨우 견뎌 아침을 맞이했다. 진실은 창으로 들어오는 해를 잠시 동안 우두커니 서서 바라봤다. 그리고 샤워하고 일찍 집을 나왔다. 집 근처에서 순대국밥으로 아침을 해결하고 카페로 향했다.

또 김밥집 아주머니와 마주치진 않을까 걱정한 진실은 길목 초입에서 고개를 살짝 내밀고 거리를 바라봤다. 진실은 아주머니가 없는 걸 확인하고 죄인처럼 빠른 걸음으로 김밥집을 지나갔다. 혹시나 김밥집 아주머니가 따라와 또 소금을 뿌리지 않을까 걱정돼 힐끔힐끔 뒤돌아보며 걸었다. 김밥집이 눈에서 차츰 멀어질수록 걸음은 조금씩 느려졌다. 진실은 길지도 않은 길을 불안한 마음으로 걸어와 카페 앞에 도착해 우두커니 서서 입구를 바라보고 있었다. 카페에 들어가지 않고 가만히 서 있는 진실의 눈이 심하게 동요를 일으켰다.

〈이것이 팩트입니다〉

1. 당신은 공부하느라 바쁜 피해자에게 며칠 전부터 끈질기게 연락해서 클럽으로 오라고 했다.

2. 당신은 피해자를 성폭행 한 그날 피해자와 똑같은 이름을 가진 아이를 카페에 만났다.

3. 당신은 그 아이를 유독 예뻐하고 서비스 음식도 마구 퍼주며 자신의 아이였으면 좋겠다고 얘기했다.

4. 당신은 그날 아이를 갖고 싶어서 입양까지 알아봤다고 주위에 얘기했다.

5. 당신은 정자은행에서 기증받으려고 한 적이 있다.

6. 당신은 오래전부터 휴게실에서 피해자 허벅지, 엉덩이 그리고 성기를 노골적으로 만지며 성추행한 사실이 있다.

7. 당신은 직원들에게 술을 더 마시라며 계속 부추겼고 직원들은 그날 많은 술을 마셨다.

8. 당신은 평소와 다르게 성폭행 한 날 유독 짧은 원피스를 입고 술 취한 피해자에게 치근덕댔다.

9. 당신은 허약한 피해자에게 반항 한 번 못하고 꼼짝없이 당했다고 주장하지만, 당신은 중학생 때 유도 유망주였을 정도로 강한 근력을 가지고 있다.

이 모든 사항을 종합해 볼 때, 스스로를 피해자라고 얘기하는 당신의 주장과 다르게 당신은 오래전부터 직원들 몰래 피해자를 성추행했고 똑같은 이름을 가진 아이를 보고 피해자의 아이를 갖겠다는 마음을 먹었다. 그래서 결국 강한 힘으로 거부하는 피해자를 강제로 클럽 화장실로 끌고 가 온갖 변태적인 행위를 하며 성폭행했다.

우리가 알아낸 이 모든 사실을 가지고 당신을 고소할 것이다. 일말의 양심이 있다면 허위사실 퍼트리지 말고 자수하길 바란다.

-피해자 이×× 구하기 연합

출입문에 대문짝만하게 붙은 게시문 속 글자가 칼날처럼 날아와 진실의 눈을 괴롭혔다. 진실은 마비된 사람처럼 움직이지 못하고 한동안 멍하니 서 있었다. 추운 날씨에 발길을 재촉하던 사람들도 게시문을 발견하고 차츰 진실 뒤로 모였다. 게시문을 바라보는 호기심 가득한 얼굴은 한순간에 비웃음 어린 얼굴로 변했다. 웅성거리는 소리는 욕설과 모욕을 담아 섬뜩하게 진실에게로 다가왔다. 진실은 울음번지는 아랫입술을 덜덜 떨며 출입문으로 걸어갔다. 마른침을 어렵게 넘기고 힘겹게 오른팔을 뻗어 주욱 소리 내며 게시문을 찢어버렸다. 사람들이 주고받는 귓속말은 점점 커져 진실의 등을 할퀴고 있었다. 강간범이라는 주홍글씨가 진실의 온몸에 새겨지고 있었고 귓속을 파고드는 욕설에 저항하듯 진실은 고함치며 게시문을 갈기갈기 찢고 있었다. 사람들은 이런 진실의 행동을 스마트폰으로 찍었고 바로 SNS에 올렸다.

진실은 게시문을 다 뜯어내고 사람들을 피해 카페 안 휴게실로 들어가 버렸다. 진실의 모습이 보이지 않자 모욕적인 말을 쏟아내던 사람들은 연기처럼 사라졌다. 처음부터 그 자리에 없었던 사람들처럼 제 갈 길을 찾아 떠나버렸다. 진실은 휴게실 구석에 쭈그리고 앉아 하염없이 눈물을 쏟아냈다. 서글프고 억눌린 울음소리가 힘겹게 흘러나왔다. 진실은 사람들에게 울음소리가 들릴까 봐 걱정돼 속 시원하게 울지도 못하고 있었다. 한참을 그렇게 울다 지쳐버린 진실은 움직이지도 못하고 초점 없는 얼굴로 벽에 기대앉았다. 온몸의 힘이 빠지고 새벽에 못 잔 탓인지 멍하니 허공을 맴돌던 두 눈은 점점 가라앉았다. 깊은 어둠 속으로 가라앉아 무거운 숨을 내쉬며 잠들었다.

탈진해 기절하듯 잠든 진실은 무언가를 강하게 때리는 소리에 놀라 깨어났다. 무슨 소리인지 알아내려고 가만히 눈동자만 이리저리 움직이고 있었다. 점점 커지는 사람들 목소리도 들려왔다. 튀어나올 듯 쿵쿵 뛰는 가슴을 안고 휴게실 문을 열고 조심스럽게 밖으로 나갔다. 눈 앞에 펼쳐진 참혹한 광경을 바라보는 진실의 마음은 다시 산산조각 나며 무너져버렸다. 사람들이 수십 명 모여 카페를 향해 달걀을 던지고 있었고 피켓을 든 사람도 드문드문 보였다.

'강간범을 잡아가라' '성폭행범을 죽여라' '발정 난 돼지를 도살하라' '강간돼지 목을 따자'

피켓 든 사람들은 한 목소리로 외쳐댔다. 어디서 연습이라도 했는지 순서대로 피켓문구를 외치며 진실을 노려봤다. 다른 사람들은 계속해서 달걀을 던지며 온갖 욕설을 하고 있었다. 사정없이 날아드는 달걀은 카페 출입문과 벽을 때리고 산산이 부서졌다. 진실은 얼른 피해야겠다는 생각으로 카페 문을 나섰다. 갑자기 진실이 밖으로 나오자 사람들은 당황했는지 조금씩 뒷걸음질 쳤다. 그 순간 한 남자가 외쳤다.

"저 강간범을 잡아가라."

사람들은 그 남자의 거칠고 날 선 목소리를 듣고 따라 외쳤다.

"강간범을 잡아가라."

"강간범을 잡아가라."

"강간범을 잡아가라."

아무 반응 없이 고개를 푹 숙이고 지나가려는 진실의 모습에 흥분한 사람들은 또 다른 피켓구호를 연이어 외치며 달걀을 집어던지기 시작했다. 어느 방향 할 것 없이 사방에서 달걀이 날아와 온몸을 때리고 더럽혔다. 깨진 달걀은 얼굴과 온몸에 끈적하게 달라붙어 덜렁거리다 쭈욱 늘어져 바닥에 떨어졌다. 진실은 터져 나오는 울음을 겨우 참으며 온몸으로 달걀을 맞고 있었다. 아랫입술을 온 힘으로 물어가며 새어나오는 신음을 참아냈다. 진실은 날아오는 달걀을 모두 맞으며 사람들 틈을 겨우 벗어났다. 사람들은 뛰어가는 진실의 뒷모습을 따라가며 계속해서 피켓구호를 외쳐댔고 길거리 사람들은 그 광경을 건조한 눈길로 바라보고 있었다.

무거운 몸으로 힘겹게 뛰면 뛸수록 단결된 피켓구호 소리는 점점 멀어졌다. 사람들이 쫓아올까 봐 멈출 수 없었다. 뛰는 거리가 늘어날수록 무릎은 시큰하게 아파 오고 가슴은 터지도록 쿵쾅댔다. 몸속 공기는 순식간에 메말랐는지 진실은 천식환자처럼 숨은 할딱였다. 무릎은 점점 후들거렸고 호흡은 격렬하게 흔들렸다. 그렇게 한동안 힘겹게 호흡을 해대며 무거운 발을 질질 끌며 걸어갔다.

"악! 깜짝이야! 시발 저거 뭐야!"

이어폰 끼고 걸어가던 남자가 달걀을 뒤집어쓴 몰골에 놀랐는지 경악하며 소리쳤다. 놀란 남자 목소리에 앞서 걸어가던 사람들도 뒤돌아 기웃거리며 진실을 바라봤다. 사람들은 온몸에 달걀을 뒤집어쓴 진실의 몰골을 보고 슬금슬금 피하기 시작했다. 마치 흉측한 괴물이라도 본 듯 얼굴을 잔뜩 찡그리고 뒷걸음치며 비켜섰다. 사람들은 스마트폰으로 사진과 동영상을 찍어 바로 개인 SNS에 올렸다. 그리고 다른 사람들은 사진과 영상을 여기저기 퍼 날랐다. 순식간에 퍼진 사진과 영상을 보며 사람들은 낄낄대며 마음껏 진실을 비웃었다. 연이어 울리는 카메라 소리는 점점 허물어지는 마음은 담지 못하고 오직 말라버린 달걀과 여자의 모습만을 남겼다.

사람들을 피해 오피스텔에 도착했지만 사람들은 여전히 진실을 피해 다녔다. 경비실 아저씨마저 빨리 들어가라고 재촉했다. 겨우 집에 들어온 진실은 차가운 바닥에 주저앉았다. 아무 소리도 내지 못하고 그제야 하염없이 눈물을 쏟아냈다. 이제는 딱딱하게 굳어버린 달걀처럼 꽁꽁 얼어버린 몸을 가누지 못하고 서럽게 울고 또 울었다. 집 안에서마저 사람들 손가락질이 무서워 속으로 꾸역꾸역 삼키며 울었다. 그렇게 진실은 처절하게 무너져갔다.

25

깨끗하게 씻고 나온 진실은 바닥에 쪼그리고 앉아 달걀 범벅인 옷을 바라봤다. 마치 정액이 잔뜩 묻은 것처럼 보였다. 조금 전까지 자신의 모습이 어땠을지 알 수 있었다. 사람들이 던진 건 달걀이었지만 진실의 머릿속엔 정액을 뒤집어쓴 자신의 몰골이 맴돌았다. 허망한 눈길로 한참 동안 옷을 바라봤다. 그리고 조용히 일어나 냉장고를 열고 소주를 꺼냈다. 안주도 없었고 잔도 없었다. 쪼그리고 앉아 뚜껑을 열고 한 모금 마셨다.

속이 타들어가는 느낌이었다. 옷을 바라봤다. 다시 소주를 마셨다. 속이 울렁거렸다. 그리고 다시 옷을 쳐다봤다. 소주병을 다시 기울였다. 속이 조금씩 비틀렸다. 옷을 바라보는 눈동자가 조금씩 흔들렸다. 거침없이 소주를 들이켰다. 떨리는 손으로 소주병을 강하게 내려놨다. 속은 부글부글 끓어올랐다. 멍한 눈길로 한참 옷을 째려봤다. 다시 벌컥벌컥 넘겼다. 땅바닥이 요동치듯 흔들렸다. 무거운 눈은 더듬더듬 옷을 찾아다녔다. 눈꺼풀이 점점 내려왔다. 소주병을 뒤집어 모두 털어 넣었다. 고개가 저절로 숙여지고 온몸이 비틀비틀 흔들렸다. 옷이 보였다 사라졌다 반복했다. 신물이 가득 올라왔다. 본능적으로 화장실로 뛰어가 모두 쏟아냈다. 화장실에서 나오며 다시 옷을 쳐다봤다. 그리고 잠시 후 쓰러졌다.

화장실 앞에 쓰러진 진실은 추워서 오들오들 떨고 있었다. 진실은 급격히 떨리는 몸으로 일어났다. 필름은 끊어졌고 머리는 깨질 듯 아팠다. 침대로 걸어가 이불을 끌어당겨 온몸을 감았다. 멍하니 서서 다시 옷을 바라봤다. 정액을 뒤집어쓴 자신의 모습이 다시 떠올랐다. 그리고 귓가엔 사람들의 성난 목소리가 울리고 있었다. 죽어라. 죽어라. 죽어라. 죽어라. 영혼을 괴롭히는 악마의 목소리가 집요하게 진실의 마음을 파고

들었다.

진실은 허망한 눈길을 거두고 창가로 다가갔다. 눈 내리는 새벽이었다. 거리엔 사람이 없었고 가로등만이 외로이 길거리를 밝히고 있었다. 겨우 진정된 진실은 물을 마셨다. 얼마나 입속이 바짝 말랐는지 연이어 세 컵을 마셨다. 그리고 컴퓨터를 켰다. 키보드 두드리는 소리만이 방 안에 울렸다.

진실은 외투를 챙겨 입었다. 잠깐 나갔다 올 생각인지 대충 집히는 대로 입었다. 현관으로 걸어가 아무 신발이나 신었다. 발목이 훤히 드러나도록 맨발이었다. 집에서 나와 엘리베이터를 기다렸다. 새벽이라서 그런지 엘리베이터엔 아무도 없었다.

오피스텔 건물을 빠져나와 하늘을 바라봤다. 조용히 내리는 눈은 길거리를 새하얗게 물들이고 있었다. 수북이 쌓인 눈길로 발을 내디뎠다. 차가운 눈이 발목을 적셨다. 다시 한 발을 내디뎠다. 뽀드득 뽀드득 눈 밟는 소리가 조용한 길거리에 스산하게 번졌다. 아무도 지나지 않은, 눈 쌓인 길을 걸어가는 마음은 서서히 차분해졌다.

발자국은 점점 오피스텔 건물에서 멀어져 큰길로 이어졌다. 발목을 파고드는 눈은 아랑곳하지 않고 차분히 걷고 또 걸었다. 눈 내리는 밤길이 무서운지 차들은 느릿느릿 지나갔다. 한

걸음씩 걸어가며 남긴 발자국은 다시 내린 눈으로 차츰 지워지고 있었다. 오늘 새벽, 진실이 남긴 흔적은 점점 사라져갔다.

진실은 계속해서 걸었다. 차분한 발걸음을 내딛고 또 내디뎠다. 눈발은 점점 강해져 조금 전 지나간 흔적마저 집어삼켰다. 그렇게 걷고 걸어 마침내 목적지 근처에 도착했다. 진실은 자신이 걸어온 길을 뒤돌아봤다. 그 길엔 아무것도 남아있지 않았다. 다시 고개를 돌려 올려다봤다. 무거운 한숨을 내쉬고 다시 걸어갔다. 점점 목적지가 가까워져갔다. 강한 눈발을 헤치고 도착한 그곳은 바로 한국대학교였다.

진실은 정문을 지나 오르막길을 올라갔다. 푹푹 눈 속으로 빠지는 발은 점점 시리고 감각이 없어져갔다. 그러나 아랑곳하지 않고 계속 올라갔다. 오르막길은 진실의 발걸음을 방해하고 또 방해했다. 보폭을 줄여가며 조금씩 앞으로 나아갔다. 누구한 명 마주치지 않고 외롭게 오르고 올라 한 건물 앞에 도착했다. 한국대학교 의과대학 건물이었다.

떨리는 손을 뻗어 손잡이를 당겼다. 귀에 거슬리는 쇳소리를 내며 문이 열렸다. 진실은 안으로 들어가 곧바로 엘리베이터를 찾았지만 공사 중이라서 계단으로 걸어 올라갔다. 무릎이 다시 아파왔다. 사정없이 달걀을 던져대는 사람들을 피하며 힘들게 버텨준 무릎이 아프다고 고함치고 있었다. 숨도 가빠왔다. 산 꼭대기에 오른 사람처럼 헐떡이고 있었다. 진실은 계단을 조금 오르다 쉬고 다시 오르기를 반복했지만 너무 멀었다. 꼭대기 층까지는 아직 다섯 층이 남아있었다. 진실은 손잡이를 잡고 다시 올라갔다. 무릎이 조금만 더 버텨주길 기도했고 심장이 조금만 더 뛰어주길 바랐다.

진실은 한 층을 남겨두고 계단에 주저앉았다. 무릎이 찢어질 듯 시큰거리고 쑤셔왔다. 다리를 쭉 펴고 조심스럽고 부드러운 손길로 무릎을 감쌌다. 딱 한 층만 더 견뎌달라고 빌고 또 빌며 차가운 계단에 앉아 무릎마사지를 했다. 십여 분 정도 마사지하고 다시 일어났다. 호흡은 안정됐지만 반 층 올라가자 수많은 바늘로 무릎을 찌르는 통증이 다시 찾아왔다. 진실은 이를 악물고 손잡이를 잡아당겼다. 한 걸음. 한 걸음 오를수록 다리는 후들거리고 무릎은 찢어질 것 같았다. 진실은 외투 안주머니를 생각하며 마지막 한 걸음을 내디뎠다.

꼭대기 층에 도착하자 진실은 쓰러지며 누워버렸다. 비록 무릎이 망가질 정도로 아팠지만 꼭대기 층에 결국 도착했다는 사실에 마음은 편해졌다. 진실은 바닥을 짚고 앉아 창밖을 바라봤다. 그리고 외투 안주머니에 있는 종이를 꺼내 속으로 읽었다.

　저는 성폭행 피해자입니다. 많은 분들이 저에게 강간범이라고 손가락질합니다. 성폭행범이라고 욕하고 달걀까지 던졌습니다. 하지만 사실이 아닙니다. 저는 성폭행범이 아니라 오히려 피해자입니다. 인터넷에 떠도는 거짓된 얘기에 대해 모든 사실을 밝히겠습니다.

　이민준은 카페 아르바이트생이었습니다. 또 다른 아르바이트생 이석류는 이민준을 짝사랑했습니다. 이민준이 보고 싶을 때마다 이석류는 저에게 부탁했습니다. 이민준이 카페에 방문할 수 있도록 도와달라고 부탁했습니다. 그래서 전 그때마다 이민준에게 카페에 놀러 오라고 연락했습니다. 그날도 마찬가지였습니다. 그날은 카페 오픈 2주년 파티가 있는 날이었습니다. 이석류는 이민준도 같이 파티에 참석했으면 좋겠다며 저에게 이민준을 불러줄 것을 부탁했습니다. 그래서 전 이민준에게 연락했습니다. 카페 오픈 멤버인데 2주년 파티에 오지 않겠냐고 물었습니다. 처음에 이민준은 확답을 하지 않았습니다. 그러자 이석류는 며칠 뒤 다시 물어달라고 했습니다. 그래서 전 이석류의 부탁으로 다시 물었습니다. 그제야 이민준은 참석하겠다고 했습니다. 그날 이민준을 끈질기게 불러낸 건 제 뜻이 아니었습니다. 이석류가 부탁해서 제가 나선 것뿐입니다.

파티 장소를 클럽으로 정한 것 역시 이석류입니다. 2주년 파티 장소 얘기가 나오자 이석류가 클럽을 제안했고 다른 직원들도 동의했습니다. 그렇게 해서 클럽으로 장소가 정해진 것입니다. 이석류가 지인에게 부탁해서 룸을 예약했습니다. 제가 나서서 클럽으로 정한 것이 아닙니다. 그리고 직원들에게 술을 억지로 먹였다는 말도 거짓입니다. 저는 직원들에게 술을 권한 적이 없습니다. 다만 제가 마실 맥주를 주문하면서 직원들에게도 더 마시려면 주문하라고 권한 일밖엔 없습니다.

상습적으로 이민준을 성추행했다는 사실도 없습니다. 카페 오픈 초기 멤버이고 막냇동생 같이 잘 따르는 아이였습니다. 커피에 대해서 궁금한 게 많아 열심히 배우는 아이였습니다. 그래서 귀여운 마음에 머리를 쓰다듬은 적은 있지만 허벅지나 성기를 만진 일은 없습니다.

테이크아웃 커피잔을 씻어서 다시 사용한다는 말 또한 사실이 아닙니다. 테이크아웃 커피잔에 묻은 이물질 때문에 분리수거가 어려워진다는 뉴스를 봤습니다. 저 또한 아무 생각 없이 플라스틱 컵을 모아 분리수거했습니다. 그러나 그 뉴스를 접하고 그날부터 이물질을 모두 제거하고 깨끗이 씻어서 분리수거했습니다. 제대로 분리수거 할 목적이었지 재사용할 목적이 아니었습니다. 그리고 한 번도 재사용한 적 없습니다. 모두 거짓입니다.

마지막으로 제 어머님 얘기입니다. 제 어머님은 21살에 저를 낳으셨습니다. 그리고 제가 중학교 3학년 되던 해에 돌아가셨습니다. 저는 아버지 얼굴을 모르는 사람이 맞습니다. 그러나 제 어머님이 여러 남자와 헤프게 성관계를 맺고서 저를 임신했다는 말은 거짓입니다. 이런 이유로 제가 아버지 얼굴을 모른다는 말도 당연히 거짓입니다.

제 어머니는 20살에 같은 동네에 살던 남자에게 성폭행당했습니다. 그 남자는 어머님이 18살 되던 때부터 끈질기게 따라다니던 3살 많은 남자였습니다. 어머님은 계속해서 거절했지만 그 남자는 집요하게 쫓아다녔습니다. 그러다 어머님이 20살이 되던 해에 그 남자네 가족은 미국으로 이민 가기로 했습니다. 어머님은 이제 맘 편히 지낼 수 있겠다고 생각하셨습니다.

그러나 그 생각은 산산조각 났습니다. 미국으로 이민 가기 하루 전날 그 남자는 제 어머님을 강제로 몇 번이나 성폭행했습니다. 어머님은 무지막지한 힘에 반항 한 번 하시지 못하고 당했습니다. 그리고 다음 날, 그 남자는 미국으로 떠났습니다. 시간이 흘러 어머님은 임신한 사실을 아셨지만 가족들과 동네 사람들 시선이 무서워 얘기하지 못했습니다. 그러나 배가 불러 오자 임신한 사실은 들통 났고 동네 사람들은 어머니를 향해 손 가락질하고 욕을 해댔습니다. 더럽고 헤픈 년이라고 소금도 뿌 리고 추운 겨울날 물도 뿌렸습니다. 그 남자 집안이 부유했던 탓인지 꽃뱀이라고 마구 욕해댔습니다. 심지어 발을 걸어 넘어 트리고 돌도 던지는 사람들도 있었습니다.

집안 식구들은 더했습니다. 할아버지와 외삼촌은 어머니를 수시로 때렸습니다. 재수 없는 년이 집안 망신 다 시킨다며 허 구한 날 매질이었습니다. 자신들이 어머니를 지켜주지 못했으 면서 오히려 창녀 같은 년이라고 소리 지르며 매일같이 때렸습 니다. 어머님은 꾹꾹 견디며 저를 낳으셨습니다.

어쩔 수 없이 낳은 아기가 딸이라는 사실이 또 문제였습니 다. 할아버지와 외삼촌은 쓸데없는 계집아이를 낳았다고 어머 님을 때렸습니다. 기왕 낳으려면 사내아이를 낳아야지 천박 하게 계집아이를 낳았다고 제 앞에서도 어머니를 욕하고 때 렸습니다.

그렇게 어머님은 성폭행당하고 동네 사람들에게 손가락질과 온갖 모욕을 받았습니다. 그리고 가족에게도 입에 담지 못할 욕설을 듣고 매일같이 폭행당했습니다. 지켜줘야 할 가족과 동네 사람들에게 처절하게 배척당했습니다.

제 어머님은 젊을 적에 남자들이 많이 따를 만큼 예쁘셨습니다. 그런데 자신의 외모 때문에 성폭행당했다고 생각하셨는지 제가 5살이 될 때부터 음식을 많이 먹이기 시작했습니다. 그러면서 뚱뚱해야 사람들이 여자 취급 안 한다는 말을 수시로 하셨습니다. 저는 먹성 좋게 어머님이 주시는 음식을 다 먹었습니다. 그래서인지 저는 어릴 적부터 뚱뚱한 사람이었습니다.

이런 어머님을 성폭행하고 미국으로 도망간 사람은 전직 유도선수였습니다. 그 피를 타고 난 건지 저는 힘이 좋았습니다. 그리고 중학교 진학하자 체육 선생님께서 유도를 배우지 않겠냐고 물었습니다. 저는 그 남자가 유도선수인지도 모르고 호기심에 체육 선생님 말을 따랐습니다. 뚱뚱한데 힘쓰는 운동을 한다고 얘기하면 반대하실까 봐 어머님께는 숨겼습니다. 체육 선생님과 외삼촌은 친구 사이였습니다.

그러던 어느 날 체육 선생님이 외삼촌에게 제 얘기를 해버렸습니다. 제가 유도에 소질이 있으니 잘 키워보라고 얘기했습니다. 외삼촌은 그 얘기를 듣고 당장 달려와 저와 어머님을 때리기 시작했습니다. 어머님은 영문도 모른 채 외삼촌이 휘두르는 무지막지한 주먹을 온몸으로 받아내셨습니다. 오히려 저를 안으시고 저에게 날아오는 주먹까지 맞으셨습니다. 이 소문이 동네에 퍼져 사람들은 어머님을 또다시 욕하고 모욕적인 말을 마구 쏟아냈습니다.

어머님은 극도의 스트레스와 사람들과의 관계단절로 힘든 하루를 보내셨습니다. 그러다 우울증에도 걸리셨고 결국엔 사람들의 모진 시선과 폭력을 견디다 못해 나무에 목을 매고 자살하셨습니다. 그때가 제가 중학교 3학년 때였습니다. 그렇게 저는 어머니를 잃었습니다.

저는 그때 어머님을 이해하지 못했습니다. 성인이 되어서도 이해 못 했습니다. 그래도 살아야지 왜 죽었냐고 원망도 많이 했습니다. 그러나 이제는 알 것 같습니다. 억울한 누명을 누구 하나 믿지도 않고 들어주지도 않는 현실이 얼마나 힘들고 괴로운지 이젠 알 것 같습니다. 저와 제 어머님께 덧씌워진 거짓말을 이젠 벗겨주십시오. 저와 어머님께 쏟아내는 욕설과 모욕적인 성희롱을 모두 거둬주십시오. 제발 부탁드리겠습니다.

마지막으로 여러분께 묻고 싶습니다. 제가 만약 어리고 날씬한 여자였다면 사람들은 제가 성폭행 피해자라는 얘기를 믿어

줬을까요? 제가 명문대학 나오고 눈에 띄게 예쁜 여자였다면 사람들은 제 말에 귀 기울여 줬을까요? 아니면 제가 이렇게 뚱뚱하고 못생기고 나이 많은 여자여서 제 말을 믿지 않는 걸까요? 아니. 제가 어리고 날씬하고 예쁜 여자였으면 꽃뱀이라고 욕하고 손가락질했겠죠. 어찌 됐든 여자가 궁지에 몰려 범죄자가 되는 현실이니까. 우리나라에선 여자로 태어난 게 죄니까요. 여러분은 어떻게 생각하시나요?

진실은 다시 종이를 곱게 접어 외투 안주머니에 넣고 창문을 열어 세상을 바라보았다. 여전히 세상은 하얀 눈으로 물들어 있었다. 강하게 휘몰아치던 눈보라는 어느새 잠잠해져 길을 나서던 때처럼 조용히 내리고 있었다. 진실은 손을 뻗어 새하얀 눈을 느껴보았다. 손바닥에 떨어진 함박눈은 순식간에 사르르 녹아 사라졌다. 진실은 두 손을 뻗었다. 그리고 몸을 기울여 창밖으로 뛰어내렸다.

쿵 하는 소리와 함께 눈이 사방으로 튀었다. 새하얀 눈은 점점 붉게 물들어갔다. 의식은 점점 엷어지고 숨소리는 가늘어졌다. 진실이 희미한 목소리로 나직이 말했다.

"너무 외로워……. 누가 내 얘기 좀 들어 줄래……."

에필로그

내리던 눈은 거짓말처럼 그쳐버렸다. 빨갛게 물든 눈덩이가 점점 커지며 진실의 숨결을 앗아갔다. 그렇게 또다시 혼자 외롭게 죽어갔다. 그때 희미한 말소리가 점점 다가오고 있었다. 취업준비가 한창인 여학생 두 명이 미끄러운 길을 투덜대며 걸어오고 있었다. 그러다 한 여학생이 갑자기 날카로운 비명을 지르며 넘어졌다.

"아악, 저기 저기 저기 피!"

다른 여학생마저 낭자하게 물든 피를 보고 슬금슬금 뒷걸음 쳤다. 두 여학생은 그 길로 뒤돌아서 미끄러운 길을 몇 번이나 넘어지고, 정신 나간 사람처럼 소리치며 도망쳤다. 시끄러운 비명에 놀란 경비아저씨가 뛰쳐나왔다. 여학생들은 자초지

종을 설명하고 119에 신고했다. 경비아저씨는 자신이 일하는 시간에 자살 사건이 일어났다는 현실을 마주하고 걱정 가득한 얼굴로 깊은 한숨을 내쉬었다. 사건을 막지 못했다는 비난 섞인 질책과 해고통지서가 날아올 것을 직감하고 그 자리에 주저앉아버렸다.

시끄러운 사이렌 소리가 무거운 눈길을 헤치고 달려왔다. 순식간에 학교는 발칵 뒤집어졌고 도서관에서 공부하던 학생들이 슬금슬금 모여들었다. 119 응급대원은 진실의 상태를 확인하고 바로 앰뷸런스에 실어 떠나버렸다.

어떻게 알았는지 한 방송사가 급하게 학교로 달려왔다. 취재 인원 몇 명을 남기고 앰뷸런스를 뒤따라 병원으로 이동했다. 아침 뉴스에 현장을 목격한 여학생 인터뷰가 짧게 실렸다. 마치 취업 스트레스에 지친 학생이 현실을 비관해 자살한 사건으로 보도되며 사건은 일단락됐다.

그러나 그날 저녁 다른 방송국에서 다른 보도가 나왔다. 자살한 사람은 한국대학교 여학생이 아니라 한국동 성폭행 사건 가해자로 지목받고 있는 여자라는 보도가 나왔다. 그리고 어떻게 입수했는지 뉴스에서 유서를 단독 공개했다. 여자 앵커가 떨리는 목소리로 유서를 읽어내려 갔다. 뉴스 보도 이후 인터넷에선 유서내용이 진짜라는 의견과 가짜라는 의견이 팽팽히 맞서 싸우고 있었다. 사람들의 관심이 급격히 쏠리자 다른 방송국도 나서서 사건을 파헤치기 시작했지만 별다른 성과를 못 내고 있었다. 이미 카페 직원들은 진실의 죽음을 알고 숨어버렸기에 인터뷰조차 거절하고 있었다.

유서만 남겨지고 사건은 조금씩 사람들 일상에서 서서히 잊혀졌다. 그렇게 며칠이 지나고 유서 내용을 단독 보도한 방송국에서 또 다른 단독 인터뷰 내용을 대대적으로 보도했다. 끈질기게 사건을 파헤쳐 또 다른 피해자를 찾아냈다.

"시청자 여러분께 드릴 말씀이 있습니다. 지금 인터뷰에 응해주신 분은 가정이 있으신 분이어서 제보자 보호를 위해 모자이크와 음성변조 했다는 사실을 알려드립니다."

단호한 앵커의 목소리 뒤로 인터뷰 내용이 흘러나왔다.

"저는 이민준이 고등학교 다닐 때 그 학교 선생이었습니다."

"네. 그때 어떤 일이 있었나요?"

"그날은 저희 반 학생이었던 이민준이 몸살기가 살짝 있어서 양호실에서 쉬고 있었습니다. 저희 반 학생이 아파서 양호실에 누워있으니 수업 없는 시간에 찾아가 봤죠. 양호 선생님은 제가 들어오자 바람 쐬고 오겠다며 자리를 비웠습니다. 저는 누워있는 이민준과 얘기를 나누고 있었습니다. 그러다 이민준이 물 마시고 싶다고 해서 제가 잠시 자리에서 일어났습니다. 그리고 다시 돌아왔는데 이민준이 팔목을 강하게 끌어당겨 저를 안았습니다."

제보자는 잠시 숨을 고르고 다시 말을 이었다.

"그리고 제게 마구 키스하며 제 가슴을 만졌습니다. 저는 반항하려 했지만 힘으로 도저히 이민준을 이길 수 없었습니다."

그때 상황이 다시 떠오르는지 목소리가 조금씩 흔들리고 있었다.

"그러다 이민준은 제 입을 막고 제 치마에 손을 집어넣어……."

제보자는 괴로운지 울음 섞인 목소리로 말을 잇지 못하고 있었다.

"힘드시면 조금 쉬었다 할까요? 괜찮으시겠어요?"

"아닙니다. 얘기할 수 있습니다."

제보자와 진행자의 생생한 대화 내용이 가감 없이 방송됐다. 오히려 제보자의 힘든 심정이 더욱더 잘 드러나고 있었다.

"제 치마에 손을 집어넣고 이곳저곳 마구 만졌습니다. 저는 너무 놀라 몸이 굳어버려 아무 반항도 하지 못했습니다. 이민준은 강제로 양호실 침대에 저를 엎드리게 하고……. 성폭행했습니다…….”

제보자는 그날 있었던 일을 울먹이는 목소리로 힘겹게 얘기했다. 진행자는 놀란 나머지 잠시 동안 아무 말도 하지 못하고 있었다.

“당시 사건으로 충격이 컸을 텐데 괜찮으셨습니까?”

“정말 충격이었습니다. 하루하루가 지옥이었습니다. 대학교 졸업하고 갓 부임한 학교에서 학생에게 성폭행당할 거라고 생각도 못 했습니다.”

“첫 제자여서 더 신경을 많이 썼을 텐데 오히려 끔찍한 일을 당하셨군요. 어떻게 신고는 하셨나요?”

“네, 바로 학교에 이 사실을 얘기했습니다.”

“그러면 그 당시 학생인 이민준 씨는 제대로 처벌을 받았겠네요?”

“아닙니다. 전혀 그렇지 않습니다. 오히려 학교에선 저에게 거짓말한다며 몰아붙였습니다.”

“아니, 어떻게 그럴 수가 있나요?”

“이민준은 그 당시에도 한국대학교 보내려고 관리 받는 학생이었습니다. 한국대학교를 몇 명 보내느냐가 학교에 주어진 임무였습니다. 최대한 많은 학생을 한국대학교에 보내기 위해 공부 잘하는 학생을 1학년부터 관리했습니다. 이민준이 바로 한국대학교 보내기 위해 관리 받는 학생이었습니다. 그것도 최상위 클래스로 관리 받는 학생이었습니다. 그래서 그런지 학교에서는 조용히 사건을 묻으려 했습니다. 오히려 제 근무태만을 지적하며 시말서 쓰는 일이 늘어났습니다. 잘사는 이민준을 꼬셔서 한탕 하려는 사람으로 몰고 갔습니다. 다른 선생님들도 제 험담을 늘어놓으며 그런 분위기에 동조했습니다. 그리고 저는 선생님들 사이에서 점점 왕따가 됐습니다. 그래서 전 어쩔수 없이 휴직을 신청했지만 받아들여지지 않고 급기야 다른 학교로 선근 발령 받았습니다. 학교에서는 피해사인 저를 철저히 외면하고 버렸습니다. 이 사건 뒤엔 이민준 엄마가 있었다고 생각합니다. 학교 부녀회장인 이민준 엄마는 유명한 변호사로 학교에서 막강한 힘을 행사하고 있었습니다. 학교는 그 힘에 굴복해서 처음부터 저를 쫓아내기로 작정했다고 생각합니다."

많은 시청자들이 이 인터뷰를 시청하고 있었다. 인터넷은 많은 기사들로 도배됐고 어쩌면 이민준이 성폭행범일지도 모른다는 얘기가 흘러나오고 있었다. 많은 언론사들이 이민준과 이민준 엄마를 취재하려 했지만 모두 거절당했다. 오히려 인터뷰

한 여성을 허위사실유포와 명예훼손으로 고소하려고 움직이고 있었다. 뉴스에서 고소사실이 보도된 후 사건은 또 다른 쟁점으로 번지고 있었다.

허위사실유포와 명예훼손으로 제보자를 고소한다는 뉴스가 퍼지던 날 인터넷엔 또 다른 글이 올라왔다.

'인터뷰하신 분의 용기에 힘입어 저도 이민준과 관련된 지난 일을 털어놓습니다. 저는 고등학생 때 이민준과 같은 버스 144번을 타던 여학생입니다. 저는 그날을 잊지 못합니다. 이민준은 버스를 타서 제 뒤에 서 있었습니다. 워낙 동네에서 인기 많고 유명한 사람이어서 저는 두근대는 마음으로 버스를 타고 있었습니다. 하지만 두근대는 마음은 산산이 조각나 두려움으로 바뀌었습니다. 그날 사람들이 가득한 버스에서 이민준은 자신의 성기를 제 엉덩이에 문질렀습니다. 저는 너무 당황하고 놀란 나머지 뒤돌아보지 못하고 버스 손잡이만 강하게 붙잡고 있었습니다. 그리고 이런 제 모습을 즐기는지 이민준은 제 귀에 바람을 불어넣고 낮게 속삭였습니다. 좋지? 영광인 줄 알아. 이민준은 그 말을 남기고 버스에서 내렸습니다. 친구들은 이민준이 제 뒤에 서 있었다며 부러워했지만 전 그날 알았습니다. 이민준은 악마라는 걸요.'

이 글은 순식간에 SNS를 타고 퍼져나갔다. 그리고 성폭행당했다는 인터뷰와 버스에서 성추행당했다는 글에 용기를 얻어 다른 글도 올라왔다.

'아직도 이민준이 성폭행하고 떵떵거리며 지내고 있다는 얘기를 듣고 그놈의 실체를 밝히기 위해 용기 내어 적습니다. 제가 중학교 다닐 때였습니다. 저는 이민준과 다른 학교였지만 같은 학원에 다녔습니다. 그날 전 학원에 일찍 도착해 공부하고 있었습니다. 조금 뒤 이민준이 교실로 들어왔습니다. 이민준은 많은 자리를 두고 제 옆에 앉았습니다. 그리고 조용한 교실에서 저를 빤히 쳐다보다가 갑자기 제 가슴을 만졌습니다. 저는 소리 지르려 했지만 이민준은 손으로 제 입을 막았습니다. 그리고 소리 지르면 죽여 버린다고 협박했습니다. 이민준은 다시 제 옷 속에 손을 넣어 브래지어를 풀고 가슴을 만졌습니다. 저는 아무 반항도 하지 못하고 당하고 있었습니다. 이민준은 제 손을 잡고 자기 바지 속에 집어넣었습니다. 즐겁게 해주지 않으면 목 졸라 죽여 버리겠다고 협박했습니다. 저는 눈을 감아버리고 말았습니다. 그러자 이민준은 제 바지에 손을 집어넣었습니다. 그렇게 그날 저는 성폭행당했습니다. 학원에 얘기했지만 이민준 얼굴 보려고 따라온 여학생들이 떠나길 걱

400

정했는지 원장선생은 제 말을 믿지 않고 오히려 저를 학원에서 잘라버렸습니다. 저는 어린 나이에 두려워 부모님께 얘기하지도 못하고 학원을 옮겨야 했습니다. 이제야 이민준이 제게 저질렀던 그 날의 일을 밝힙니다. 제가 일찍 밝히지 못해서 다른 분들이 또 당하셨다고 생각하니 미안하고 마음이 무겁습니다. 이번 사건을 계기로 이민준을 제대로 조사해주길 바랍니다.'

이 글이 불러온 파장은 어마어마했다. 인터넷은 한국동 성폭행 사건을 다시 조사하라는 글들이 들불처럼 번지고 있었다. 그러나 이민준은 학교 휴학하고 재판준비를 하고 있었다. 자신을 쫓아다닌 여자들이 지어낸 얘기라는 말을 하고 다녔다. 오히려 자신이 고등학생 때 양호실에서 성폭행당했다고 주장했다. 아파서 아무 힘도 없이 누워있는 자신을 선생이라는 사람이 성폭행했다고 얘기했다. 그리고 나머지 두 글은 전혀 모르는 일이고 그런 일이 없었다고 주장했다. 변호사는 이민준을 대신해 인터뷰에 나서고 있었다.

그러나 피해자라고 주장하는 사람들은 그날 있었던 일을 기록한 일기장을 공개했다. 몇 년씩 하루도 빠짐없이 기록한 일기장 속엔 그 날 있었던 일이 세세하게 적혀 있었다. 피해자들은 지워버리고 싶던 그 날의 끔찍한 일을 아주 자세하게 적어

낳다. 이민준은 궁지에 몰려 모두 다 거짓말이라는 말만 되풀이했다. 사람들은 이민준 말을 믿지 않고 성폭행범이라고 확신하고 있었다. 그렇게 이민준은 강도 높은 경찰 조사를 받기 시작했다.

몇몇 사람들이 여의도 한강공원에 모여 있었다. 강바람은 살을 에는 추위를 가득 안고 사람들을 훑고 지나갔다. 사람들은 추운 강바람을 피해 몸을 한껏 웅크리고 강가로 걸어갔다. 그 사람들은 강가에 다다라 외투 속에 고이 감싸둔 국화꽃 한 송이를 꺼냈다. 그리고 굳은 얼굴로 한강에 살며시 던졌다. 국화꽃은 강바람을 타고 날아올랐다. 사람들은 하늘을 날아올라 강으로 떨어지는 국화꽃을 바라보고 있었다. 국화꽃은 부드럽게 흐르는 강물을 타고 사람들 곁을 떠나갔다. 그리고 사람들은 조용히 눈을 감고 떠나간 넋을 위로했다.

진실 씨. 우리가 못 지켜서 미안해요. 부디 하늘나라에선 웃으며 행복하게 살아요.

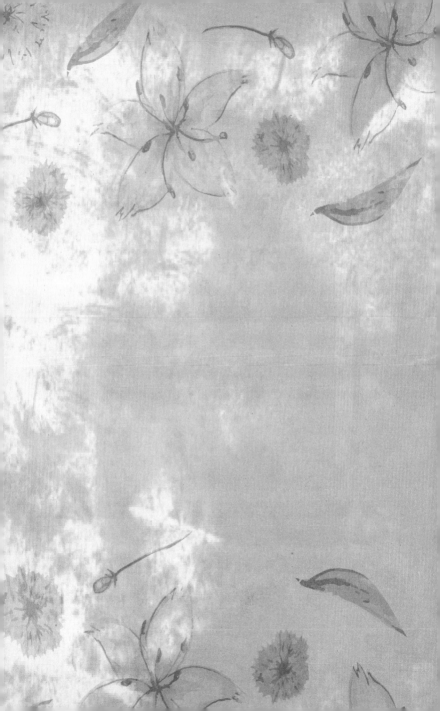